鉄塔家族
（上）

KazUmi
SaeKi

JN097383

佐伯一麦

P+D
BOOKS
小学館

目次

本書の執筆にあたり、野草園に関わる記述は、管野邦夫氏の著書を参考にさせていただきました。また構想にあたっては、備前島文夫氏、吉田左膳氏、藤沢豊氏の著作、談話から示唆を授かりました。ここに記して心から感謝申し上げます。（作者）

序章

1

トムソーヤごっこかチャンバラをするときは、少年たちは「山」へと自転車を走らせる。目印は「山」のてっぺんに建っている細長い鉄塔だ。その形から少年たちは、ロケットの発射台と呼んでいる。

競争しながら自転車を走らせる。真新しいドロップハンドルの自転車、兄弟からのお下がりの自転車、中古で買った自転車……とさまざまだ。パンクしたまま走らせているので、一番遅れてしまう者でも、何とか二十分ほどで、皆が待っている石段の登り口に辿《たど》り着く。

トムソーヤごっこをするときは、石段の半ばから、脇の林へと入り込む。用意してきたロープを大きな木の枝に結びつけて、ぶら下がり、「アーアアー」とターザンの叫び声を真似しながら、身体を揺すらせる。木登りの競争を始める者がいる。根がしっかりした雑草をつたって、崖上りをする者もいる。

チャンバラごっこをするなら、石段を上まで登って、鉄塔の先にある原っぱへと向かう。そこには、大きな赤松の木が一本だけ生えているので、下から見上げると、よく漫画で椰子《やし》の木一本とともに描かれるハワイ島を想わせる。だから、ハワイ島など実際に見たものはいないけれど、いつ頃からかその場所をハワイ島と呼ぶようになった。

近くの林から棒きれを拾ってきて、ベルトに差す。宮本武蔵の真似をして二刀流にする者、長めの棒を差している者は、佐々木小次郎の物干し竿と呼ばれる長剣のつもりだ。

忍者の手裏剣は、松葉をバッテンに刺したものを使う。猿飛佐助のドロンの術には、癇癪《かんしゃく》玉が欠かせない。直立不動で九字を切り、左の人差指と中指を二本立てて、人差指を立てた右手で握る。そうして目をいったんつぶってから、癇癪玉を破裂させれば、姿が消えているという寸法だ。

ここでなら、少しの火薬の詰まった2B弾などの飛び道具も使える。家の近所だと音がうるさいと苦情が出るし、親指が吹き飛ばされた小学生の事故がよそであってから学校で禁止になったけれど、人気《ひとけ》がないここなら平気だ。

カラスたちが林のねぐらに戻ってくると、そろそろ少年たちも帰る時間だ。一人の少年が、近くにある植物園に、破れた金網から入り込んで、蝦蟇蛙《がまがえる》を捕まえて来る。火を点けた2B弾をその口から差し入れると、取り囲んでいた皆がサッと外へ離れる。息を詰めて待った次の瞬間、爆発音と共に、蝦蟇蛙がバラバラになって飛び散る。

少年たちは、我先にと逃げ出す。長い石段を息せき切って駆け下りる――。

2

その「山」は、遠慮がちな東北人の里山にふさわしいかのように、百メートルにわずか及ばず、標高九十九メートルの一見なだらかな丘陵とも見える姿をしている。

赤松や檜《ひのき》、老杉《ろうさん》が茂っているその万年緑の「山」は、平地からは遠目に、百万都市であるふところの深い市街地にせり出した半島か、または陸の孤島のような佇《たたず》まいを感じさせた。

西方に峰伝いに連なっている山が、宅地造成されて大住宅地となり、ほとんど禿げ山の体《てい》をなしているのに比べて、その「山」は、南東の斜面がわずかに分譲地となっているほかには、中世期の城跡と、廃仏毀釈《はいぶつきしゃく》で荒廃したとはいえ藩主の菩提寺《ぼだいじ》であった由緒ある寺と廟所《びょうしょ》を持ち、また西北面一帯の傾斜地に広大な自然植物園があることもあって風致地区に指定されているために、市街近くにあっても緑を濃く残している。

藩政時代には、百代の里といわれて、鶯《うぐいす》の初音が藩内で最も早く聴かれた土地柄だったという名残は今でも跡をとどめており、五月の時期ともなると、鶯に托卵する習性を持つ時鳥《ほととぎす》の啼《な》き音もよく響いてきた。

その「山」の頂上には、比較的平坦地に恵まれているためか、建った年代の異なる三本のテレビアンテナ用の鉄塔が横並びに建っている。一番古い鉄塔は、ステーワイヤーで支持された細長い柱の形をしており、この地でNHKのテレビ放送が開始された昭和三十一年に建てられた。その後、昭和三十六年に二番目の民放局が開設された折と、UHF放送が開始された昭和四十五年にそれぞれ増えた鉄塔は、三角に裾が広がったタワー型の鉄塔である。

鉄塔たちは、見る場所によって、その間隔を広くも狭くも変えたり、位置が左右さまざまに入れ替わったり、また二本に見えたり、完全に重なって一本に見えたりと、さしずめ東京の千《せん》住《じゅ》にあったという「お化け煙突」さながらの興趣を子供たちに与える。

そしてまた、それらの鉄塔が、一番年長のものを真ん中にして居並び、決して離れ合うことなく生活している様は、周囲に「別れの一本杉」や「瞑想の松」と称するような名木や目印の樹を失った現代の人々にも、それに取って代わる人間味を伝えてくれるかもしれない。

折しも、まだ街中にはその槌音《つちおと》は及んでいないが、長老の鉄塔のすぐ傍で、デジタル放送用の新しい鉄塔の基礎工事が、胎動をはじめている。

上空を鳶《とび》がゆっくりと旋回している。

3

麓から、その「山」の頂に至る道は、おおよそ四通りほどある。

おおよそ、というのは、腕白な少年たちなら、どんな険しい崖でも、丈高く生い茂った藪の中にでも、彼らだけの秘密の道を無数に見つけることが出来るからだ。

この地方では、学校をさぼることを「山学校」する、という。確かフランスにも、同様の意味で、「草むらの学校」という言い方があると仄聞《そくぶん》する。だが、そんな少年たちの姿をいま「山」で見かけることはきわめて稀《まれ》となってしまった。

さて、一つ目の道は、バスも通る道で、「山」の北側から登りはじめて西斜面をくねくねと縫うように続いている。市街地を走るバスよりも一回り小型のバスが用いられているが、それでも擦れ違うことは容易ではなく、一方が道幅に余裕があるところで待っていて、ようやく擦れ違うことができる。対向車が突っ込んでくるのを見て慌ててブレーキを踏むような慣れない運転手だと、エンストさせてしまい、しばし往生することもあった。

冬場には、急に降りだした雪に、慌てて乗客をいったんバスから降ろして運転手がタイヤにチェーンを巻く光景も見受けられた。

「山」の斜面を左手に見ながらほぼ八合目ほど登ると、右手に急に視界が開ける。そこからは、天気が良ければ、遥か西の県境に位置する脊梁《せきりょう》山脈の青い山並みまでが見通すことが出来る。そこにあるバスの停留所で多くの乗客たちは降りて、道の向かい側に渡り、急坂を下った谷間にある住宅地へと向かって行く。

毎日のようにそのバス停には、知り合いが降りるのを迎えに来たとでもいうような位置に、老婆がすうっと立っている。後ろ手に折り畳み式の蝙蝠傘《こうもりがさ》をいつも持ち、たまには道の反対側の坂の入口に立っていることもある。だが乗客に待ち人を見つけることはないらしく、半日、ときには一日中立ち尽くしている。

季節を問わず、いつも同じ、目立たぬ灰色の薄手のセーターに、それよりやや濃いめのズボンを穿《は》き、化粧っ気もないので老けて見えるが、案外老婆というよりは若いのかも知れない。それから、決して気がふれているようにも見えない。

しかし、ほんとうのところは、彼女の存在がまるで見えていない者も多いのだ。路傍の野草の名前を知らなければ、人はただ通り過ぎてしまい、その植物が自然に目に入ってはくれないように、人は自分と具体的な関わりがあってこそ、初めて相手の存在に気づくものだからだ。

4

バスは、後ずさりしないように注意深く坂道発進し、次に、民放の赤い鉄塔の土台が大きくそびえ立つ放送局前に停まる。

そこでは、放送局の社員たちと共に、少年院だった場所の跡地の沢に建てられた工業大学のキャンパスへと少し戻るようにして向かう学生たちも、降りる。

それからバスは左折して、植物園の東側の柵に沿ってしばらく走り、最後に大きく右回りをして終点のバスターミナルへと到着する。そこは一番古いＮＨＫの細長い鉄塔の建つすぐそばで、いまは冬期休業しているので閉まっているが、植物園の入口も見える。

ＮＨＫの鉄塔とバスのロータリーを挟んだところに、建設現場の塀が張りめぐらされている。

そこが、ＮＨＫと民放とが共同で建てるデジタル放送用の新しい鉄塔が建つ場所だ。中は窺い見えないが、一日中削岩機の振動音が響いているところから想像するに、基礎工事のボーリングの作業を行っているのだろう。

囲われた塀の向こうに、五階建てのマンションの建物が二つ見える。手前のは学生用の食事付きのワンルームマンションで、奥は三ＤＫから三ＬＤＫの分譲マンションである。それらの建物に向かう路地の入口に、学生たちや植物園の客などを相手にした茶店風の店がある。

二つ目の道は、バスの登り口とほぼ同じところから、「山」の北斜面を一気に登る。車一台がやっと通れる一方通行の道だ。

登り口の海抜が二十メートルほどだから、山頂まではおよそ八十メートルの標高差だが、実際に歩くと、これが結構きつい。坂の入口には数軒の住宅があるが、それ以降は、人気が無く、ずっと両側に山桜などの樹木の生い茂った山道が続いている。バスの道との間の三角にひらけた広い谷間は、春から夏にかけては鶯の谷である。

途中からは、植物園の緑色のフェンスが道の右側にずっと見えてくる。夜中には、鼻に白い筋の入った猫と鼬《いたち》の中間のような体つきをしたハクビシンが、そのフェンスの上を歩いていることもある。

ところどころフェンスの破れ目があるが、かつてのように、そこから植物園にただで入り込もうとする少年たちは今はいない。

頂上近くに、赤土が剝《む》き出しの脇道があり、そこは木陰になっているので、タクシーの運転手がよく休憩している場所である。

最後に、竹林越しに垣間見えるNHKの鉄塔の前を通って、バスのターミナルに辿り着く。

5

第三の道は、かつての藩主が、この「山」に、壮麗な仏殿をはじめとした二十余もの堂塔を数えた、黄檗宗《おうばくしゅう》日本三叢林《そうりん》の一つと数えられたという大寺院を創建したという名残を惣門《そうもん》と共にのみ残している石段である。それは「山」の東斜面にあたっている。

かつての参道を偲《しの》ばせる通りが、途中で、昭和四十年代の終わりにできた広いバイパスで遮断されているが、地下道をくぐり抜ければ、前方に遥かな石段の連なりが見上げられる。

まず足慣らしというように二十五段登ると、享保元年（一七一六）頃の建築だという惣門がある。

少年たちが自転車でよく遊びに訪れては、自転車を止めて見上げたその門は、今にも朽ち果てようとしている姿で、子供心にも古き物が醸《かも》し出している風格を覚えさせたものだが、現在は修復されてやや厚化粧の感がある。

それでも、ふつうの屋根以外に左右の控え柱の上にも屋根がある高麗門の形式と、本柱の両脇に支柱を立てて屋根をかける黄檗宗の特徴を組み合わせた珍しい造りは、五つの屋根を持つ複雑な門構えにそのまま遺されている。「東桑法窟」の額の金文字はまだ新しく、落ち着きを得ていないようだ。

惣門をくぐってからが、いよいよ本格的に長くて急な石段が続く。

鬱蒼《うっそう》と覆い被さる老松の緑がことさら濃く感じられる。立ち止まり振り返る度に、市街が後方に広がっていく。しばらくすると、石段を登る背中にも、次第に街の広がりの気配が感じられるかのようだ。さらに登り行くと、樹々に視界も遮られ、巷《ちまた》の音も絶えて、さびしいばかりに明るく静かな石段に、松風の音が聞こえる。

石段の脇には、かつての少年たちが踏み入った雑木林があり、「ざわざわ」と呼んでいた藪が生い茂っているが、そこに今でも足を向けるのは、高圧線の鉄塔の保守管理の者か、樹木調査に訪れる者ぐらいだ。

長い石段というものは数を数えたくなるものだが、登りのときには、そこら中にいる鴉《からす》が挙げる人間の声を真似たような啼き音に気が散りがちだし、下りは、足の運びがつんのめりがちになって、数を零《こぼ》し落とした気にさせられる。おおよそ、二百五十段ほどの石段、ということにしておこう。

石段を山項まで登り詰めたところからは、市街が再び一望でき、この都市の西から東へかけて流れている川が、遥か彼方の河口まで流れているのが、白い筋となって見える。

6

そして、四つ目の道は、昭和三十年代後半から昭和四十年代にかけて、「山」の南東の斜面がわずかだけ、分譲地として造成された、その段々に建つ家々をつなぐ九十九折《つづら》りの道である。

正確にはバイパスからの上り口から、小刻みに何回も折れ曲がった坂道は、頂上まで車なら十三回ハンドルを切らなければならない。

この地方では、団地というと、共同住宅が並び立ったところを指すのではなく、分譲地のひとまとまりをいうことが多い。ここも「山」の名にちなんだ団地名が付いている。

この団地の特徴といえば、坂道なので車を利用する人が多いのか、人通りがあまりない点だろう。そして、これは四つの道ともに共通することだが、道の途中に、いまどきの日本には珍しく、コンビニエンスストアの一軒も持たない。

買い物は、坂を下りてだいぶ行ったところにある商店街に行くか、休日に車で郊外スーパーにまとめ買いに行くか、それとも、坂を上って、頂上にあるバスターミナルから出ているバスで、市街地に行って買い物を済ませるか、するしかない。

団地内には、歩行者用に二ヶ所、急な階段をのぼって行く近道がつけられている。その手すりに懸命にしがみつきながら、必死にバスの停留所へ向かい、また買い物袋を下げて、ゆっくりと降りてくる老人たちも目に付く。彼、彼女らはおおよそ、バスの無料パスの支給を受けている年齢となっている。

階段を行きかう人は、山道でのときのように、挨拶する。

これだけの傾斜地であるので、ほんらいこの土地は、地すべり地域に指定されている。その注意書きの看板が、地すべり防止のコンクリート柵のあるところどころに立てられている。

そういう危険を伴った土地であることと、買い物に不便なところなので、家を継ぐ若い者たちからは敬遠されるためだろう、空家が目立つ。廃屋となっても建て替えられることもなく、ずっとそのままになっている家、更地《さらち》になった後、ずっと売り地になってせいたかあわだち草が伸び放題となっている空き地、駐車場に、フロントガラスが割れて全体に錆びが出始めている廃車がずっと止められたままになっている家……。

二世帯住宅用に建て替えたものの、老夫婦の姿しか見受けられない家も多い。この団地内では、ほとんど世代交代は行われていないような印象を受ける。

7

それでも、およそ百戸ある庭は、それぞれの持ち主によって、様々なふうに手を入れられている様子が窺え、傍目《はため》からもそれを見るのは楽しい。

煉瓦《れんが》や木の塀で花壇を囲み、四季折々の花々を育てている家があれば、桜や木蓮《もくれん》、柿の木だけを一本、これが我が家の木だ、というように植えている家がある。秋に大輪の菊を咲かせるのを競っているような家々もある。池の上に、見事な藤を咲かせる藤棚の目立つ庭もある。鉢植えに、椿の種類だけを育てている家もある。庭というよりも家庭菜園といった方がふさわしい小さな畑もある。

そうかと思えば、かつてここが雑木林だった名残をせめて留めんとばかりに、椎《しい》や楢《なら》、公孫樹《いちょう》、山桜などを盛んに繁らせ、下草の野草たちも伸びるに任せているような庭もある。隣家との境界にも、その家に住む人の性格がよく表れるようだ。檜葉《ひば》や沈丁花の生け垣や、フェンスの隙間から、柘植《つげ》や柊《ひいらぎ》、エニシダなどが、敷地から寸分もはみ出さないように、始終刈り込んでいるところがあれば、野茨《のいばら》が、隣家の樹木にからみついていても知らん顔の住人がいる。

一口に自然を愛すると言っても、実に人様々であることが、この道を注意深く歩くだけで実感できるにちがいない。

傾斜地に建っているので、どの家も土台を高くしているが、それもよく見ると、鉄筋コンクリートで築いている家と、楕円《だえん》の石を向きを斜めに交互に積み重ねている家とがある。そしてそこにも、土台に蔦が絡まっている家、いつも磨かれているようにコンクリートが白く光っている家、ペンキ塗りに余念がない家、というように特徴が自ずと表れている。

住人に年輩者が多いためか、道はよく掃き清められてあり、ゴミが落ちているのを見つけることは少ない。都会にありがちな、勝手に前の晩からゴミを出して、早朝にカラスの餌となったゴミが散乱している光景も稀である。

　頂上に近い地すべり地の崖に、勝手に畑を作っている老人もいる。家から水を汲んだバケツを持って、おぼつかない足取りで、何度も歩行者用の急な階段を上り下りし、脇の崖へと入っていく。何か秘密の基地を作っているようにも見えないことはない彼の姿には、かつての腕白少年たちの面影が窺えるかも知れない。

　階段を上り切ってからの最後の一登りが、一番急で息が切れる。それでも、登り切ったところで振り返り見る人の顔は爽《さわ》やかである。そこから海までを一望できる眺《なが》めは実に気持ちがよいからだ。

第一章

8

三月最後の日曜日の昼過ぎ、女性の合唱の声が途切れとぎれに聞こえてきた。風に運ばれてくるので、風向きによって聞こえ方が変わるようだ。

「ああ、今日はそうか」

と、庭にいた斎木と妻の奈穂は頷《うなず》き合った。

去年の十二月から冬期休業していた、住まいの近くにある自然植物園の「野草園」が、四月一日から開園する。その直前の日曜日には、毎年、開園前日祭が開かれる。それがちょうど今日に当たっているのだろう。

斎木の生業《なりわい》は物書きで、奈穂は染色に従事している。だから、曜日の感覚もなしに働いていることが多いが、今日は隣地で昨秋からはじまっている鉄塔工事の槌音が止んでいるので（予定が遅れているのかここ数日は、ほんらいは休むことになっている土曜日も、朝の八時前から削岩機の音が響いていた）、朝から世間は休日なのだ、という意識を持っていた。

彼らの家のある集合住宅から、バスのロータリーを突っ切って、ものの三分とかからないところにある野草園は、丘陵の起伏に富む地形を生かし、身近な野草を千種類ほど植栽展示している植物園である。戦中戦後の混乱期に荒廃してしまった野山の草花の保護を願って、昭和二十九年に開設された。

下手に整備され過ぎもせず、弁当を広げるのに恰好な芝生があるだけで、遊興の施設も皆無で、一般公園のように花見のどんちゃん騒ぎも起こらない、派手やかさや雅《みやび》やかさとは無縁な、地味でしっとりとした園内の佇まいが、斎木は気に入っていた。

その野草園の傾斜地の中腹あたりに、一本の大きな辛夷《こぶし》の木がある。花はまだだが、その木の下で、今日は東北人の春の到来の喜びを込めて「春が来た」や「北国の春」が市民有志によって合唱されるのだった。その予行練習を婦人たちが「山」のどこかでしているのだろう。

斎木と奈穂は、数日前に時季はずれの春の大雪にあって残っていた庭の淡雪もようやく解けてきたので、奈穂が夏に染める藍《あい》の種を蒔《ま》く準備をしようと、鋤《すき》と鍬《くわ》を使って、わずか一坪ほどの土を掘り起こして耕していた。

「終わったら、久しぶりにちょっと行ってみようか」

と斎木は奈穂に言った。

今日は通常なら二百円かかる入場料もただのはずだ。一緒に歌うのは気恥ずかしいが、好きな辛夷の木に会ってくるのもいいだろう、と思った。

9

彼らが住んでいるのは、築十年ほど、五階建てで戸数が四十四戸ある分譲の集合住宅である。訳があって、そのうちの一戸を賃貸として借りているが、ありがたいことに部屋が一階なので、小さな専用庭が付いている。

建物は、南東に面している棟と南西に面している棟とがL字型につながって建っているが、彼らの部屋は、南東に面した棟の一番奥の角にあり、隣に自転車やバイクの駐車場がある。

ベランダから小さな扉を開けて庭に出ると、白いフェンスで区切られた一階の各戸の庭の左右には、もともとこの建物が建ったときに植えたらしい紅枝垂《しだ》れ桜が二本、枝を垂らしている。それは、毎年、管理組合が頼んだ庭職人の手によって、ほどよく剪定《せんてい》されているが、そのあいだの地面は、それぞれ住人たちが、子供の遊び場や砂場にしたり、鉢植えの野菜を作ったり、花壇にしたり、雑草が茂るに任せていたり、と好きなように使っている。

彼らはそこに、奈穂が草木染で使う染めくさである現の証拠やあめりかせんだん草といった野草（それらも、傍目からは雑草にしか見えないであろうが）を、植えているというよりも、ただ生えっ放しにしていた。乾燥させていたものから種がこぼれおちたり、雀がついばんでこぼしたり、自然に近くの草むらから種が風にでも運ばれてきたのだろう。

ただし、すぐに蔓延《はびこ》るスギナ（庭によって多く生える雑草は異なるようだが、彼らのところはこれが一番厄介だった）や葛《くず》（これもいい色が染まるが、周りの藪でいくらでも採れるので）だけは、出来るだけ引っこ抜くようにしていた。

そんな中で、藍だけは、毎年しっかり育てるようにしていた。藍の種は、もう七年も前に、奈穂が、草木染の師匠についての修業を終えて独立したばかりの頃に、茨城県の結城紬《ゆうきつむぎ》の織場から頒《わ》けてもらった本場徳島産のものであった。

はじめて奈穂が工房を構えた山麓の町では、農家の畑の一隅を借りて育てて、ほんの一握りだけだった藍の種は、欲しいという人にも分けてあげられるだけの量に増えた。四年前の夏から三年前の夏にかけての一年間、夫婦でノルウェーに暮らすことになったときは、斎木の両親や、奈穂が染め物を教えていた生徒の庭で育ててもらい、種を絶やさないようにしていた。

とは言っても、藍はそもそも蓼《たで》科の植物だから、雑草のように生命力が強く、畑を作るときに元肥えをほどこし、後は水をやるのを怠らなければいいといった程度の手間で済んだ。

10

枝垂れ桜の根元に、自然と落ち葉が溜まって半ば腐葉土になっている。それを斎木が庭の土に混ぜようとすると、落ち葉の中から蛙が出てきた。

体長は十五センチ余りといったところだろうか、背中は土色で、いぼがたくさんあるから蝦蟇蛙のようだ。まるで石のように硬直してうごかないところを見ると、冬眠中だったらしい。

斎木は、そっと摑んで手のひらに乗せ、奈穂に見せた。

「へえ、こんな庭にでも蝦蟇蛙がいるんだ」

と奈穂が感心したように言った。

「この建物の主かもしれないな」

と斎木は答えた。

彼らの庭には、桜をぼんやりと照らし出す埋め込み式の防犯灯が設置されている。そこに集まる蚊などの虫を食べるので住み着いたのだろう。

彼らがこの集合住宅に引っ越してきて四年になるが、そのうち一年間は留守にしていたからしようがないとしても、こんな大きな蝦蟇蛙が住んでいるとはまるで気づかなかった。だいたい、雨蛙や河鹿《かじか》蛙とちがって、蝦蟇蛙はあまり鳴かないうえに、姿も土や岩に隠れて目立たないから仕方がないけれども。

まだ目を覚まさないのか、蛙はじっとうごかないでいる。そろそろと手足を伸ばしてみることさえしない。皮膚が白いカビがついたように干からびている。

つい最近まで凍てついていた土の中で、まだ、ぐっすり寝込んでいたのだろう。春が来たことを感じてから、蛙が実際にモゾモゾと起きだすまでにはどれぐらいかかるのか知らないけれども、その気に全然なっていないところを、いきなり斎木に鍬の先で掘り起こされて無理やり地表に出て来させられてしまったことは間違いない。

もしかすると、まだ夢うつつで、自分の状況をわからずにいるのかもしれない。

そうおもった斎木は、以前と同じように、急いで蝦蟇蛙に枯葉の布団を静かにかぶせてやった。その横に、目印に、握り拳ほどの大きさの石を置いた。

それから、しばらく観察していたが、土の中からむくむくといざり出てくる気配は起こらず、彼らは少し胸を撫で下ろした。

(何といっても、家の守り神かも知れないからな……)

啓蟄《けいちつ》を過ぎても、例年、東北の春はもう少し先である。こちらの都合で、勝手に春を急がせてしまって悪かった。ごめんごめん、と彼らは土の中に戻った蛙に謝った。

11

(そういえば、実家の蝦蟇蛙はどうしただろう)

と斎木は想った。

斎木が生まれ育ったのは、同じ市内でも、もっと平坦な住宅地だったが、夏、庭で遊んでいると、蚊に喰われて閉口したものだった。そこで、小学校の低学年だった彼は、蚊を好んで食べるという蝦蟇蛙を庭で育てることにした。「山」へ向かって自転車を走らせて、蝦蟇蛙を捕まえてきては、庭に放した。

けれども、何匹放しても、蝦蟇蛙は、めったに鳴かないし、岩と保護色になってどこに潜んでいるのかもわかりにくい。ほんとうに蚊を喰ってくれているものか、効果のほども知れなかった。しばらくして、物の本で、蝦蟇蛙は自分が巣立った池をにおいで記憶しているらしく、大人の蛙を連れて来ても住処《すみか》に戻ろうとするので住み着かない、と知った。

そこで彼は、学校の図書館にあった図鑑で調べた、長いひも状の膜に覆われているという蝦蟇蛙の卵を、田んぼや沼などへ自転車でほうぼう出かけては探した。ようやくそれが見つかったのは、野草園の池だった。すでにおたまじゃくしになっているのもいた。

家の裏庭に放って置かれていた瀬戸物の火鉢を庭の隅に埋めて池を造り、そこに、ちゃんと汲んできた、緑がかって生ぬるい池の水ごと、卵とおたまじゃくしを入れた。孵《かえ》ったときに足場になるようにと、水面から少し顔をのぞかせる大きさの石も置いた。

まもなく、手製の池の中には、おたまじゃくしがうじゃうじゃと泳ぎ回るようになった。次第に手足も生えてきた。

母親や、兄姉たちは、気持ちが悪いから捨てて来いと言ったが、彼は蚊を退治するためだと、頑として耳を貸さなかった。

それは、梅雨に入って大雨となった夕方のことだった。母親の悲鳴が起こった。「何とかして！」という叫びに、斎木が庭に飛び出すと、わずか一センチほどの蛙が、ひしめき合って一斉に池から庭に大移動しているところだった。

四方八方の隣の家の庭に逃げ込んだ蛙、道路へと出ていった蛙、家の壁やお互いにぶつかり合って気絶する蛙、軒下に入り込んでしまった蛙、弱々しく雨に流されてしまう蛙……。（慌てて蛙を捕まえようとして、斎木も雨樋《あまどい》の釘で右手の中指を引っかいて、五針縫う怪我をした）気が付くと、多くの蛙たちは、忽然《こつぜん》と消えていた。

12

（あの後）

と、斎木は考える。蝦蟇蛙たちの中には、故郷の野草園の池を目指した者もいたかも知れない。おそらく大半は、途中で車に轢《ひ》かれ、子供たちの餌食にされ、鳶にさらわれてしまっただろうが、一匹ぐらいは辿り着くことが出来なかったであろうか。

それでも、斎木の実家の庭を、生まれ故郷と思ってくれたものか、庭に住み着いた蝦蟇蛙がいた。

それは、春先に、「コッコッコッ」とちょっと鳴いて存在を示すだけで、あとは隠れていたが、ボールで遊んでいて庭に入ったボールを取りに踏み込んだときなどに、不意に姿を現した。

おたまじゃくしから蛙になったばかりのときには、指の先ほどの大きさしかなかったのが、手のひらほどもある大きな茶色いカエルに変身していることに、斎木は驚かされた。

母親が、庭の草むしりをしているときにも見つけたことがあったが、そのときは、前ほど騒がなかった。逆に、家の守り主だと、歓迎するふうだった。父親は、酔った折に、蝦蟇は、望みのものを引き寄せる縁起のよい動物だから、庭の置物にしている家もあるが、我が家のはなんといっても本物だからな、と自慢げに言った。

蝦蟇蛙は、数年の間、毎年大きく成長した姿で、現れた。蛙の寿命はどれぐらいなのかはわからないが、しばらく姿を見ない、と思っていると、その子供なのか、また最初に見かけたほどの大きさの蝦蟇蛙が住み着いていた。そのうち、斎木も蝦蟇蛙のことを忘れてしまっていた。

斎木が、十五年間の東京での生活を引き揚げて、この故郷の街に戻ったときには、両親は二人暮らしで健在で、それは今もそうだった。ひさしぶりに目にした庭は、雑草が抜かれ、きれいに整えられていて、とても蝦蟇蛙がいそうな気配はなくなっていた。

斎木の蝦蟇蛙を飼った話をおかしがって聞いていた奈穂が、

「今度眠りから覚めたら、うちのも鳴き出すかな」

と言った。

「ああ、そうだといいな。だがちょっとしか鳴かないから、気を付けていないと」

と斎木は答えた。

今思うと、あの実家の庭のどこで蝦蟇蛙が生まれたのか不思議だった。手製の池は、懲《こ》りた母親に命じられて、すぐに撤去してしまっていた。それに、雄だったか雌だったかわからないが、異性の蛙がいなければならない。それは、この庭でさっき見かけた蝦蟇蛙にも言えることだった。

13

奈穂には、蛙の鳴き始めの声には、格別といってよいほどの思いがあった。

それは奈穂が山麓の築四十年以上になる古家に、染め物の工房を構えていた頃のことだった。四月も半ばを過ぎたある日、表庭にある池の方から、水の泡が浮かび上がって爆《は》ぜ割れたような音が聞こえてきた。そのとき奈穂は、前住者が増築したらしい、庭に突き出た天井の低い四畳半の仕事場で、染めた布にミシンがけをしている最中だった。初めての展覧会を控えて追い込みにかかっているところだった。

ダダダダダッ、というミシンの音に呼応するように、その、クプ、クプクプ、という音は起こり、ミシンを止めるとやんでしまう。

その音に励まされるように、焦《あせ》る気持ちを落ちつかせられるように、奈穂はミシンを踏んだ。

夕方、庭木に水をやっているときに、池の淵のちょうど掌《てのひら》をすぼめたような窪みに、灰褐色の蛙が、こちらを向いてじっとしているのを奈穂は見つけた。池のまわりは、漬物石ぐらいのや、大人のにぎりこぶしぐらいのまで大小様々な石が重なりあっているが、それらに保護色となって紛れるかのようにしていた。

池の水は、一年前にこの家を借りようと訪れた時には濁った緑色をしていた。前の持ち主の老人が亡くなってから、池も庭も家の中も、誰も掃除する人がいなかったらしい。枯葉をすくって水をさらい、石を磨いて新しい水を入れると、老人のほっとする声が聞こえるような気がした。

蛙をもっとよく見ようと顔を近づけると、座布団の上で座り直すように腰を浮かせたので、近くに寄るのはやめにした。手にしていたブリキのじょうろで、水を二振り三振りかけてやると、グブグブ、とさっきの聞き覚えのある声をあげた。

やっぱりお前だったのか、ともう一振り水をかけると、グブッ、とつまったような声を発した。

初めて経験する展覧会への搬入も無事済んだ頃、蛙は、夕暮れどきに、河鹿蛙特有のフヒ、フィ、フィ、フィーと美しい声で鳴くようになった。老人が飼っていたのだろう。だから川から拾ってきたらしい色とりどりの自然石を配して、渓流を模したような池を造ったのかも知れない。

その頃はまだ別々に住んでいた斎木は、バスで一時間半ほどかけて工房を訪れて来る度に、縁台へ出て立ち膝を付いて晩酌しながら、その澄んだ鳴き声に聴き入っていた。

以来、蛙の初鳴きの声を聞くたびに、奈穂には、それらのことが思い出されるのだった。

14

ここと隣の学生用の集合住宅が建ったのは、斎木がまだ東京で生活していた頃か、病を得てこの地に戻り、川近くの四畳半のアパートに蟄居《ちっきょ》して病院通いをしていたので、この界隈から足が遠のいていた時期だった。

この場所は陽当たりのよい斜面だったので、以前はイチゴ園だった、という子供の頃の記憶がかすかにあった。だとすれば、蝦蟇蛙が住むような場所もあったかも知れない。その頃からこの土地に代々住み着いている蝦蟇蛙かも知れない、という想像を斎木は奈穂に話した。

と、春の突風に吹き飛ばされて、黒いTシャツが彼らの庭に舞い落ちてきた。クリーニング店でつかうような細い針金のハンガーに掛かったままだった。彼らは、上を見上げた。だが、人影はなく、どの家の洗濯物なのか見当がつかない。

何といっても建物は「山」の頂上に立っているので、風当たりが強かった。台風のときは海の方からの風がまともに吹きつけてきた。去年の大きな台風のときには、庭の枝垂れ桜が、根元を支えている木の台に結びつけられているのが外れて、土がめくれ上がって根が浮いてきた。それを見て斎木は、吹き飛ばされそうな強風の中、庭に出て身をかがめてそろそろと進んで桜の木を押さえ、ようやくの思いで、踏鞴《たたら》を踏んで土を固め、幹を手持ちの紐で台に括《くく》りつけたものだった。

そんな所なので、折からの強風に、洗濯物が落ちてくることはしばしばあった。以前に奈穂が、管理人室に届けると、洗濯物の落とし物は、誰も受け取りに来ないんですよねえ、と六十代半ばと見える管理人さんが室内に積み重なっている衣類やタオルケットを指差して弱り顔で言った。

今日は管理人さんは休みなので、奈穂はエレベーター脇の掲示板の〈痴漢に注意〉の貼紙の横に、〈落とし物です〉と記した紙とハンガーにかけたままのTシャツを画鋲《がびょう》で留めた。

彼らが、庭で作業をしている間、隣の自転車置き場との間で、幼児たちが自分の足で漕ぐオモチャの車に乗っている「ガーラガーラ」という音が聞こえていた。もっと広いところで遊べばよいと思うが、彼らの庭のベランダと植え込みの間には小石が撒いてある。その小石を拾って、投げたり、中からチョーク石を探して、コンクリートの地面に何か書き付けるのが楽しみらしい。

「さすがに啓蟄とはよくいったもので、地中から虫がモソモソとはい出てきたみたいに、子供たちが外で遊ぶ声が聞こえるようになったな」

と斎木は言い、奈穂も笑顔で頷いた。

15

一仕事が終わったので、彼らは、野草園まで行ってみることにした。去年の秋、十一月の最終日曜日に、植物感謝祭と称して、その年の閉園式が行われた。落ち葉焚きをして焼いた焼き芋が配られるので、好物の奈穂は楽しみにして参加した。

路地からバスターミナルに出るところの角にある売店は、冬の間は客もまばらだったが、今日は野草園帰りの人たちで賑わっていた。

店を覗いた斎木たちに、看板娘ともいうべき店員が、厨房《ちゅうぼう》でいつもの笑顔を湛《たた》えながらお辞儀をした。そばやうどん、ラーメンにおにぎり、いなり寿司なども売っており、二つテーブルが置いてある店内でも食べることができ、また持ち帰りにも応じるので、忙しいときの昼時や休日には、ときどき利用して、すっかり顔馴染みとなっていた。

バスターミナルを取り囲むように植えてある桜は、まだつぼみが堅かった。

「あれっ、斎木さんに河原さん、おひさしぶり」

停留所の外側の歩道を歩いていると、バスを待っている人たちの中から、声をかけられた。見ると、以前馴染みの居酒屋で、ときおり見かけた顔だった。

「……ああ、小山さん。ご無沙汰してました」

斎木は名前を思い出して答えた。仕事名は旧姓にしている奈穂も顔見知りなので、頭を下げた。

あれは、昨年の春のことだった。連休が明けたばかりの頃、新聞を読んでいて小山さんの眼鏡に帽子姿の顔写真に出会った。懐かしく紙面を辿っているうちに、心が静粛になっていた。

斎木たちがノルウェーに行っている間に、小山さんは高校生の息子さんを交通事故で亡くし、今は息子の好きだった山桜の咲いている場所のマップを作成して歩いているという記事だった。

そうして、手紙を出そうとして、いつも顔を合わせていた居酒屋が、店をたたんでいることに気が付いて、住所がわからずにそれっきりになっていた。

そんな話題を持ち出したものかどうか、と迷っている斎木に、

「『一合庵』のおかあさんもお元気かしら」

今日も写真と同じ出で立ちの小山さんが訊いた。

「さあ、おかあさんは医者嫌いだから、持病の糖尿病が悪くなっていなきゃいいですけどね。あれは去年の秋だったかな」

と斎木は奈穂の方を見て確認してから言った。「河原が個展の案内を出したら、返事があって、会場に顔は出せないけれど、今は娘とマンションに暮らしていますって、消息が書いてありました」

16

「そうですか、おかあさん、とうとうあの家を出たんですね」

感慨深げに小山さんが言った。

「アパートで一人住まいをしたいっていうのが、前々からのおかあさんの口癖でしたからね。まあ、半ば希望が叶ったというところじゃないかな」

と斎木は答えた。

そういえば、小山さんと会うのは、八月にノルウェーへ旅立った年の春に、『一合庵』の庭に咲いている、染井吉野を大ぶりの枝ごと伐って、店内の大きな瓶《かめ》に活けての花見の会で会って以来だった。斎木は新聞で、小山さんを見かけたが、小山さんの心の中では、あの花見の会のときが今に結びついている。だから、真っ先におかあさんの消息を訊ねる言葉が出たのだろう。

一昨年の暮れに、『一合庵』は店を仕舞った。その最後の納庵会には、小山さんの姿はなかった。今にして思えば、とてもそんな余裕がある心の状態ではなかったのだ、と斎木は改めて感じた。

……『一合庵』は、客からおかあさんと呼ばれて慕われている女将《おかみ》が、住まいの一と部屋を改造してはじめた店だった。斎木が、二十一歳での最初の結婚をする前以来の一人暮らしを、九年前に故郷の街に戻ってふたたびはじめたときに、アパートの近くの住宅地に店の看板の明かりを見つけて、ぶらりと立ち寄って入った。

初めて客となったときに、熱いおしぼりを用意して、はじめの一杯のビールに酌をした女将が、改まった口調で、

――おばんでございます。『一合庵』にようこそいらっしゃいまし。

と挨拶して乾杯した。斎木が屋号の由来を訊ねると、

――ちょっと恥ずかしいんですけど、良寛さんの『五合庵』にならって、私はせめて一合だけでも、と思いましてね。

女将は、肌つやのいい顔を少し染めて教えたものだった。……

「斎木さんは最近はどちらへお酒を呑みに」

と小山さんに訊かれて、

「いやあ、『一合庵』が店を閉めてから、もっぱら自宅で手酌専門です。すっかり街から足が遠のいてしまいました」

斎木は頭に手をやった。

「工事してるんですね、ここ。何の工事かしら」

「新しいテレビ塔が建つそうですよ、年内中にも」

と斎木は、塀の方を見遣《みや》って答えた。伐り残された桐の木が一本だけ、塀の内側に見えた。

17

「えっ、テレビ塔ですか。でも、これからテレビ局が、新しくこの街にできるのかしら」

小山さんは、訝《いぶか》しげに言った。

「いいえ、数年後にデジタル放送がはじまるので、そのためにNHKと民放が共同で建てる鉄塔らしいです」

と斎木は教えた。

「何ですか、そのデジタル放送っていうのは」

「僕にもあまりよくわからないんですが、画質や音質がよくなるっていう話です。それから、視聴者と双方向になるので、クイズ番組なんかに家にいたままで参加できるようになるとか、こうやって外でバスを待っているときに、携帯端末でテレビを観ることができるようになるとか」

「テレビは今でさえ、家にいてもあんまり観ないのに、衛星だとかデジタルだとか、そんなに便利になる必要があるんでしょうか」

「さあ、僕も、衛星放送は映画を観るぐらいですからね、これ以上はあんまり」

戦後にテレビ塔がこの地にはじめて建ったときは、世間にも、もっと新しい技術に浮き立つような思いがあっただろうが、今の世の中では、最初から先細りの夢に過ぎず、嘆じ合う口調になってしまう、と斎木は思った。それは、二十代の時期を都心で電気工事士として、ビルなどの新築や改築の工事現場に携わってきた彼にとっては、いささか淋しいことでもあった。

「今日は、お揃いで野草園にいらっしゃったの」

と、小山さんが気持を変えるように話題を転じた。

「いえ、いまからちょっとだけ覗いてこようと思いまして」

「そんな、もう、前日祭は終わったわよ」

「ええ……」

言い淀んだ斎木に代わって、奈穂が、

「そうそう、私たちこの奥の集合住宅に引っ越したんです。それで、散歩がてらにと思いまして」

と話題を引き取った。それで、小山さんも納得顔になった。

「でも、河原さん、染め物のお仕事は……。マンションじゃ無理でしょう。どこか仕事場でも借りてるの」

「いえ、それがなかなか見つからなくて。今は、マンションの台所やお風呂場で何とかやってます。それから、市民センターや美術教室での染色講座のときに、ついでに自分の染め物もやってきたり」

と奈穂が答えた。その仕事場の確保こそが、目下の所、彼らの生活のいちばんの悩みだった。

18

「どこか、近所で、空き家になっているような古家が見つからないかと思って、ずっと探しているんですが、実際にはなかなか見つからなくて」

と斎木が言った。

「そう。しばらくは、工事の騒音が大変ですね」

「ええ。でもこういう『山』の上に、好きで住んでいるんですから、ある程度は仕方がないと覚悟してます」

緑色に青い横のラインをあしらった市営バスが、角を曲がってやって来るのが見えた。運転手は、いったん手前の降車場で乗客を降ろしてから、運転席から立って車内の忘れ物の点検を指差し確認した。その後、運転席に戻り、四分の一回転だけカーブを切って、始発の乗り場へとつけた。

「では、今度は、秋の『萩まつり』のときにでも」

「ええ、またお目にかかりたいわ。もし『一合庵』のおかあさんにお目にかかるようなことがあったら、よろしくお伝えして」

彼らと小山さんはそう言い合って別れた。

結局息子さんのことには触れなかった、と思いながら、斎木の胸に、さびしくもあたたかい感情がのこった。

転回したバスを見送ってから、彼らは、野草園の入口へ向かって再び歩きはじめた。四ヶ月ぶりに、小さな門が開かれ、「開園前日祭」という看板が立っていた。左手の、入場券を売る窓口にも、水色の制服を着た女の人の姿があった。

入口の手前の並びには、小さな赤い郵便ポストがある。斎木は、仕事の息抜きにそのポストまで出かけるときに、小さな旅心のようなものをいだいていることが多かった。そんなこころで見ると、冬の林も、ほんのりと桜色に咲きひろがっている花の林といった風情があったものだった。

門を入ってすぐのところに、馬酔木《あしび》があった。奈穂は、思わずその花に鼻を寄せてみた。子供の頃、俳句をたしなむ父親にうながされてそうやっては、抹香《まっこう》臭いと顔をしかめるのが常だった。

緩《ゆる》やかに下る遊歩道の左右には、咲いている春の野草の花の種類はまだ少ないが、それでも二枚葉のあいだから紅紫色の花を咲かせる可憐なカタクリが数株だけ花を付けているのを見ることが出来た。紅紫色の花を能の猩々《しょうじょう》の赤い顔に見立て、ロゼット葉を袴に見立てて名付けられたというショウジョウバカマは、今が盛りとかたまって咲いていた。

(今年も無事に、開園を迎えることができた)

19

開園前日祭のセレモニーも終わり、長嶺さんは、ゆっくりと園内を見回りながら思った。

長嶺さんは、開設当時には土木課の若手技師として建設に携わり、後に長い間園長を務め、そして現役を退いた今でも名誉園長として関わり続けていた。

地元のテレビにときどき顔が出ているので、市民も一方的に親しみがあるらしく、見知らぬ人も、挨拶をしていく。それに、「さようなら」と、穏やかな笑みを浮かべて、長嶺さんはいちいち丁寧に答える。

……五十年前のあの日は、小雪がちらつく寒い日だった、と長嶺さんは思い出す。

昭和二十九年七月に開園した野草園は、その三年前の昭和二十六年三月に鍬入れ式があった。そのときから、ちょうど五十年が経っていた。

起工する前のこの土地は、一部が芝山で、日当たりはよいが、昭和二十年に大崩壊が起きて、赤松や樅《もみ》の樹木が伐採されていた。辺り一面は、雑木の若木が生い茂り、荒涼としていた。しかし、雑草が茂る藪を分け入ると、山あり、谷あり、湿地ありで、小池なども介在して、意外に変化に富んでいることがわかり、自生する野草の種類も多かった。

起工式の翌日から、まず野草園内に道路を造る作業からはじめた。ブルドーザーではなく、人間が唐クワを振り下ろした。その園路造成奉仕には、前の年に、隣県からこの「山」の南側に移転してきた少年院（最初はこの野草園のある場所に移転してくる計画だったが、住民の反対で風致地区が守られた）の約五百人ほどの院生たちがあたった。三年の工期中、院生たちが代わる代わる、連日二十名の手を貸したのである。

竹笹や雑木の抜根、地ならし。戦時中に切り倒された樅や赤松の切り株の抜根は人力では無理だった。そこで、手回しの抜根機を用意して、切り株の周りを唐クワとスコップで掘り、出てきた太い根にワイヤーロープを巻き付け、カラカラと重い抜根機のハンドルを回してようやく切り株を起こすという作業で、少しずつ園路がつくられていった。

そして、食べ盛りの少年院生たちの、汗を流した後の一服は、ふかし芋だった。……

そんな思い出に浸りながら歩いていると、また挨拶をされた。挨拶を返してから改めて見ると、見覚えのある顔だった。ああ、一度地元誌で対談したことのある作家だ、と長嶺さんは気が付いた。

20

「どうもその節は、アトリエまでお邪魔しまして、大変お世話になりました」

と斎木が礼を言った。

「ああ、斎木さんでしたね。こちらこそ好き勝手な話ばかりで申し訳ありませんでした」

と長嶺さんは答えた。

二人が対談したのは、ちょうど一年前の春のことだった。そこで大いに盛り上がった話題が、海辺に咲く植物であるハマナスは、ハマナスとハマナシ、どちらと呼ぶのが正しいのか、ということだった。対談の席上、長嶺さんは、

――昔から、ハマナスの自生地である北国では、この植物をハマナスと呼んできた。ところが、多くの国語辞典は、この果実は茄子《なす》ではなく梨の形をしているからハマナスは間違いで、さらに東北人はシを訛《なま》ってスと発音するからと説明している。これは、蝦夷の子孫である私には心外に耐えない。

という意見を披露した。

そのとき、斎木は、その感情論の部分は別にして、その意見は傾聴に値すると感じたのであった。多くの国語辞典が依拠しているのは、牧野植物図鑑だが、その牧野博士は、大槻文彦博士が『大言海』で、ハマナスを浜茄子としてその実が「赤クシテ円ク、略《ほぼ》、茄子ノ如シ」と書いている説を滑稽だとして、浜梨が正しいという根拠をこうも述べている。「この薔薇の実（作者注、ハマナスのこと）は少しく偏平な球形で決して茄子のような縦長い倒卵形はしていない。ゆえにその茄子に象《かたど》ってこれを浜茄子と称するのは全く見立てを誤っている」

だが、ある植物民俗学者の研究によると、『滑稽雑談』（一七一三）に、「秋に至って実を結ぶ、

初生の茄子の如し、また食に耐えたり、故にハマナスと云う」、また『大和本草批正』（一八三七）には、「実は巾七、八分小茄《こなす》の如し、故にハマナスと云う」とあって、いずれもハマナスの果実を初生、もしくは小型の茄子に昔はたとえていたようなのである。そして、『本草綱目啓蒙』（一八〇三）の「茄」の項に「数品アリ、色紫ニシテ形圓ナルハ尋常ノ者ナリ（中路）形圓ニシテ横ニ潤ヲ好トス」とあるように、昔の茄子は、今のような長卵形よりも、偏平な丸形のものを好んで栽培したことが窺い知れたのだった。

「ハマナスの話、読者にも好評だったと聞いてます。あれから僕も、声を大にしてハマナスと言うようにしています」

斎木が笑いながら言うと、それは心強い仲間が増えました、と長嶺さんも笑顔になった。

21

「辛夷は、残念ながら花が間に合いませんでした。でもつぼみもよいものです。五十年前に苗から育てた木です。どうぞ見ていってください」

と長嶺さんが言った。

「はい。今年もまた、ちょくちょく野草園に寄らせていただきます」

「そうだ、確か奥さんは草木染をやっているんですよね」

「はい」

「僕も少しは草木染をいたずらしたことがありましてね。今度、工房を見せてください」

「ええ、存じ上げております。工房は、今は間に合わせですので、近いうちにお見せできるようになりましたら、そのときはぜひ案内を差し上げます」

と少し照れ臭そうに、奈穂は答えた。

擦れ違いながら、長嶺さんはいつでもお洒落《しゃれ》だな、と奈穂は思った。今日は、スウェードの上着を着て、手作りのループタイを締めたシャツの襟元には緑色のスカーフが覗いていた。小柄だが、姿勢がいいので、立ち姿がすうっとして見える。

野草園での色々な催し物を企画したり、染め張り絵をつくったり、植物に寄せた童話をつくったり、と精力的なのも、このお洒落と無縁ではない気がした。奈穂自身、染め物を教えていて、生徒さんたちが、染めた布の色に後押しされるように、何事にも積極的になっていく姿を始終見ていた。

長嶺さんは、近所に住んでいるので、街から帰るときのバスで見かけたり(終点まで乗る彼らの、二つ手前の坂の途中にあるバス停でいつも降りる)、散歩している姿をよく見かける。着ているものが、人を前へ前へと押し進めているというのが、その度に、奈穂が抱く印象だった。

園の中段、ミズバショウの咲く沢のわきに、辛夷の木はあった。

斎木は、春先に白い花をぎっしりと咲かせる辛夷がとりわけ好きで、春の到来も、梅や桜よりも、この東北では田打桜とも呼ばれる木の花が咲いているのを見ることによって最も実感した。二十代の頃に、電気工を飯の種としていた頃は、工事先の団地の公園で見ることが出来たし、茨城県の電機工場で働いていたときは、工場の隣の児童公園にやはり辛夷の木が植えてあった。

地面に近い幹に蔦が巻きついているこの野草園の辛夷は、幹の周りは一メートル、樹高十メートルほどに枝を広げている大木である。仰ぎ見るほどの高さに、ふくらんだつぼみが、少しだけ開きかけていた。

22

奈穂が、この辛夷の木の下に立つのは、二度目だった。

前に訪れたのは、九年前の春で、やはり斎木に連れられてきた。そのときの春は、斎木が十五年ぶりに郷里で過ごしていた。斎木は、妻子と別れ、アパートで独居して、病院に通う身であった。電気工をしていた頃に大量に吸い込んだ石綿《アスベスト》の後遺症による喘息《ぜんそく》と肺の治療を受けていた。

斎木が借りたアパートは、川のほとりにあり、申し訳程度に小さく切り取られた部屋の窓からは、川を隔てた対岸の鬱蒼とした丘陵が望めた。

その年の春は、特に花粉症の症状がひどく、喘息の発作も引き起こされるので、外出もままならなかった。外は春の良い日和《ひより》だというのに、アパートの四畳半の狭い部屋に籠もりきりで仕事をしている斎木は、四月のはじめに野草園の開園を知らせる新聞記事に目を留め、切り抜いておいた。

それを見せられた奈穂は、ようやく花粉の飛散が少なくなったようだし、足慣らしに出かけてみないかと誘ったのだった。狭い部屋に閉じ籠もってばかりいるのはよくない、とも心配していた。斎木は薬の副作用で抜け毛がひどいので、自分で頭をバッサリと刈って坊主頭にしていた。彼が、奈穂の誘いに乗る気になったのは、その記事の文中に、これから辛夷の花が咲くことが書かれていたからだった。

ゆっくりと徒歩で野草園に着くと、園のなかほどに、目指してきた辛夷の木はあった。それは申し分のない大木で、斎木の願いは充分に満たされた。空を摑もうとする幼な子の手の形をした花々が、咲き競っていた。

山なみ遠に春はきて
こぶしの花は天上に
雲はかなたにかへれども
かへるべしらに越ゆる路

斎木は、辛夷の花を見るたびに口を衝いて出てくるという詩を暗唱して聞かせた。

陽射しを浴びた白い花の洪水は、眩しいほどの美しさだった。しばらく木の下に佇んでいた奈穂は、ふと、時間を超えた浮遊感におそわれた。その永遠の感覚はどこか、しんとした淋し味にも似ていた。

辛夷の白い花よ、その清廉さのせめて一片だけでも、けがれはてて、ぐうたらに生きのびている僕に恵め！　と、鬱情《うつじょう》に駆られていたそのときの斎木は、祈っていた。……

23

閉園が間近であることを知らせる放送が流れてきた。

「そうだ、せっかくだから、急いで水琴窟にも寄っていこう」

と斎木が言った。

「『すいきんくつ』って？」

「とにかく行ってみればわかるさ」

斎木の口調にはしゃいだ色があった。

途中、蓮池に架かっている木の橋を渡りながら、この池で、おたまじゃくしを採ったんだ、と悪戯《いたずら》っ子のような顔に戻った斎木が教えた。

へえ、と奈穂は池の中を覗き込んだが、まだおたまじゃくしらしい生き物は見当たらなかった。

そういえば、前に訪れたときは、斎木もそんなことを教える心の余裕がなかった、と奈穂は改めて痛感した。

フェンスが少しだけ破けているところを指差して、おれたちは、ああいうところからただで入り込んだんだ、と斎木が得意げに言った。

やがて、「水琴窟」という案内板が目に留まった。たしかに、どこかで目にした名前だけれど、と奈穂は首をひねった。両脇に羊歯《しだ》が生え、自然石の石段になっている水場を、どんどん進んでいく斎木の後になってのぼった。

実物を目にして、ああ、これか、と奈穂は思い出した。以前に、テレビで目にしたことがあった。

水琴窟は、地中に逆さに埋めた瓶の中に、水が滴り落ちたときの音が、瓶の中を反響して、あたかも琴の音の如く聞こえる音響装置だった。

斎木は、さっそく、傍らの蹲《つくば》いの水を柄杓《ひしゃく》で汲んで瓶の底に空いている穴へと静かに注ぎ込んだ。

奈穂が実際に初めて聴くそれは、とても繊細な響きを持っていた。高く澄んだ音は、金属的とも感じられた。びゅん、と弦を弾いたような音もする。最初はやや賑やかな流水音で始まり、やがて速い水滴音に変わり、最後はゆったりとした水滴音で終わった。

奈穂も一緒になって何度も繰り返していると、小学校の低学年らしい女の子が近付いてきた。躊躇《ためら》っている様子に、

「どうぞ、やってごらん」

と、奈穂は、柄杓を手渡した。

柄杓を受け取った女の子は、最初はやや照れながら、水琴窟に水を注いだ。そして、水滴音が聞こえ出すと、あっと息を呑み、目を輝かせながら聞き入った。もう一度、もう一度、と夢中になって繰り返しては、水滴音に聞き入っているその顔を、可愛い、と奈穂は見つめた。

24

東北新幹線が市境の川に架かっている橋を渡りはじめると、いつものように黒松さんは、手元の本を閉じて、左手の窓外へと目を向けた。

列車の進行方向左手に、小高い山の上に三本のテレビ塔が横並びに林立している明かりが遠目に見えて来た。今は、日が暮れているので、脇の二基の鉄塔は、まばゆい光の衣装をまとっていた。中央の鉄塔は、同じ間隔で、白い航空障害灯を点滅させ続けている。

(また、帰ってきたか)

黒松さんは心の中でつぶやいて、苦笑を浮かべた。今の自分には、帰る場所が二つある、と彼は思った。それは、一人は結婚して独立したが、まだ家にいる息子と妻が住む浦和の自宅と、そしてこれから向かおうとしている単身赴任の生活をしているマンションとだった。

この春で、単身赴任の生活は十年目に入ろうとしていた。いつから、この街にも帰り心地を覚えるようになったのだろう、と首を傾《かし》げて思い返しながら、黒松さんはじっと鉄塔を見遣った。鉄塔が放つ光は、黒松さんの帰り心地を、昼間よりも一層強めるようだった。

線路は、いったん鉄塔のある「山」から離れ、また再び近づく。街の中心を流れる川を渡るときには、鉄塔たちは、左手の正面にだいぶ大きく迫って映ってくる。

その一番左の鉄塔は、黒松さんが単身赴任している放送局のものだった。そして、昼間なら、その僅か下、中央の鉄塔寄りに、自分の住むマンションも一瞬目にすることが出来るはずだった。

ライトアップされたうちの右側の鉄塔は、日によって色を変える。白、オレンジ、緑と。それはそれぞれ、明日の天気を、晴れ、曇り、雨または雪と予報しているのだ。

今は、霧の中、緑色にぼんやりと滲《にじ》んでいるから、明日は、春雨なのだろう。

降車を促す車内アナウンスが流れ、それまでのんびりしていた乗客たちが、網棚から荷物を下ろし、そそくさと身支度を整えはじめた。

旅慣れた黒松さんは、手持ちの本をショルダーバッグにしまい込めば、後は降りるだけだった。バッグには、いつも折り畳みの軽い傘が入っている。着替えは、マンションに出入りしているクリーニング屋に出すようにしているので、自宅から持参する必要はなかった。

列車が街中に入り、鉄塔が見えなくなると、なに、あわてる必要はないさ、というように、黒松さんは腕組みをして目をつむった。

黒松さんは、出向を言い渡された十年前のことはよく覚えている。

それは一九九一年の六月のことであった。ある日総務局長に呼ばれて、突然何の前触れもなく出向の話が切り出された。それまで、彼は、東京のテレビ局の制作畑の人間だった。そのポストには出向というものは、ほとんどなかった。系列の地方局というものは、営業が強く、幹部も営業畑の人間がなるのがふつうだった。

ところが、地方局の報道制作の局長が定年退職でいなくなるので、キー局から誰か後任をということになったのである。出向というのは、だいたい二つの線で決められる。そこの地域の出身か、あるいはそこの大学を出たかである。

黒松さんは、生まれは、茨城県の結城でもともとは東北には全く縁がなかった。ところが、卒業した大学がこの街にある国立大の文学部だった。その頃、自分の納得する制作の仕事ができずにくすぶっていたこともあって、周囲は、「あいつに言えば飛びつくんじゃないか」と思ったのだろう。

——お前はこの会社では芽がないから向こうへ行って羽ばたいた方がいいんじゃないか。

と総務局長に言われて、

——ああ、そうなんですか。

と黒松さんは答えた。

今から考えると、総務局長に言われたら、サラリーマン社会では、ここではもう終わりだな、と引導を渡されたも同然だった。汚い言い方だな、と黒松さんは思う。

しかし、そのとき黒松さんは、

——はい、じゃあ、行きます。

と辞令を承諾したのだった。二人の子供の学校のこともあって、当然のように単身赴任となった。

当初は、まさかこんなに長く単身赴任でこの街にいることになるとは思わなかった。

大学のときからほぼ三十年ぶりのこの街の印象はずいぶんと変わっていた。

黒松さんが学生寮での大学生活を送ったのは一九六〇年代で、その頃は道も砂利道が多く、今では繁華街の大通りのシンボルとなって、クリスマスの時季にはライトアップされて観光名物となっている欅《けやき》の木も、まだ植えられたばかりの小木だった。

荷物はすべて会社が頼んだ引っ越し業者に頼み、身一つだけを新幹線で運ばれながら、黒松さんは、大学に入学しに、この街へ向かったときに感じた、北へ流れていくということの侘《わ》びしさ、淋しさ、といったたまらない心境が蘇るようだった。

26

列車がホームに滑り込んで停まると、黒松さんは並んだ降車客の一番最後となってホームに降り立った。

桜の開花の報も聞かれて汗ばむほどだった関東地方に比べて、さすがに東北の街は、まだひんやりとした。

来る途中、黒松さんは、車窓から、沿線の木々の芽吹きにずっと目を遣っていた。

乗車した大宮から、しばらくの間は、桜のつぼみがだいぶ膨《ふく》らんでいるのが見受けられた。

それから宇都宮あたりまでは、雑木林の新緑の芽吹きの色も見えた。

黒松さんが生まれ育った所は、関東平野のちょうど真ん中で、周りに高い山が無かったせいだろうか、ちょっとした雑木林のことも「山」と呼んでいた。そんな「山」で、捨てられていた子犬に餌をやって、親に内緒で飼っていたこともあった。

初夏を思わせる晴天に、竹箒《たけぼうき》を逆さにしたように伸びている欅の枝先に、柔らかそうな若葉がもわもわっと広がりかけている。それはまるで、日を透かす半透明の薄雲がなびいているようにも見えた。

それが、宇都宮を越えたあたりからは、雑木林はまだ裸木のままだった。遠くに見える那須の山々にはまだ雪が残っていた。そして、東北の地に入ると、雨模様となり、苅田《かりた》や里山の景色は、まだ冬枯れの気配を濃く残していた。

南から北への列車による移動は、居ながらにして、定点観測の時間を逆回しにするようなものかも知れない。

三階にある新幹線の中央改札口を出た黒松さんは、下りのエスカレーターで二階に下りると、そこからいつものように階段を下りて真っ直ぐに駅構内のタクシー乗り場へと向かった。

タクシー待ちの客は少なく、客待ちのタクシーが何台も列をなしていた。

「野草園の所のマンションまで」

すぐに乗り込むことが出来、黒松さんが告げると、

「坂は、一方通行をのぼりますか」

と運転手が訊いた。

「ああ、そうして下さい」

と黒松さんは答えた。その方がバス通りよりも近道だった。もっとも、タクシーチケットで払うので、料金の多少の違いは、問題ではなかった。

駅前の混雑を抜けると、タクシーは速度を上げて南へ走った。正面に遠く見えていたテレビ塔の灯りがぐんぐんと迫ってきた。

27

「いっつもこれぐらい空いててくれると助かるんだけどねえ」

よく渋滞している大きな橋を渡りながら、運転手が気分良さそうに言った。

日曜日の夜とあって、車通りが少ないことに黒松さんは気付いた。十年前に、この街に単身赴任したばかりの頃は、まだ景気がよくて、繁華街で午前二時、三時まで飲んで店を出たが、タクシーがなかなか拾えないから、タクシーが来るまでもう一度飲み直すことにして、店の女の子がタクシーを拾うのを待っていることもあった。

最初の二、三年は、夜の接待が毎日のように続き、あまり酒が飲めない黒松さんにとっては、辛い時期だった。単身赴任して身軽になったとばかりに、夜の街で羽根を伸ばす者を見て、飲めない人間は所詮孤独なんだ、孤独を楽しむしかないんだ、と思ったこともあった。

明日は、午前中に、今年度になってはじめての重役会議がある。それに間に合わせるには、明日の早朝の新幹線でも充分間に合った。けれども、自宅にいると、居場所がない思いに駆られて、帰ったそばから、もう単身赴任先に帰ることを考えはじめている自分がいた。

単身赴任の時期が長くなればなるほど、妻との文化が違ってきてしまったことを黒松さんは痛感せざるを得なかった。

今日も小さな諍《いさか》いがあった。

昼間に、妻に車での外出を誘われた。けれども、関西への出張先から、そのまま自宅に帰ったこともあり、疲れていたので断って居間で横になっていた。なぜ自分は出かけたくないかをまた説明するのも面倒だった。すると、妻は、

――あなたは、せっかく私が誘い出してあげているのに、家の中でゴロゴロしている。

と不満げに言った。……

タクシーは橋を渡り終えると、「山」の裾に沿って鋭角に右折する。その右折車線で信号待ちの時間があった。

そこからは、「山」が迫って、一番手前の緑色の光を放っている鉄塔の先が少し見えるだけだっ

た。小雨は相変わらず降っていた。

窓は　夜露にぬれて
みやこ　すでに遠のく
北へ帰る　旅人ひとり
なみだ流れてやまず

黒松さんは、心の中でその歌詞を思い浮かべた。

28

元々は、旅順高等学校を放校させられた寮生が作詩したという「北帰行」が黒松さんは好きで、どうしてもカラオケで歌わなければならない状況に陥ったときは、唯一その曲だけを歌うことにしていた。

案外自分は、東北の地が好きなのかも知れない、性格にあっているのかも知れない、と黒松さんは近頃ではよく思うことがあった。今の心境は、北へ流されるというよりも、この街へ来る気楽さの方が強いかも知れなかった。まあまあよく頑張ってきたんじゃないか、と納得する思いもあった。

ようやく信号が変わり、タクシーは大きく右折した。左手の先に、コンビニエンスストアの明かりが見えて、黒松さんは日用品が切れていることを思い出した。三分ほど待っていてくれないかと頼むと、運転手は快諾してくれた。

レジの前に立った黒松さんは、アルバイト店員の女の子が、てきぱきとレジを打つのを見ていた。高校生だろうか、髪は流行《はや》りの茶髪だが、頑張っている若者の姿を見るのはいいものだった。黒松さんの奥さんは、男の子二人をもうけた後、もう一人子供が出来た。けれども、切迫流産で助からなかった。女の子だった。黒松さんも一人は女の子が欲しかったし、それ以上に奥さんが切望していた。

あのとき生まれていたら、女同士の話をしたり、一緒に買い物をしたりできて、妻も少しは気が紛れたかも知れない……、と黒松さんは想った。

「どうもお待たせしました」と言って黒松さんが乗り込み、タクシーは再び発進した。鋭角に左折して急坂をのぼっていく一方通行の細い道へと、運転手は勝手知った様子で入って行った。街灯もなく、鬱蒼と樹が生い茂る闇の中をヘッドライトで前方を照らしながら、山道を上っていった。

「この冬は雪が多くて大変でしたね。この道も三度ほどチェーンを巻かないとのぼれませんでした」

と黒松さんが言うと、

「ああ、冬場はちょっと遠慮したい道だなあ」

と運転手は答えた。

マンションに着いてタクシーを降りた黒松さんは、共同玄関のオートロックの鍵を開けて入った。すぐにエレベーターに乗ろうとして、手前に見覚えのあるTシャツが掛かっているのに気付いた。胸元の刺繍《ししゅう》を見て、接待でよく使うバーが、開店二十周年に客に配ったTシャツだと知れた。

（ああ、ベランダに干したままにしていたのが下に落ちてしまったのかもしれない）

見知らぬ拾い主に感謝しながら黒松さんはTシャツを手に取り、エレベーターの三階のボタンを押した。

29

朝の七時過ぎから隣の鉄塔工事の現場が騒がしい、と斎木は仕事をしながら思っていた。

朝食時になって、新聞を取りに玄関を出た。北側の部屋の窓の外に付けられている侵入防止の柵に、朝刊はいつも挟んであった。それを取ったついでに、外へ出て鉄塔工事の現場に足を向けてみると、コンクリートミキサー車や多くの作業員たちの姿があった。

いよいよ、鉄塔の四本の足を支える、基礎のコンクリートの打ち込み作業が始まっていた。基礎の鉄筋と仮枠はすでに組み上がっていたから、気温が低いとコンクリートの中の水分が凍ってコンクリートの強度が低下したり、昼間と夜間の温度差が大きいとひび割れを起こしてしまうので、春の到来を待っていたのだろう、と斎木は想像した。

少し粉っぽい懐かしいにおいを嗅ぎ、荒々しい声を掛け合いながら作業をしている姿を見ながら、彼の電気工時代もこういう作業のときは、土木作業員だけでなく、電気や水道設備など建設に関わる多くの職人たちが駆り出されたものだった、と斎木は思い出した。

薄緑色の作業着を着て現場監督とおぼしい腕章を付けた男は、現場でコンクリートに水を混ぜていないか（コンクリートに水を混ぜると打ち込みやすくなり、仕上げもきれいだが、強度が低くなる）、コンクリートを打ち込んだ後に、基礎に空洞部分ができないように、バイブレータや手作業の場合は長い棒を使ってよくかき混ぜたり（その作業を斎木たちは手伝わされた）、型の外からドンドン叩いたりしているか、アンカーボルト（基礎から突き出ている金属ボルト）が図面の指定通り入っているか、などを注意深く確認しているようだった。

部屋へ戻った斎木は、

「いよいよ工事が本格的にはじまったよ」

と奈穂に報告して、コンクリート打設の作業のあらましを説明して聞かせた。奈穂は斎木のそんな話をいつも興味深く聞いた。

朝食を済ませ小憩した斎木は、毎月一度、通っている病院に行くために、出かける支度をした。バス停へと向かおうとすると、路地を車が遮り、太い蛇腹のホースがのたうっていた。立ち止まった斎木を見て、交通整理の若い女性の警備員が警笛を鳴らして、人が通りまーす、と作業員たちに大声で知らせてから、どうぞ気を付けてお進み下さい、と誘導した。

「どうもご迷惑をおかけしています」

と頭を下げられたのに、

「いや、ごくろうさまです」

と斎木は思わず答えていた。

30

斎木は、今住んでいる場所に越してきてから、街へ出るときには、決まってバスを利用している。

発車時間ぎりぎりに駆けて間に合わせると、しばらく咳が止まらなくなるので、たいていは十分ほどの時間の余裕を持って出かける。そして、バス停に佇みながら、終点から始発へと変わる折返し場となっているので、発車までの間、バスの運転手たちの休憩の所作を見るともなく眺めることになる。

運転席で新聞や雑誌を広げる者、わずかな休息に目を閉じている者、几帳面そうにバスの車体の汚れを拭いている者、外へ出て一服する者、知り合いになった乗客と談笑する者……。

乗客が列をなしていても、降車場から乗り場まで、時間ぎりぎりにならなければバスをうごかさない運転手がいれば、すぐに移動して、乗客達をバスの中に座らせて待たせてくれる運転手もいた。特に、夏場などは、炎天下で待たされずに、すぐに冷房が効いている車内に乗せてもらえることを団地の方から急坂を上ってくる高齢者が多い乗客たちは有り難がった。雨や雪の日も同様だった。

それらの仕草や気配りと、運転台の後ろに掲示された運転手の名前とを照らし合わせて、いつのまにか見知った運転手たちの名と姿が一致するようになった。

それに比べて、ターミナルの敷地の隅で休憩を取っている、タクシー運転手の方は、いつまで経っても顔に馴染みが生まれなかった。

街中から戻るときも、斎木は、バスに乗るとまず、運転台の後ろに掲げてあるネームプレートで、運転手の名前を確認する。そして、

「ああ、この運転手はおだやかな運転をする人だった」

「この人は、一見無愛想だが、お年寄りに親身になって対応してくれる」

「まだこの路線の運転をはじめて間もないから、狭い坂道で対向車と擦れ違うタイミングを把握していないようだ」

などと、運転の特徴を自ずと思った。

今日の運転手は、降車場に停まったままで、ハンドルに突っ伏すようにして休んでいた。見かけない姿に、四月になって新年度に入ったので、新しくこの路線に配属されたのだろう、と

斎木は想像した。

そういえば、いつも親しく乗客たちと談笑しながら温厚な運転をする「伊東さん」をここしばらく見ていない、この春から路線が変わってしまったのだろうか、と思いを馳せた。

31

発車時間ちょうどになって、ようやく運転手は乗り場へとバスを動かし、扉を開けた。

斎木はいつものように、一番後ろの席に座った。子供じみている癖だと自分でも思うが、彼は子供の頃から、ゆったりと車内を見渡せるその場所が好きだった。学校の教室でも、窓際の一番後ろというのが、彼の指定席だった。

七人ほどの常連の乗客たちが、それぞれの座席に落ち着いた。バスを出そうとした運転手が、右手から工事のトラックが警笛を鳴らして近づいてきたのに気付いて、慌てて停まった。

運転席の後ろの名前のプレートに記してあるのは、やはり見かけない「岩沼修一」という名前だった。新人なのだろう、プラスチックのプレートに刻字してあるのではなく、まだ間に合わせの手書きのものだった。

放送局前は通過して、大きくS字を書くように曲がり下り、次の坂の途中にある停留所で、バスはがくんと乱暴にブレーキがかけられて停まった。座っている乗客でも、前につんのめりそうになるほどだった。老人たちの悲鳴が上がった。

斎木が子供の頃は、バス通りでも砂利道の凸凹道も多かった。一度、得意げに一番後ろの真ん中の座席に、腰を浅くして座って足を通路に投げ出すようにしていると、バスが段差で大きく弾んだ拍子に、ストンとそのままの恰好で通路に落ちてしまい、大人たちの爆笑を買ったことがあった。

停留所の少し先に停まったバスに、「今日はこんな前から乗せられる」と口々に当てつけるように言いながら、並んでいた乗客たちが乗り込んだ。年輩者同士が、ほうぼうで挨拶する声が起こった。

斎木が外をうかがうと、今日は老婆は、道の反対側にある駐車場の隅に立っていた。相変わらず、その姿に目を留めている乗客はほかにいないように見えた。それとも、あえて見ないようにしている理由があるのかも知れなかった。

再びバスが動き出したときに、立ったままでいる知り合いの女性を見かけた後ろの乗客が、こっちに座れるわよ、と二人掛けの自分の座席の隣へと招いた。ありがたく、というように、ゆっくりとその方に向かおうとしたときに、運転手が、

「走行中の席の移動はやめて下さい」

と苛立《いらだ》った口調で制した。

立っていた女性は、固まってしまい、車内には気まずい空気が漂った。

「お年寄りの席の移動中の事故がとても多くて。それらは、全部おれたち運転手の責任になるんだからね、こっちの身にもなって下さいよ」

まだ憤懣《ふんまん》が治まらないという様子で、運転手がマイクを使って話した。

「すみません」

とさっき移動しようとした女性が、吊革を固く握りしめて、謝った。そんなにくどくど言わなくてもいいじゃない、と言いたげな不満顔だった。乗客たちにもその色があった。

斎木はそんなやりとりを一番後ろから眺めながら、置かれている立場によって、人はどうにでも変わる、と忘れかけていた出来事を思い出した。それは彼がまだ電気工をしていた頃、公営団地の電気設備のメンテナンスの仕事で、都内を毎日のように駆け巡っていた頃のことだった。

ある夜、仕事の予定が延びて、午後八時過ぎになってようやく会社に戻ろうとしているところに、緊急センターからポケットベルで呼び出された。団地で最上階の五階の階段の蛍光灯が点かないので、すぐ来てくれと居住者が騒いでいる、ということだった。蛍光灯の取替ぐらいできるだろうに、と思ったが、住宅名を聞いて、ああ、あそこは老人ばかりの団地だった、と思い直した。

羽田空港近くの現場から、二時間近くかけて、ようやく武蔵野の外れにあるその団地に辿り着き、作業は、ものの一分とかからなかった。灯りが点いてほっとした斎木に、下から仰ぎ見ながらそれを心配そうに見ていた隣の住人が、声高に言ったのだった。

——まったく遅かったじゃないか。もし下の階に用事があって、こんな暗いところで、足を踏み外して怪我でもしたら、あんたの責任だったんだからな。

すみません、と斎木は謝った。……

33

バスは、くねくねと折れ曲がる坂の途中にある中学校前のバス停で、三人の客を乗せて再び発進した。次の停留所は坂を下りきったところになる。T字路にぶち当たるので、右折するバスはしばらく信号で待たされることが多い。ようやく信号が変わり、発進しはじめたそのとき、バスの左前から六十代と見える小太りの男性が走りながら突進してきて、バスのボディの横をどんどんと叩いた。

バスは右折の途中で急停車して、男を乗せた。バスの後ろに迫っていた車やバイクがなくてよかった。

男は乗り込むと、ふうと息をつき、ハンカチで汗を拭《ぬぐ》いながら、ゆずりあいの席に座った。

「走行中のバスに触れるのは大変危険です」

と運転手が、さっきよりはもの柔らかな口調で、注意した。

乗り込んだ男は、横を向いて相変わらず汗を拭いながら、

「こっちも急ぎの用事があるんだ」

と誰にともなく言った。

「他の乗客の皆さんも急いでおられます。それを急停車させて停めたんですから、一言お礼ぐらい言ってはいかがでしょうか」

今度は完全に慇懃無礼《いんぎんぶれい》な感じだった。

「お前、おれに命令するのか、若造の癖に」

男は、怒鳴った。怒りで顔が赤らんでいた。

ひそひそと私語を交わしていた乗客たちは、しんとなって、事の成り行きを見守る姿勢になった。

「私はお客さんの安全を考えて注意したんですから、年が少ない、多いは関係ないと思いますけど」

「うるさい、お前はなんていう名だ」

「運転席の後ろに掲示してあります。岩沼と言います」

「いいか、お前、よく覚えてろよ。おれはずっと市の役人だったんだからな、いまの市長にだって顔が利くんだ」

「どうぞ、どこへでもお好きなように。私は逃げも隠れもしません、ただの運転手ですから」

どっちもどっちだと苦笑して聞いていた斎木も、最後のやりとりに関しては、運転手の方に

軍配をあげた。それにしても、今の世の中は、老いも若きも、甲高く軋《きし》んだ嫌な声を挙げて苛立っている人の声がやけに耳につく、と思った。男は運転手の名前を手帳に書き記しているようだった。

細い道から六車線の大通りに出るところで、バスはしばらく信号待ちをさせられる。この春から見かけなくなってしまった「伊東さん」のことを斎木はまた思った。この長い信号待ちのときに、伊東さんは、

「皆さんお忙しいところ、まことに申し訳ありませんがね、ええ信号待ちですのでね、もう少々お待ち下さいね」

「あの、降りる際はですね、バスが止まってから座席を立ちましてもね、大丈夫間に合いますからね、どうぞゆっくり移動なさってくださいね」

などと、独特の口調で、一言二言、皆の心を和らげるような言葉をかけたものだった。

バスは、やがて大通りに出て大きな橋を渡りはじめた。左手に急な階段を上った先に神社がある小さな山を過ぎると、河岸が見えはじめた。柳の芽吹きが斎木の目に映った。その柔らかな色合いに、いくぶん心がなごまされるようだった。

34

斎木を送り出すと、今度は奈穂が出かける支度をした。美術学校で春と秋に一週間ほどの短

期集中講座を行うほかに、月に二度、「山」を降りたところにある市民センターで草木染教室の講師をつとめている。今日はその日だった。

四月上旬だと、「山」の上では肌寒い朝もあり、出かけるときにカーディガンか薄いウールのコートを羽織っていこうかどうしようかと迷った。特に今日は、材料の手荷物があり、途中で染めくさのよもぎを採っていこうとも思っているので、余分な手荷物は持ちたくなかった。それでも出がけに思い直し、黒の薄いコートを羽織ることにして、奈穂は出かけた。家を出て工事現場の前を通るときに、斎木が言っていたように、コンクリート車が止まり、作業員たちが慌ただしく働いていた。塀際に、伐採された桜の木が積んである。桜は赤みがかったいい茶色が染まる。枝を少しもらえないかと、奈穂は思ったが、忙しそうなので、帰りに聞いてみることにした。

バス停を左に見ながら、奈穂は「山」の東斜面にある石段の方へと向かっていった。道は次第に細まり、茶室を過ぎたあたりから、山桜や朴《ほお》などが若葉をつけている森の中へと入っていく気がした。人気も途絶えた。

奈穂はそこに来ると、気持ちがよくて、いつも深呼吸をする。生まれ育った武蔵野の名残を残した病院の多い町を想った。

道なりにゆっくり左に曲がっていくと、石段の降り口にさしかかった。そこにあった公衆トイレがすっかり撤去されてあることに奈穂は気付いた。昨年の九月に、そのあまり利用されているとは思えない公衆トイレで、長く遺棄されていたと見える女性の遺体の一部が発見されて、この一帯は大騒ぎとなった。難航するかと見えた事件は、しかし、十日余りで妻を殺して捨てたというタクシー運転手の逮捕で解決した。この人気の少ない遺棄場所を選んだのは、タクシー運転手をしていて休憩場所にしていた土地勘だということだった。

その現場を通りかかるのは、少し気味が悪かったが、元の静けさをすっかり取り戻したことに奈穂はほっとした。背後は雑木林の斜面で、わずかに平地となっているところに、よもぎが生えていた。まだ丈が小さいので、摘み取って黄緑を染めるのはもう少し先にしよう、と思った。今日染めるのは、もっと十センチほどには伸びているであろう川原のよもぎを使うつもりだった。

背中に白いリュックを背負って、急な石段を下りはじめた奈穂の目が、鳥の羽根を見つけた。

35

そっと拾い上げた野鳥の羽根は、三、四センチぐらいで、上と下が黒っぽく真ん中が薄い赤茶色をしていた。

(何の羽根だろう。これは初めて見る)

と首を傾げながら、奈穂は、今日の夕食後の愉《たの》しみに調べてみよう、と思った。

以前奈穂は、作品の参考にしようと、図書館から『野鳥の羽根』という図鑑を見つけて借りてきた。それは、地上に落ちている羽根がどの鳥の羽根かと同定するための図鑑である。なんでも羽根には、風切羽と尾羽と雨覆羽《あまおおいばね》と体羽とがあって、この本は日本に住む百三十三種の鳥の、それぞれの羽根の一枚一枚を、実物大のカラー絵で図示する。

去年の秋に、最初に見つけて拾ってきた錆赤色に少し黒褐色の部分がある羽根を脇に置いてページをめくっていると、ジョウビタキの尾羽と、大きさ、色、形ともぴったり合って、そうだとわかったときの嬉しさといったらなかった。

そのときは斎木も一緒にいて、それからは二人とも、それまでは鴉かせいぜい鳩の羽根ぐらいしか目に留まらなかったのが、散歩の途中で、よく鳥の羽根が目に付くようになったのだった。

奈穂は、薄いコートのポケットから手帳を取り出して、そのページの間に羽根を挿んでしまった。

自然石の石段は、幅が広く、女性が片足で一歩ずつ降りて行くには大変だった。奈穂は、はじめは右足を出して左足を揃えるというふうにして、疲れてくると今度は左足から出して右足を揃えるというように、一段を二歩ずつ降りた。鶯の声がほうぼうから聞こえた。谷渡りがいつまでも止まなかった。

石段には両脇から覆い被さるように生い茂っている赤松の葉が落ちている。一度、それですべってからは、慎重に足を踏み出すようになった。

石段を下り進むにつれて、下界が近付いてくる、という感じを持った。それにつれて、松風の音は止み、野鳥の声も聞こえなくなっていく。そのかわりに、車の音が高くなって来た。

下まで降りると、風はずいぶんなま温かく感じられ、身体をうごかしたので、うっすらと汗ばんできた。奈穂は、薄いコートから手帳を出して白いリュックにしまい、脱いだコートを、やっぱり荷物になってしまったと思いながら、手に持った。

惣門に寄り添うように、枝垂れ桜の大木が数本ある。花芽はまだ固いが、花の頃は見事だった。惣門をくぐって、さらに二十五段下り、大きな通りまで出ると、奈穂は横断地下道へと足を向けた。

36

今日奈穂が教える会場の市民センターは、一昨年の秋に出来た三十一階建てのビルの二階にあった。八階までが公共施設でそれ以上の階は住居だった。奈穂と斎木が三年前の夏に、一年ぶりにノルウェーから帰ってきたときには、その建物は普請中だった。ちょうどベランダから広がる街の中ほどに、それは見えた。

さすがに工事の槌音までは「山」の上までは聞こえてこなかったが、朝八時になると、二基あるクレーンがおもむろに動き出して資材を積み上げ、夕方の五時になると、二基とも決まって左斜め上四十五度の角度で天を指すかのように平行になった状態で据え置かれるまでを、毎日のように見て暮らすことになった。

毎日毎日、ビルが建ち上がっていく様を斎木に工事の仔細を教わりながら、奈穂は興味深く眺め続けたものだった。だが、それも今では、ビルが建つ前の風景はおろか、工事中の光景さえもよく思い出せない心地となっていた。

それまで使っていた教室では、備え付けのガス台がなかったので、ガス屋さんにプロパンガスと共に頼んだ鋳物の一口コンロを、床に断熱材を敷いた上に置いて鍋をかけたり、煮立った染め液を皆で染めるのに、鍋をテーブルの上の盥《たらい》まで持ち上げたりするのが大変だった。それが、今は、調理室の備え付けの三口ある大きなガス台とその隣にあるステンレスの流し台を使うようになって、ずいぶんと便利になった。

何といっても、火や熱湯、それから媒染剤に薬品を扱うので、教える方としては、事故にだけは注意が要る。奈穂は、一階の事務室で今日配るプリントのコピーをお願いし、ホワイトボード用の黒と赤のマーカーを借りてから、二階への階段を上った。途中で、モップ掛けをしている眼鏡をかけた七十ぐらいと見える顔馴染みの掃除のおばさんと挨拶を交わした。

教室に入ると、まず靴を脱いで、持参した専用のゴム靴に履き替えた。来る途中に川原で採ってきたよもぎを流しで軽く洗い、ひたひたの水にアルカリを入れた大きな鍋で煮立てはじめた。よもぎからは、緑が染まった。緑を染める植物染料は、とても少なく、藍で染めた上に、小鮒草やキハダの木の皮、玉葱の皮などで染めた黄色をかけて緑色を作ることが多かった。若葉で染める緑染めは、他に、葛の葉や臭木《くさぎ》の葉、せいたかあわだち草などがあるが、よもぎ染めは、何といっても春らしい明るい黄緑色なので、生徒たちも心待ちにしているはずだった。

37

講習がはじまる午前十時近くになって、ぽつぽつりと生徒たちが集まってきた。

「先生おはようございます」

六十代後半で、以前は和裁の仕事をしていた物静かな松原さんが、まず顔をのぞかせた。いつも早めに来て、奈穂の作業を手伝ってくれる。

次いで、八百屋のおかみさんの遠藤さんが入ってきて、

「あれ、先生もう煮立ててたんですね。ああよもぎのいい匂い」

と言った。おかっぱ頭が可愛らしく、仕事柄ちゃきちゃきとした物腰をしている。

生徒たちは、五十代から七十代の主婦で、皆、奈穂よりも年上である。だから、「先生」と呼ばれることに、教えはじめて六年以上も経つのにまだ奈穂は慣れることが出来ず、背中の辺りがもぞもぞした。まず液を煮立たせることを指示した。

最初は、市民センターが主催した草木染教室で、週一回ずつ四回教えた。その後、もっとやりたいという希望が多くて、自主活動として月二回ずつ続けるようになったのだった。教室の確保や、生徒たちへの日程や持ってくる材料などの横の連絡、それから奈穂への依頼は、生徒たちが順番で係を決めて行うようにしていた。

一年間、北欧の美術工芸大学に招待留学生として招かれて留守にしていた間も、生徒たちが

それまでと同じように活動を続けて、自分の帰りを心待ちにしていてくれたことが、奈穂にはとてもうれしかった。

積極的に絵や洋裁も習っている橘川さんも顔を出した。去年まで代表をしていた七十代の橘川さんは、何でもてきぱきと物事をすすめるタイプで、

「私たちの年代は、戦争で勉強する機会がなかったのをいま一生懸命取り戻しているところ」

というのが、彼女の口癖だった。

井戸さんと藤塚さんが、大きなビニール袋にいっぱい採集したよもぎを持ってきた。

相手の目を見て、「おはようございます」と言ってから、奈穂は、こんなにいっぱいありがとうと、左手の甲に右手を立て、包丁を切るように二回叩いてから、立てた右手を顔の前にあげる、にわか覚えの手話で言った。

藤塚さんは、手話で、握りこぶしを作って左のほっぺをなぞってから、両手の人差し指を向かい合わせて折り曲げる挨拶を返し、井戸さんは少し聞き取りにくいが、「おはようございます」と声を出した。それから、草餅を作るときと同じにおいがする、と手を動かして笑顔になった。

38

二人とも聴覚障害者で、井戸さんの方が、口唇術と口話が少し出来る。ゆっくり言葉を話すと、相手の唇の動きで読み取って、少し聞き取りにくいが言葉を発して答える。

井戸さんは専門学校で、藤塚さんは高校で手話を教えていた。井戸さんに誘われて、自主講座になってから、藤塚さんも参加するようになった。

最初、市民センター主催の講座に、井戸さんも参加したときには、奈穂の話の通訳をする手話通訳が二時間で三人も付いた。手話通訳は始終手指を動かさなければならないので、肘《ひじ》などへの負担がきつく、連続して通訳できるのは三十分ほどが限界だという。それで、交替しながら行うということだったが、見ているとそれも当然と思われた。

自主講座になって、通訳なしになったが、奈穂は、「煮る（右手は鍋の形を作り、左手は火をイメージして、下から上に動かす）」、「染める（布を盥の中で手繰《たぐ》るように両手を動かす）」、「濃い（指を揃えて両手をすっと自分に近づける）」、「薄い（胸の前で両手を上下に振る）」……などといった基本的に染めの説明に必要な単語だけはまず自分に教えてもらって覚え、それから少しずつ皆にも覚えてもらうようにした。

それから、例えば、布を盥に入れた染め液に浸して手早く手繰らなければならないようなとき、「はい布を引き上げて」といくら叫んでも、井戸さんと藤塚さんには聞こえない。そこで奈穂は、必ず、夢中で作業しているそばに寄っていって、肩を叩くなどして知らせてから、告げるようにした。

奈穂が毎回、染めの手順を書いたプリントを用意するのもそのためだった。そうでないと、井戸さんたちにとっては、ちんぷんかんぷんで、闇の中を歩いているようだからである。口頭で説明したときには、必ずエプロンの前ポケットにいつも入れてあるメモ帳に要旨を書いて、井戸さんに見せ、それから藤塚さんに説明してもらう。面白いことに、奈穂がメモ帳に走り書きした文字を井戸さんは反対側からでも判読できるので、意思の伝達は早かった。ハンディはあるが、人一倍熱心な二人の染め物の上達ぶりは、教室でも一、二を争うほどだった。染めくさもいつも、たくさん用意してくる。

この四月から、井戸さんは、皆に薦められて代表を務めるようになった。最初は皆に迷惑をかける、と断っていたが、皆がサポートするということで、決まったのだった。だから、今日の講義の依頼も井戸さんからのFAXで奈穂の元に届いた。

39

生徒たちがそれぞれ持ち寄って染めた、スカーフやポケットチーフ、ブラウス生地などは（会計係がいて、奈穂が紹介した染色材料店から直接注文するようにしている）、うまく染まった。

「今日はいい色が染まったねえ」

と、皆満足げだった。井戸さんと藤塚さんも、染めたスカーフを首にあてて、子供のようにはしゃいだ表情になった。奈穂が、色は人を後押しする、と感じるのは、こうしたときだった。

奈穂も持参した紬の生地の端切れを染めた。壁や窓辺にかける大きなタペストリーなどの作品を作るときには、画家が何色もの絵の具を持っているように、すぐ取り出せる様々な色の布をあらかじめ準備することを奈穂は心がけていた。

お弁当を持ってきて、午後ももう少し染めていく、という皆を残して、奈穂は先に帰ることにした。

近代的な建物を出て、古くから続いている小さな店構えの店が並んでいる商店街の通りを十分ほど歩いて、橋の袂《たもと》に着いた。

そこを渡って、右に折れ、海の方へと向かっている道を二十分ほど辿ると斎木の生家があった。

――おれは、十八で東京に出るまで毎日のように川を見て育ったから、「海の子」「山の子」という言い方をするなら、さしずめ「川の子」ってとこだろうな。

結婚する前にはじめて、斎木の実家に行くときに、川岸の堤防を歩きながら、斎木は言ったものだった。

出来れば月に一度ぐらいは顔を出して親父のやつと一緒に酒を飲みたいんだが、と斎木は言うが、実際は仕事が忙しくて、三月にいっぺん顔を出せればいい方だった。兄姉は二人いるが、色々な事情があって、始終親の顔を見に来ることができるのは、斎木だけだった。

――こんな土地やこんな家は嫌だと思って、家出同然に東京に出たのに、結局自分が親をみる立場になるなんて皮肉なもんだよな。

と、ときどき斎木は口にした。

奈穂は橋を渡らずに、階段を下りて歩行者専用になっている川べりの道を上流に向かって歩いていった。川風は少し冷たくて、薄いコートでちょうどよかった。

川柳は芽吹きはじめていたが、胡桃《くるみ》はまだだった。「山」を仰ぎ見ると、やわらかなみどりに色映えていた。薄く透き通った染め布を重ねたような、その繊細で微妙な色調は、他の土地では得られないもののように奈穂には思われた。

40

「山」と駅をつなぐ六車線の大通りは、両側を高いコンクリートの壁に遮られて景色が見えない幅の広い橋を渡るが、その橋のわずか下流に、六十年ぶりだという橋の架け替え工事が済んだばかりの小さな橋がある。

焦茶色の欄干の色も真新しい橋は、立ち止まって川を眺めていてもじゃまにならないほどの広い歩道を持ち、車の車線は片側一車線ずつあるだけである。

その橋を「山」側から街の方へ渡ってすぐの所に、喫茶店『衆』がひっそりとある。

安くてうまいサンドイッチとコーヒーを目当てに、制服を着た近くの銀行勤めのＯＬや、歯科技工師専門学校の白衣姿の学生たちで賑わっていたランチタイムを終えて、いつもＴシャツにジーンズ姿のマスターはカウンターの中においてある丸椅子に座って、ふうと大きく息をついた。山歩きをしているせいか、風貌は若々しく、年は四十代と見えないこともないが、実際は六十を過ぎている。

それから、マスターは、おもむろに天眼鏡を取り出して、読みさしの本に目を向ける。テーブルから皿やカップを運んできたパートナーの早絵さんが、今まで調理場に立っていたマスターに替わって、洗い物をはじめた。山歩きの供でもある彼女も、やはり、いつもTシャツにジーンズで、化粧気のない顔立ちをしている。首元だけには、細いステンレス・スチールで螺旋《らせん》状に織られたネックレスをしていた。

初めて店内に足を踏み入れた客は、本が何段にも積み上げられて並んでいるのに驚く。古典文学全集、自然図鑑、そして、発行されているすべての文芸誌の昭和四十三年以降のバックナンバー……。連句の本も目立つが、それはマスターと早絵さんが、連句をたしなむからで、月に一度、店内で連句会を開いてもいる(ほとんどは、マスターと早絵さんの両吟だが)。

店名の『衆』は、元禄二年(一六八九)に芭蕉が奥の細道を辿ってこの地を訪れたときに、連衆がいなかったために歌仙が巻かれなかったことを残念がるマスターが、連衆が集うような店にしたいという思いを込めて命名された。店内では携帯電話は御法度《ごはっと》、そのかわりコーヒー一杯で、何時間でも心行くまで読書するのを歓迎してくれる店である。

「若者よ空を見ろ!　本を読め!」

昔の出版社の新聞広告が黄ばんだまま店内に貼ってある。

この春、『衆』は、開店して三十三年になる。

41

〈雪を割って毎年雪割花が咲くように、閑《しず》かに三十三年目の春を迎えました〉

という『衆』からの案内状が、斎木と奈穂の元へ舞い込んできたのは、三月末のことだった。

斎木は、この街に戻ったばかりの頃、地元の新聞に連載エッセイを書くように頼まれた。その担当の記者に、文学好きなちょっと変わったマスターのいる店がある、と紹介されて、初めて『衆』を訪れたのだった。

その壁面を埋め尽くした文芸誌の数々に、斎木も度肝を抜かれた。そして、当時は、着の身着のまま、前に持っていた家庭から離れてきたので、本も辞書も持たず、執筆の仕事の参考となりそうな本が揃っていることを喜んだ。

病院へ通院した帰りによく訪れては馴染みとなり、閉店後まで居続けて、山で採ってきたという山菜やきのこを肴《さかな》に、手作りの山葡萄《やまぶどう》酒や山桜桃《ゆすらうめ》酒の御相伴に与《あずか》るようにもなった。そして、斎木に連れられて奈穂も客となり、気の合った早絵さんと話をするのを楽しみにするようになった。

そういえば、ここしばらく、マスターにも早絵さんにも会っていないな。そうね。と斎木と奈穂は口にし合った。

この前会ったのは、と思い出してみると、昨年の十月に、奈穂が市内のギャラリーで個展を開いたときに、山歩きで見つけたという鶯らしい鳥の巣（奈穂が制作した作品の一つは、真綿とシルクオーガンジーの布で作った巣を想わせるような「ネスト」というタイトルだった）と、早絵さん手作りのあけびの籠《かご》を数個持ってきてくれたとき以来だった。

手紙には、

〈四月中は、コーヒーを開店当時の値段にしています〉

とも附記してあった。

――あたし、ぜったい行ってみよう。

と奈穂は弾んだ声で言った。

――でも、三十三年前のコーヒーの値段ていくらぐらいだろう？

――さあな。

と斎木も首をひねった。

その頃自分はまだ、小学校の中学年だったから、もちろん喫茶店に出入りすることもなかった。そうだ、七つ違いの姉だったら、そろそろ喫茶店通いをはじめた頃だっただろうか。もしかしたら、『衆』にも行ったことがあるかもしれない。

事情があって、二十年近くも会っていない姉のことを、斎木はちらと思った。奈穂と再婚したことを知らせる手紙を前に出したときも、梨のつぶてだった。

客足が途絶えると、『衆』のマスターは早絵さんに、店の入口の扉に鍵を掛けてもいいだろうと言った。もし客が来ても、カウンターから外は一面の窓硝子《ガラス》ごしに見通せるし、馴染み客は、承知している。それよりも、セールスの類が入ってきて、せっかく集中しかけた本の世界から引き戻されるのはごめんだった。

42

早絵さんは、洗い物が終わると、店の奥に置いてある鳥籠から、小鳩を放した。小鳩は羽ばたかずに、店内の床をキョロキョロしながら、ゆっくりと歩いた。

店先の一坪ほどの地面に山藤とあけびが植えてあり、そのほかに鵯《ひよどり》が種を運んできて実生で育ったというユスラウメとフサスグリが季節になると赤い実をつける。ユスラウメがちょうど淡紅色の花を付けはじめていた。

奈穂が店に着いたとき、餌台のバナナを啄んでいた鵯が飛び立った。店の前に黒っぽい人影が立ったのにすぐ気付いて、早絵さんは鍵を開けに向かった。

「あら、河原さん。いらっしゃい」

「おひさしぶり。あ、鳩放してたんだ」

奈穂は、鳩に近寄って行って背中を撫でた。

「散歩はおしまい」

と言って、早絵さんが鳩を腕にとまらせ籠に戻した。

「すごい、腕にとまらせることもできるんだ」

奈穂が驚くと、

「家ではずっと一緒だもの。肩にとまって寝ることもあるのよ」

と早絵さんが答えた。

「あ、してくれてるんだ」

早絵さんのTシャツの襟元に下がっているネックレスを目ざとく見付けて奈穂が言った。それは、個展のときに、お礼にあげたものだった。

銀色のステンレス・スチールの中に染めた絹糸が一本だけ入っている。緑、黄緑、黄色、青、紫、赤の六種類の中から、好きな物をどうぞ、と奈穂が言うと、早絵さんは赤を選んだ。そのとき奈穂は、へえと意外に思った。自然が好きな人だから緑か黄緑を選ぶだろうと思っていた。

「気に入ってるの、これ」

と早絵さんは、赤の染め糸が入ったネックレスをちょっと触った。

「ああ、河原さん。いらっしゃい、どうぞどうぞ」

カウンターの中に設《しつら》えてある小さな棚に、本を開いたまま伏せて置いて、マスターがカウンター近くのテーブル席に招いた。

43

「案内状ありがとうございました」

奈穂は少し改まった口調でお礼を言った。「あの、これからでも、お昼食べてもいいですか」

もちろん、どうぞどうぞ、とマスターが快く応じた。

「じゃあ、ミックスサンドイッチを。それと……」

「スペシャルプライスのコーヒーも、でしょ」

と早絵さんが先回りして言った。

「そう、ほんとうはそれが目当てだったの」

奈穂は答えてから、三十三年前のコーヒーの値段ていくらだったんですか、とマスターに訊ねた。

「当ててごらん」

「いいえ、全然見当がつかなくて」

「……八十円でしたよ」

少し勿体《もったい》を付けるようにして、マスターが教えた。

「ミックスサンドイッチの芥子《からし》抜きとコーヒーです」

と早絵さんが、奈穂が芥子をあまり好まないのを知っていてオーダーし、はい、かしこまりました、と答えたマスターが、食パンをパン切り包丁で切り始めた。

コーヒーは今は特別だが、そうでなくとも店のサンドイッチやスパゲティなどの食べ物も、苺の生ジュースなどの飲み物も、美味《おい》しくて、しかも安いので、人気があった。食事と飲み物を頼んでも、五百円でお釣りが来た。

奈穂のもとへ、早絵さんがボリュームたっぷりのミックスサンドイッチとコーヒーを運んで来た。それから、これはランチサービスのきのこ汁、とスープカップも置いた。

マスターと早絵さんは、店の休日である週末に、都合が付くかぎりは山歩きをする。ただし、秋の終わりから春先まで、鉄砲を撃つ猟師が山に入るときだけは休んでいた。今出しているきのこは、去年の秋に採ったものだった。二人が住む家には、透明な衣裳ケースいっぱいに、きのこや山菜が塩蔵してあった。

「斎木さんは元気ですか」

俎板《まないた》を洗いながら、マスターが訊いた。

「ええ。でも季節の変わり目なので、やっぱりちょっと咳き込んでいて。今日は、一月に一回の病院に行ってます」

「そうですか。ずいぶんよくなったと思っていましたが、病院通いは続けてるんだ。山菜の時季になって調子がよかったら、また一緒に山に行きましょう。僕もそれで端息をなだめてるんだから」

とマスターが励ますように言った。

44

斎木は、地下鉄の階段をゆっくりと上った。左手の腕に、白い絆創膏《ばんそうこう》が貼られている。出がけにはそれほどでもないと感じていたが、大きな橋を渡ったところでバスを降りて、地下鉄への長い階段を下りているときから咳が止まらなくなってしまった。そのうちに、ヒューヒューという喘鳴《ぜんめい》もしだした。

この街の南北を繋《つな》いでいる地下鉄で、北へ七駅行ったところで降り、やはり長い階段を上って地上に出て、歩いて十五分ほど行ったところに、斎木が通っている病院があった。

自動受付機に診察カードを入れて受付を済ませてから、二階の内科へと向かった。待合所には、老人が目立ち、口々に待ち時間の長さを訴えていたが、斎木はそう苦にはならなかった。ここにいる限りは、仕事のことを思い煩ってもしようがない、病院というところは、飛行機で運ばれる身となっているときと同じように、時間が止まったような気にさせられた。

内科の一番外れにある呼吸器科の隣は産婦人科の待合所なので、誇らしそうに大きなお腹を突き出すようにしている若い女性が通り過ぎることがあれば、診察室から泣きながら出て来る女性もいた。生まれたての赤ん坊連れでやってくる、いかにも若いな、と思わせられる二十歳前後のカップルを見てハラハラしながら、自分もそうだったことを棚に上げて、と苦笑させられることもあった。

二時間ほどして、ようやく五人ほどずつ呼ばれる中に自分の姓名があり、斎木は通路の待合所から、診察室とカーテン越しになっている小部屋へと移った。そこでまたしばらく待って、主治医から名前が呼ばれて診察になる。

――ああ、ひどそうですね。

と大柄で眼鏡をかけた主治医が、開口一番言った。三歳年上の彼とは、治療で世話になるようになって、十年近くになる。はじめの四年は、大学病院でだったが、斎木がノルウェーに行っている間に、この病院に変わっていて、帰国後も引き続いて診てもらっている。この地方では、塵肺《じんぱい》などの治療研究ではもっとも知られている病院なので、石綿の後遺症の肺の治療を受けている斎木にとっても、都合がよかった。

――季節の変わり目のせいか、ちょっと咳が出て。

斎木が弁解するように言うと、

――ちょっとどころじゃないでしょう。待っているときから、ずっと咳をしているのが、ここまで聞こえてきてましたよ。

いつもは柔和な主治医が、厳しい口調で言った。

聴診器を当ててみる必要もない、とばかりに、ともかく点滴しましょう、と主治医は言った。

咳き込んでいるのは意識していたが、即刻点滴となるほどではない、と斎木は感じていた。始終咳をしていると、慣れてしまって、自分では気にしなくなることがある。十年前の歳末に、東京での電気工事の仕事の出稼ぎから、斎木はこの街で電車を乗り換えて、南へ小一時間の所にほんの一月前に新築したばかりの自宅へ帰った。その夜に、斎木は、端息の大発作を起こして自分で救急車を呼んで入院した。そのときは、治まらない咳は、一生続くものだと諦《あきら》めていた。だが、奈穂と知り合ってから、自分の咳が、周りの人間に心配されるほどひどいことを斎木も認めるようになったのだった。前に持っていた家庭では、告げられたことはなかった。

混んでいて待つことも多い、ベッドを十床ほど敷き詰めた内科の処置室は、幸い一番奥のベッドが空いていた。

――とりあえず、二時間ほど点滴してみて、それから後は考えましょう。

――はい。

――それから、落ち着いたらネブライザーもして。

と看護婦に言い置いて、主治医は診察室へと戻って行った。

さすがにベッドに横になると、遥か遠くからここまで辿り着いたとでもいうような、疲労感を斎木は覚えた。そして、確かにこの咳き込み方はひどいな、と自分で自分をひっそりと眺めていて、この苦しみはお芝居ではないのか、という発作を起こすたびに頭を掠《かす》める疑いが湧いた。

——お加減はどうですか？

——何か近頃はだるくて、食欲もないんです。

——そうですか。あまり副作用が強いようなら、先生が薬を変えてくださるでしょうけれど、まだ一サイクルありますからね。

——ええ。最初のうちは大丈夫だったんですけど……、吐き気がしてきて。

——でも、白血球はそれほど減ってきていませんから、もう少し頑張りましょう。

看護婦と通院して抗癌剤を投与されているらしい婦人とのそんな会話を耳にしながら、点滴が規則正しい間隔でポタリポタリと落ちていくのをずっと眺めているうちに、ほんの数日前にもこれを見たな、と気付き、少しずつ心が静まっていく心地がした。

あの水琴窟のような音は立たないが、管の中で、そして注ぎ込まれる自分の身体の中で反響しているかすかな音に、斎木は耳を澄ませた。

46

——五日ほど入院して、徹底的に点滴をするといいんですが、これから入院するのは無理ですか。

一本目の点滴が終わる頃、様子を見に来た主治医が、聴診器を当ててから訊いた。

——ええ、いますぐにはちょっと……。

と斎木はかぶりを振った。

——前に入院したのは……。

——一昨年の六月にお世話になりました。

——ああ、そうでしたね。そのときよりは楽そうですか。

——少しは程度が増しだと思います。

——そうですか。ではもう一本点滴をして、それで考えましょう。まだこんなに音が入る状態だったら、そのときは入院を考えるということで。

主治医はそう言い、看護婦に病棟のベッドの空きがあるかどうか念のため確認しておくように、と指示した。

結局、斎木は、五時間ほど点滴を受けて、帰宅を許された。少しでも発作がひどくなったら、至急入院するように、ときつく言い渡された。

帰る斎木と入れ違いに、午前中に点滴をはじめたばかりの頃に、斜め前のベッドで点滴を済ませて帰った見覚えがある若い女性が現れて、また点滴を打たれた。出勤の前後に点滴を受けているのだろうか、と斎木は想像して、病院では病人は当たり前だが、街中で健康そうに暮らしていると見える人たちの中にも、こうやって病いを宥《なだ》めながら生きている者は多いんだな、と今さらながら当たり前のことを知らされた気がした。……

　大きな咳を一つしてしまえば最後、身も世もあらず咳き込むことに繋がってしまう、そんな咳のはじまりを怖れて、空咳に紛らわせてこらえながら、斎木は帰りの地下鉄の階段を上っていた。

　地上に出ると、空気が変わるせいか、気管への刺激を覚えた。少し立ち止まっていると、何とか咳をせずに、身体が温度差に順応したようだった。

　ここを右に折れれば、『衆』があり、最近はとんと足を向けていないな、と思いながら、左に曲がって、大きな橋の袂にあるバスの停留所へと歩を進めていた。排気ガスの臭気が、また咳を誘う。ラーメン屋の店先を通り過ぎるときに、油と醬油のにおいに、空腹が疼《うず》いた。そういえば今日は、昼抜きだったな、とこんなときでも食欲だけはあることに、どっちにしても身体は、正直なものだ、と斎木は思った。

　バス停に着いた斎木は、二人佇んでいた先客の一人を見て、思わず声をかけそうになった。行きつけの飲み屋だった『一合庵』の女将にそっくりだった。

47

　斎木の左腕の絆創膏を見て、点滴してきたことを知ると、奈穂は、それほど病状が重いとは気付かなかったことを謝り、気が沈んだ様子になった。

「出がけには、自分でもそれほどとは感じなかったんだ。途中、地下鉄に乗り換える階段を下りている辺りから急に咳き込んだんだから」

「でも、確かにこの数日は咳が多かった。やっぱりあたしも、咳をしているのに、慣れてしまっていたみたい……」

家に辿り着いた安堵感からか、こらえていた咳が、ゴホッ、ゴホッと胸の奥が引き攣《つ》るような端息特有の咳となって出てきた。気管にグラスウールのような繊毛があらわれて、からまりはじめる気配があり、左の胸にも疼痛が兆《きざ》した。

慌てて立っていった奈穂が、戻ってきて衣類に貼る懐炉を捜した。胸を温めると、少し楽になるような気がして、そうする習慣になっていた。

「ありがとう、もう大丈夫だ」

斎木は、静かに息をつきながら目を閉じた。「そういえば、『一合庵』のおかあさんによく似た人をバスの中で見かけた」

「その人だったらたぶんあたしもバスで見かけたことがある」

と思いがけず奈穂が答えた。

駅を出発して、大きな橋の袂の停留所を通るバスは、「山」へと向かうだけでなく、その先にある住宅地へもいくつか行き先があるが、その婦人は斎木と同じバスに乗った。よく見れば、いくら糖尿病とはいえ、頬がこけ、痩《や》せ方が過ぎており、白髪も目立ち、年の頃も、七十代にかかっているように見えた。少し鉤鼻《かぎはな》となっている鼻の線がどう見ても別人だったが、やはり他人の空似とはあるものだ、という不思議な思いは残った。

婦人は、斎木と同じく終点でバスを降りた。そうして、団地へ向かう下り坂の方へと、跳ねるように歩く華奢《きゃしゃ》な後ろ姿が去っていった。その印象を話すと、やはり同じ人だと思う、と奈穂が深く頷いた。

「もうしゃべらないほうがいいよ」

と言って、奈穂は夕食の支度をしに立った。

再び目を閉じると、帰りがけの坂の途中にあるバス停で、朝に見かけた老婆が今度は、こちらの停留所脇のゴミ置き場の隅に立っていた姿が浮かんだ。帰路へ向かう人々が行き過ぎると、また老婆一人が残された。朝からずっとなのか、途中で、家に戻ることがあるのかも判断が付かなかった。

入院して、留守宅を案じている自分がいるような心地に斎木はとらわれた。

48

夕方の五時過ぎ、黒松さんは、『衆』を目指して歩いていた。出張から早く戻って、人と食事の約束がある七時までの時間が空いたのでどこかでコーヒーを飲もうと思った。だが、最近はチェーン店の喫茶店ばかりで、学生の頃によく通ったような落ち着いた雰囲気のある喫茶店には滅多にお目にかかれなくなってしまった。三十年ぶりにこの街を訪れたときに、馴染みの店を探したが、どこも続けている店がなく淋しい気がした。

それが先週、会社のデスクで、地元紙に連載されているエッセイの「三十三年目の春」という題名の文章を読んだ。そして、そこに少しだけ触れられている喫茶店に、一度も行ったことがないのに懐かし味を覚えて、紙面を切り抜いておいた。

〈三月も末とはいえ、まだまだ寒気がまさっているが、先日、いつもの散歩道からちょっと脇の雑木林に分け入ると、小さなまんさくの黄色い花を見付けた。目立たない花だが、いつもその造化の妙にひかれて、しげしげと見入らされる。削り花のようでもあり、黄色い紐のからだようにもみえる先細りのない花弁は、まだ開ききっておらず、ちぢこまっている。日陰になっているので、開花が遅れているのだろう。

今日は、近くの大学の構内をはじめて歩いてみた。散歩道を開放しているので、いつか出かけようと思いながら、風の寒さに果たせないでいた。春休みに入っているキャンパスは静かだった。陽のあたった開けた芝生の斜面で、ツグミを見かけた。数歩足早に歩いて立ち止まり、地面をつついていては何か食べている。ツグミは、秋に渡ってきた直後は林で大きく群れているのが、冬には群れは消失して、一羽で見られることが多くなる。まだ伸びやかとはいえないが、キョロッ、キョロッとさえずりを始めているのを聞いて、「渡り」を前に、そろそろ集団をつくり始めるのだろう、と想像した。花も鳥も春のいそぎをしている。

散歩から戻ると、街角の純文学サロンとでもいうべき喫茶店の主人からの便りが舞い込んでいた。

《雪を割って毎年雪割花が咲くように、閑かに三十三年目の春を迎えました》

雪の下から現れる春の枯葉のような、生死にかかわらずあらゆるものの表層の下に隠されたものの存在に、ひそかに耳を澄ませている人の存在は、心強い。

茂みに隠れて鳴くツグミは、西洋では内気の象徴で、孤独な隠者にも擬せられる。しかし春告げ鳥のうちでももっとも美しい声をもち、そのさえずりによって人々に恋心を芽ばえさせるという〉

49

エッセイには、喫茶店の名前も場所も書いていなかった。それで、黒松さんは、会社の情報番組を制作している若い女性のディレクターに、こんな店を知らないかと、切り抜きを見せて訊いてみた。すると、

――この店ならたぶん『衆』ですよ。ときどきテレビや新聞で取り上げられるんです。うちの番組でも、喫茶店特集をしたときに、一度取材したことがあるんですよ。いかにも昔ながらの喫茶店という感じで、本がすごいんです、壁一面って感じで。苺ジュースがとても美味しかったんですけど、文学好きだという無口なマスターが少し恐そうで、それ以来は全然足を向けて

ませんけど。

と彼女は首を竦《すく》めた。

目立たないけれど、確かにこの橋の袂にある、と教わったんだが……、と黒松さんは、店を探していた。一度、公衆電話ボックスに入って店の電話番号を調べたが、『衆』は電話帳にも載っていなかった。

ああここだ、と黒松さんはつぶやいた。三階建てのビルの一階に、焦茶色の庇《ひさし》が出ていて、『衆』と白く名前が書いてある。看板も出ていた。扉を開けようとすると、鍵がかかっている。どういうわけだろう、とガチャガチャさせていると、やがて奥から女性が立ってきて扉を開けた。

「あの、いいですか?」

思わず黒松さんが訊ねると、

「七時までですけど、それでもよければ」

と彼女はこたえ、黒松さんが頷くと、「どうぞいらっしゃいませ」と愛想良く迎えた。

「いらっしゃいませ」

とカウンターの奥からも、立ち上がったマスターらしい男性の声がした。思いのほか、物静かな声音だった。

黒松さんは、入口近くの座席に座り、水をひとくち飲んでから、おもむろに店を眺め回した。なるほど、本と雑誌がぎっしりと壁全体を埋め尽くしている。年代物のソファや丸テーブルは、昔学生の頃によく出入りした名曲喫茶やジャズ喫茶を思い出させた。

店のところどころに、短冊のようなものが貼ってあり、文字が記されてあった。

「紅梅に一輪ほどの寒さ哉《かな》　鴨」とあり、その隣に、「薄氷つつく芦ノ芽の色　葉芹」と続いて、それからもずっと五七五の次に七七と句らしきものが続いている。

俳句とも違うようだし、と怪訝《けげん》に眺めやっている黒松さんに、ここでやっている歌仙なんです、とコーヒーを運んできた女性が教えた。

50

「この『鴨』とか、それから、なんて呼ぶんだろう、葉っぱの芹と書いた名前、これはいわゆる俳号というものなんですか」

と黒松さんが訊ねた。

「ええ、『鴨』というのがマスターで、私のは『パセリ』と呼ばせているんです」

と女性が答えた。「以前は月に一度、何人かが集まって連句の会をここでやっていたんですが、最近はマスターと二人だけのことが多くて」

「興味がおありでしたら、私が教えますよ」

カウンターから身を乗り出すようにしてマスターが言った。「芭蕉も連句が本当は面白いんです」

「いえいえ、僕は、そんなそんな」

黒松さんは、大きく手とかぶりを振って浮かせていた腰を椅子に沈めた。きりっとした灰色のスーツにネクタイ姿のはじめての客が、しげしげと興味深げに店内を眺めているのは珍しいことだ、と早絵さんは思っていた。

たいていは、店の雰囲気に、場違いなところに来てしまったという落ち着かない態度になって慌ただしくコーヒーを飲んでいくか、携帯をかけようとして、マスターにご遠慮下さいと願われ、このコーヒー屋風情《ふぜい》が、と捨てぜりふを残して出ていく、といったところなのだが、今日の客は違っている。

ひところは、近くにある不動産屋と客や銀行員が商談していることも多かった。あの頃は店内はいつもざわざわしているように感じられ、売り上げも今より確かによかったが、静かな店の雰囲気が戻ってきたことの方をマスターも早絵さんも喜んでいた。若い人の活字離れがよく話題になるが、学校帰りとおぼしい高校生や予備校生が、熱心に店内の本を読んでいる姿は、少ないながら決して絶えることはなかった。

小一時間ほどいて、黒松さんは席を立った。

「ごちそうさまでした。落ち着いていて気に入りました、また来ます」

「ええ、ぜひ」

と早絵さんが言った。「コーヒー代八十円いただきます」

「えっ、八十円ですか」

と黒松さんは驚いた声を発した。そして、開店三十三周年の特別価格だと聞いてやっと納得顔になった。「そうか、僕が勤めたての頃は、コーヒー一杯そんなものだったかな」

黒松さんを見送ると、早絵さんは店の看板を中に仕舞った。そして手前の鉄塔が白く光っているのを見て、明日は晴れだわ、とマスターに告げた。

51

夕食時には、斎木も床から出て、食卓につくことが出来た。食事は、この街から電車で一時間ほど南西にある城下町の名産の温麵《うーめん》だった。

江戸時代に、孝行息子が旅の僧から油を使わない麵の作り方を教わった。苦心の末「小麦粉」と「塩水」だけで造った麵を胃病の父に食べさせたところ、食欲が戻りたちまち回復した。その話が城下に広まり、領主から温かい思いやりを誉められ「温麵」と呼ぶことになった、という話を子供だった斎木は、郷土史好きな父親から聞かされた。

母親が留守のときの食事に、父親はよく「くずかけ」と呼んでいた、片栗粉でとろみをつけたあたたかい温麵をつくった。それは斎木の大好物だった。

父親に比べて、奈穂は人参やじゃが芋などの野菜をきちんと細かく賽《さい》の目に切った。それを煮込み、醬油と味醂《みりん》で味を付けたところに、かために茹でた温麵を入れ、最後にはやはり片栗粉でとろみを付ける。

それは、奈穂が風邪をひいたときに、父親の作り方を思い出しながら斎木が作ったのが最初だった。今日は、喉《のど》や気管支に効くという生姜をたっぷり擂《す》って入れた。

食事の最中に、インターフォンが鳴り、新聞の集金だというので奈穂が玄関へと立った。その間に、電話がかかってきた。斎木は電話が苦手で、ふだんでもたいていは奈穂が受けるようにしているが、仕方なく受話器を取った。

無言電話だった。だが、いたずら電話ではない、と気配でわかった。それは、奈穂の草木染の生徒の井戸さんからＦＡＸで届く、直接声を聞くよりも温かみの感じられる通信だった。

妻が教えるようになって半年ほど経った頃からだろうか、受話器を取って「もしもし」と声を吹き込んでも、相手が沈黙していると、「あ、井戸さんからだ」と斎木もピンとくるようになった。そして、無言の先に、たくさんの言葉がつまっているのを感じて、ＦＡＸのスタートボタンに慌てて手を伸ばして、押す。

しばらく待っていると、案の定、井戸さんからの発信であることを知らせる冒頭の文字がＦＡＸの機械から吐き出されて来た。

〈ＦＲＯＭ　イド
河原先生へ
今日はお忙しいところ、ご指導ありがとうございました。今日根っこで染まるとお話しされ

ていたハマナスが多く咲いている場所を近所の浜辺で見つけました。今度の講座のときに持っていきましょうか？　それから……〉

52

「井戸さんからだよ」

と斎木は戻ってきた奈穂にＦＡＸを渡した。

「今日も、井戸さんが一番よもぎを集めてきてくれたんだ」

と言いながら奈穂が受け取った。

奈穂が教えはじめたばかりの頃、

〈自分の所は海が近いだけで何もない、ただの住宅地でつまらない所だと思っていましたが、草木染をするようになって、葛やカナムグラ、現の証拠など、いろんな染めくさになる植物がすぐそばにたくさんあることを知って、こんなに自分はいい所に住んでいたのかって気がつきました！〉

と弾んだ手書きの文字で送られてきたＦＡＸの文面は、斎木も今でもよく記憶していた。

考えてみると、そういうことは自分たちにもたびたびあった。草木染をするようになって、奈穂はもちろん、斎木もずいぶんと植物の名前を覚えた。庭に咲いているような草花だけではなく、田圃《たんぼ》の畦《あぜ》によく生えている、あめりかせんだん草（秋に黄色の小花をつけるキク科の一年草で、くさび形の果実は鉤を持ち衣類に付着するので、子供たちはよく「バカ」と呼んで人にくっつけて遊ぶ）や、せいたかあわだち草（高さが一〜二メートル余りになるキク科の多年草で、群落をなして黄色い花を付ける。染めるために煮立てると名前通りに泡が立つ）といった雑草や、待宵草《まつよいぐさ》（アカバナ科の多年草で、夏の日没後に大きな花を開き翌日しぼむ。月見草ともいうが、本来の月見草は白い花で別種）など、採集に一度付き合わされると、他の場所でも始終目に付くようになった。

この「山」に越してきて散歩していても、胡桃をはじめ、臭木や合歓《ねむ》、キハダ、枇杷《びわ》といった染めくさになる樹を見かけては互いに教え合った。

こういう所で子供の頃桑の実を採ったもんだな、と斎木が何気なく言うと、実際に目の前に黒く熟した桑の実が現れて驚かされたこともあった。

もし、名前を知らなかったら、それらは単なる草花であり、木であるだけで、風景の中に埋もれてしまっていることだろう。目の前にあったとしても、特別気に留めないでいることだろう。だが、一度注意して名前を覚え知ったものは、風景から浮かび上がって、こちらに飛び込んでくる。

そんな話を以前、長嶺さんとの対談で斎木はした。

——そうでしょう。人間だって名前を知っているのと知らないのではちがうでしょう。好きになれば、相手のちゃんとした名前を知りたくなる。ハマナスだってそう呼んで慣れ親しんでと、そのとき長嶺さんは大きく頷いて言った。
「いるんだから」

53

身体が温まる食事を済ませてから、斎木はもう少しだけ起きていて、今日奈穂が石段で拾ってきた羽根を一緒に図鑑で調べることにした。

拾ってきた羽根は、ぬるま湯で軽く汚れを落とし、形を整えて自然乾燥させる。そして、拾った日付と場所をラベルに明記してビニールのファイルに入れた。「山」でシギなど海沿いに生息する鳥の羽根が落ちていることもある。それはたぶん、渡る途中で落としたのだろうと想像された。

「あ、これは」「やっぱり、ちょっとちがうかな」

などとぶつぶつ言いながら、奈穂は、拾った羽根と見比べながら、図鑑のページをゆっくりとめくっていた。

大きさや形からいって、尾羽や風切羽ではなく、雨覆羽のようだと見当を付けて、斎木も一緒になって覗き込んでいると、

「これだ」「間違いない」

とほぼ同時に二人は声を発した。

それは、ツグミの雨覆羽だった。さっそく奈穂が原寸大で描かれている図鑑の絵に、羽根を合わせてみると、色、形ともぴったし当てはまった。

「ツグミだったのか」

と斎木は言い、たぶん石段の脇の雑木林に潜んでいたのか、それとも先月末に、昔は少年院だった沢地が大学のキャンパスになった場所へと散歩の足を伸ばしたときに目にした、一生懸命餌を啄んでいたツグミの羽根かも知れない、と想像した。

「自然がくれた落とし物だね」

と奈穂が言った。

その夜、斎木は、端息の発作の体感の有無をじっと自分の内側に窺うような姿勢で浅い眠りに就いていた。夜明けが近付いてきたのが、気温が変わるせいか、それともかすかな気圧の変化が起きるものか、気管が収縮するので感じ取れた。

外で男が咳き込む声がした。何階の住人なのかはわからないが、非常階段を下りてきながら、はじめのうちは、痰《たん》をからませ、胸の奥から気管の隅々まで震わせるようだったのが、繰り返すうちに空咳に近くなった。通用門から外へ出て、バイクと自転車置き場の方に回った男が、静かにバイクのスタンドを外す音がした。

こんな早朝からどこに勤めに行くのかはわからないが、壁の内と外とで、ひそやかに親密感が行き交うのを斎木は感じた。

（もしかしたら、咳き込んでいることを、昔のおれのように、自分でも、そして家族の者たちも気付いていないかも知れない）

　と斎木は思った。

54

「ぴー……」

　その口笛が聞こえたのは、五時半だった。

（こんな時間に何だろう、誰かが工事現場で草笛でも練習しているのだろうか）

　と斎木は咄嗟に思った。

「ひょおう……」

　もう一度、さっきの口笛に呼応するような音があがった。それを聞いて斎木は、もしかして、と息を呑んだ。しばらくして、また、「ぴー……ひょおう……」と少し遠くから聞こえた。

（やっぱりトラツグミの啼き声かもしれない）

　と、斎木は心の中でつぶやいた。

　この数年、暮春の朝方に一声だけ起こるのを聞いては、半信半疑の思いでいた。その声は音感や方向感に乏しく、どこから発せられたのかわからない胡乱《うろん》な思いを抱かせる。そのとき奈穂はいつも眠っていた。

あれは、七、八年前のことになるだろうか。新緑から青葉に変わる候、山歩きの先輩であり、連句の宗匠でもある『衆』のマスターと早絵さんに誘われて、斎木と奈穂も列車で一時間ほど行った山中の小流れのそばに野営して、一と晩歌仙を巻いたことがあった。

その誘いの文中には、

〈道中処々、山百合の緑地に咲きほこり候へば、さながら大輪の花束にて歓迎申し上げたる山容と覚しめされたく存じ候。さて落日の後は、鵺《ぬえ》、時鳥の声に耳をあづけ、蜩《ひぐらし》に心奪はれ、蛍にまなこ楽しみ、さらに芭蕉来仙の記念に歌仙を巻くことも一興と存じ候へば、……〉

とあった。

鵺というのが、トラツグミの異名であると聞いたのだが、残念ながらその夜は、時鳥を聞いたものの鵺の声を聞くことはできなかった。

それ以来、この地方では地獄鳥とも呼ばれる鳥の啼き声を、斎木と奈穂は一度は聞いてみたいものだと、ずっと思い続けてきたのだった。隣の奈穂を起こそうかとも思ったが、彼女は明け方になって熟睡するたちだった。

今年も一人だけで聞いたのでは、トラツグミだと確証が持てなかった。不思議なもので、自分だけで聞いているぶんには、またあの声が聞こえたというだけで、名前とつながらなくともかまわないという気がした。

第二章

55

本格的な鉄塔工事を前にして、すぐ隣にあるマンションの住民たちに説明会が開かれた。

一度、工事が始まる前の昨秋にも、市の茶室がある庵《いおり》を借りて、マンションも含めた近隣の家の人々に、詳しい説明会が開かれたので、今回は、さらに、何か質問がある人だけの参加だった。

管理人が休みの土曜日の昼に、マンションの管理人室で開かれた説明会に出席したのは、三人だけだった。放送局の方からは、背広にネクタイを締めた技術部長と副部長の二人が訪れた。

「今日出席できない人には回覧板を回しましたので、その人たちの質問も私が代わりにします」

と三十代はじめの華奢で眼鏡をかけた主婦が口を開いた。「まず、いちばん多い心配は、強い電波を発するテレビ塔が、直ぐ隣に立つことで、強い電波に当たると癌や脳腫瘍《しゅよう》になるとも言われていますが、それは百パーセント大丈夫といえるのでしょうか」

「はい」

と部長が質問を受けた。「確かに、人が通常出入りするところで、電波の強さが基準値を超える場所がある場合には、柵などを施設して一般の人々が容易に出入りできないようにする必要があります。参考資料として、標準的な条件での一例をお持ちしましたが、そこにあるように、テレビ放送の大出力局の場合は、アンテナから二十八メートル以内とされています。今度立つテレビ塔からこのマンションの最短距離までは約四十四メートルです。それで、基準値を百パーセントとしたときに、このマンションにおける電波の強さは、一九・三パーセントに過ぎませんから、安全基準としては何ら問題がないといえます」

「しかし、こんなに住宅と接してテレビ塔が立っている例は他にないんじゃありませんか」

黒松さんが、自分も放送局の人間だとは明かさずに訊いた。今週はひさしぶりに週休二日が取れたが、開園した野草園にでも行こうと、浦和の自宅には戻らないことにしたのだった。

「おっしゃるとおり、ここはきわめて稀なケースです」

と今度は副部長が答えた。

「そうだとしますと、先ほど安全だというお話がありましたが、他にはあまり例がないということで、やはり心配です。私たち大人だけではなく、子供や赤ちゃんに対しての電波の影響など、もっと提示していただけませんと……」

と若い主婦が言った。

部長と副部長はそれをメモしていた。

「なるほど。そのあたりの資料があるかどうかこちらで調べてみますので」

部長が言い、副部長に当たってみるように、と指示した。

「それから」

と若い主婦は言葉を継いだ。「その電波の強さを測る測定器のようなものを各家々に配っていただくということは出来ませんでしょうか」

「全部の所帯にですか」

副部長が、顔を顰《しか》めた。「それは、こちらの調査だけでは信用がおけないということでしょうか」

「いいえ、そんなことはないんです。でも、電波は目に見えないものですから、何か、目で確認できるものが欲しいと思うんです。全部ではなくとも、せめて希望者だけにでも、少なくとも私は希望します」

と若い主婦が訴える口調になった。

「わかりました。ともかく検討してみる、ということで。それから、心配でしたら、いつでもうちの技術スタッフにお宅の電波の強さを測ってみせるようにしますから」

「そうです、そうです。こちらで希望しているお宅の電波の強さをそれぞれ調査に上がるということで、対処させていただくということで、なんとかご理解いただけないでしょうか」

部長の答えに、助かったとばかりに、副部長が言葉をつないだ。

「それは工事中だけではなくて、工事後も希望すれば、測定しに来ていただけるということですね」

と若い主婦は確認し、それを受け入れられると、ひとまずこの場は納得する表情となった。

「では、そちらのご主人は」

と訊ねられて、黒松さんは、「今の話とはまるで違うことなんですが」と前置きしてから言った。

「桜の木は無惨にも、伐らなくともいいと思えるところのものもバッサリと伐られてしまいましたが、いま野草園側の角に桐の木だけが一本伐られずに残っています。それを見て僕は、ああよかったと思いました。ですから、工事が終わるまで、よほどの不都合がない限り、あの木を伐らないと約束していただきたいんです」

部長と副部長は顔を見合わせた。お互いにそんな木があっただろうか、と聞き合っている表情だった。

「わかりました。現場のものに、そのことは伝えておきます」

と部長が答えた。

お願いします、と黒松さんは、頭を下げた。

「では、もう一人、そちらのご婦人は」

と促されて、白髪のふっくらとした顔立ちの老婦人が切り出した。

「以前の説明会では、鉄塔が建つことで風向きがどう変わるか、突風などが吹くようにならないか、を事前調査した詳しい資料を頂きました。それで感じたんですが、このあたりには多くの渡り鳥たちが来るんです。これからですと、センダイムシクイやキビタキ、初夏にはアオバズクやサンコウチョウもやってきます。秋にはジョウビタキやツグミたちが。その他にも、ウグイスや、ホトトギス、それから、そうそう一昨日《おととい》の明け方にはトラツグミが啼くのも聞こえました。

こんな市街地に近い場所で、これほど野鳥がいるような自然が残っているところも少ないと思うんです。それでお聞きしたいのは、鉄塔が建つことで、そういう渡り鳥が来なくなってしまったり、ここに棲んでいる野鳥たちが少なくなったりしないか、そういう調査もしているのかどうか、ちょっとお聞きしたいと思ったんです。

あの、私は、自然環境を守れだとか、そういう団体とはまったく無縁の者なんです。少しずつ自然が失われていくことも仕方がないとも思っています。でも、そんな思いで身近にある自然を眺めながら一人暮らししている者の心配も知っていただきたいと思いまして」

「いやあ、私は技術畑の人間なんで、正直申しまして、鳥とか花とか木とかは苦手なんです。渡り鳥への影響ですか、申し訳ないですが、おそらくそういう調査はしていないと思います」

と部長は答え、副部長を見た。

「私も部長と同じで、そういうことはちょっと何と答えてよいのか……」

二人とも、最初の主婦の意見は想像できたが、黒松さんといい、この婦人といい、まったく思いもよらなかった質問にたじたじとなっていた。

「そうですか……。ただそういうことも考えているのか知りたかっただけですから」

老婦人は少し淋しそうに言った。

最初に質問した主婦が、まだ電波の影響について食い下がっているのを後に、自分の質問は済んだ黒松さんと老婦人は、管理人室を出た。

「そんなに野鳥の声ってきこえるものなんですか」

と黒松さんが訊いた。

「ええ、それはもう楽しくて。そうそう、五月には野草園で探鳥会がありますから、それに参加すると良いかも知れませんよ」

と老婦人が答えた。

58

「探鳥会というと、野鳥の会の会員になるとか、双眼鏡を用意するとかしなければならないんじゃないですか」

と黒松さんは訊ねた。二人ともエレベーターを待っていた。

「いいえ、そんな必要はないんです。身一つで、散歩がてら出かければいいです。いつもは早朝の野草園って入れませんでしょう。探鳥会のときだけは開けてもらえるので、せっかくの機会なんですもの。確か五月の第二日曜日だったと思います。ただわたくしの方は、リューマチで足が痛みますので、今年は出かけられるかどうかわかりませんけれど」

と老婦人は答えた。「でも、おたくがおっしゃってくださった桐の木、わたくしも伐られなくてほっとしたんですよ。紫色のほのぼのとした花をつけますものねえ」

「ああ、賛同者がいてよかった」

黒松さんは白い歯を見せた。エレベーターが来て、黒松さんは老婦人に先を譲った。右足を少し引きずって乗り込むのを待ってから、続いて乗った。

「何階ですか?」

「五階をお願いします」

黒松さんは、エレベーターのボタンを五階と自分の降りる三階とを押した。

「僕は桐の木を見ると田舎を思い出すものですから」

「どちらですの」

「茨城県の結城です」

「ああ、結城紬で有名な。そうですか、あたくしは信州なんです。主人の転勤でこの街に来てこの周りが気に入って、一人になってからも親戚も誰もいないのにずっと住んでるんです」

と老婦人は言った。

「では、また。お話楽しかったです」

エレベーターが着くのが早すぎる、と心を残しながら黒松さんは言った。

「また、お目にかかりましょう」

と老婦人が答えて、エレベーターの扉が閉まった。

(いままで見かけなかったけれど、あの口振りでは、ずっとこのマンションに住んでいるようだった)

と黒松さんは思い、ひっそりと独り営んでいる生活を想像した。そして、自分のように桐の木を大事に思ってくれていた彼女の名前を聞いておくんだった、と残念がった。

59

黒松さんの田舎では、娘が生まれると生長が早い桐の木を植える風習があった。そして、それを自分の木だといって責任を持たせて丹精させ、嫁ぐときに木を伐って小さな簞笥や下駄として持たせてやるのだった。

「自分もそうだった」

と母親から聞かされたこともあった。

母親は黒松さんが三十三歳の時に、五十九歳で亡くなった。柩《ひつぎ》には、癌の闘病ですっかり痩せてしまったなきがらに桐の駒下駄を添えて弔った。

桐の木を増やすには、長くのびた根を三十センチほどに切って、土に植えておく。そして二メートルほどに育ったものが、苗木となる。

桐という木は、世話がかかる木で、毎日のようにこまめに訪れて触ってやらないといけない、まるで我が子のように、と近所の桐の木を育てる名人が言っていた。

桐の材は、幹が直立し、節が少ないのが上質で、そのためには西日の強くあたらない山の東斜面に植えるのがよいとされていた。山間《やまあい》の農地に恵まれていない土地で農業を営んでいる人々にとっては、桐の木は「金の木」とも呼ばれて、農家に貴重な現金収入をもたらしてくれるものだった。

受験勉強で、『枕草子』を読んだときに、

〈桐の木の花、紫に咲きたるは、なほをかしきに、葉のひろごりざまぞ、うたてこちたけれど、異木《ことぎ》どもとひとしう言ふべきにもあらず。唐土にことごとしき名つきたる鳥の、選りてこれにのみ居るらむ、いみじう心異なり。まいて、琴に作りて、さまざまなる音のいでくるなどは、をかしなど、世の常に言ふべくやはある、いみじうこそめでたけれ〉

と清少納言が記している箇所を、他のことは忘れてしまっているが、いまでも覚えていた。

黒松さんの母親が亡くなったのは、ちょうど故郷で桐の花が咲く頃の六月だった。それ以来、五弁で筒型、紫色の花が下向きに垂れて咲く桐の花に出会うたびに、ほのぼのとした夢のような懐かしい気持がつのった。

そうだ、今年はあれを下ろそうか、と黒松さんは好いことを思い付いた。

黒松さんは、故郷の名産の桐下駄を大事にしまっていた。一昨年、帰省したときに、少々奮発して、真っすぐに目のつまった木肌に柾目《まさめ》の何十本も通った桐下駄を購《あがな》ったが、去年は履かないでしまった。まだ、素足に下駄では足元が寒いが、五月の連休の頃には、ちょうど好いだろう、と黒松さんは楽しみにした。

60

マンションでの説明会を終えた放送局の技術部長と副部長は、鉄塔工事の現場の向かいにある売店へと挨拶に立ち寄ることにした。その手前の、主に学生が入っている食事付きのワンルームマンションの一階に『四季亭』という食事処を開いているオーナー夫妻には、既に挨拶は済ませていた。

「あ、いらっしゃいませ」

背広姿の男の人が二人狭い店内に入ってきたのを見て、売店のおねえさんは弾けたように立ち上がり、挨拶した。ふつうは、そういう姿恰好の客は、ここの経営者でもある『四季亭』の方へ行く。

「あの、私はこういう者です」

とカウンター越しに部長が名刺を差し出し、副部長もそれに倣《なら》った。怪訝な面持ちでいるおねえさんに、

「いよいよ鉄塔工事が本格的に始まります。何台もトラックが行き来するようになりますし、作業員も多く出入りするようになります。それで、この辺は、見たところコンビニエンスストアも近くにないようですし、ラーメン屋さんのようなものもないので、この店で昼食を摂る者が多いと思うんです」

「それから、十時と三時のお茶に、ここの自動販売機の飲み物も」

副部長が口を添えた。

そうだった、そうだった、というように頷いて、

「ですから、昼時はこれまでよりも、ずいぶん忙しくなると思いますし、自動販売機の飲み物の補充なども、大変かと思いますが、どうかよろしくお願いします。ちょっと荒っぽい職人もいるかもしれませんが、他の現場でもいい仕事をしてきた精鋭たちを集めていますから、ご迷

惑をおかけするようなことはまずないと思います。もし万が一、何かありましたら、この名刺あてに御連絡下さい」

と部長は言葉を継いだ。

「はい、わかりました」

と少し緊張した面持ちで、おねえさんは頷いた。内心では、店が繁盛するのはよいけれど、オーナーは他に人を雇うつもりはないようだし、自分一人でそんなに多くの客をこなすことが出来るだろうか。それに、巨大な鉄塔工事をしている真下にずっといることになるので、重い鉄の魂が落下してくるような事故に遭うことはないのだろうか、という不安も覚えていた。

二人が立ち去ってから、入ってきたときに慌てたのは、昨年の九月に、すぐ近くの公衆トイレに女性の死体が遺棄された事件で、刑事さんがやってきたのを思い出したからだった、と気付いた。

61

「バカヤロウ！」

その怒鳴り声が聞こえる度に、売店のおねえさんは、縮みあがった。まるで自分が叱られているような気がした。

月曜日の朝十時十分前に、いつものように彼女は、軽自動車で団地内の九十九折りの坂道を上って通勤して来た。すると、放送局の部長さんが言ったとおり、店の前の鉄塔工事の現場に、鉄骨を満載したたくさんのトラックが止まっていた。作業員たちも多く集まり、特に、鳶職というのだろうか、地下足袋を履いた職人さんが目立った。

まだシャッターを閉めたまま、いよいよ忙しくなると気合いを入れながら、麺つゆやカレーライスなどの仕込みをしているときに、突然大声で怒鳴る声が、シャッターを震わせるほどに聞こえて来た。そのときおねえさんは、トレイに並べようとしていたコップを落としそうになった。気の荒い職人さんもいるとは聞いたが、これほどだとは思わなかった、とこれから先が思い遣られた。

十時になったとたんに、外に三台置いてある自動販売機から缶が出てくる音が盛んに起こり、さっそく補充しなければならなかった。

ついでに見ると、工事はまずバスのロータリーから奥のマンションへ向かう路地に、鉄骨を組んでその上に鉄の板を渡したトンネルのような物を作ることから始まっていた。鉄塔の上から物が落ちてきたときに歩行者や車を守るためかしら、とおねえさんは想像した。

浅黒く日焼けした男たちが、地面に直接車座になって、休憩していた。黄色いヘルメットを脱いでしきりに汗を拭っている。

「迫力！」

とおねえさんは心の中でつぶやいた。

さっきから怒鳴っているのはどの人だろう、と見渡してみたが、見当がつかなかった。

「今日から皆がお世話になります」

と、昨年の秋から出入りしていて、見知った顔になっていた現場監督が、彼女の姿を見つけて挨拶をした。眼鏡をかけているが、屈強そうな身体をした五十少し前と見える彼は、少し関西の訛りがある人だった。「皆にこの店に看板娘がいるって話しておきましたよ」

「そんな……。こちらこそ、よろしくお願いします」

とおねえさんも照れながら挨拶を返した。

「さあて、やるぞ！」

怒鳴り声の主が、それぞれ持ち場に就くように促した。思ったよりも小柄で、小太りの男だった。

62

怒鳴り声は、斎木と奈穂のもとにも聞こえていた。奈穂が身を竦ませる様を見て、

「なかなか、威勢がいい職人たちだな」

と斎木は、鷹揚《おうよう》に笑いながら言った。

ようやく喘息の発作も鎮まり、朝早くから、掘り炬燵《ごたつ》のある居間を兼ねた仕事部屋の机に向かう日常が戻っていた。

隣の板の間では、奈穂も同じように窓向きに作業台を置いて、ミシン掛けをしていた。その

周りには、染めた布や糸が、段ボール箱や透明なタッパーケースに入って、何段にも積み重なっている。それはどんどん数を増して占拠していった。

「ここは、自宅っていうより、仕事場だもんなあ」

と、ときおり二人は、なかなか片付かない部屋を見回して嘆息し合うことがあった。よく見れば、家にあるものといったら、二人の仕事に関係のある物がほとんどだった。

北側にも洋間が二室あるが、一つは斎木の本で占領されており、もう一室は辛うじて寝室だけは確保されていた。簞笥はなく、備え付けのクローゼットだけで間に合わせていた。板の間の台所寄りには、食事用のテーブルと椅子があるが、それは奈穂が染め物の生徒さんから要らなくなった物を譲り受けた物だった。テレビも斎木が一人暮らしをしていた頃に、粗大ゴミ置き場から拾ってきて修理した物である。居間の茶簞笥だけは、前の家に住んでいた頃にようやくの思いで買った。

また、奈穂が染め物をしているときには、始終風呂場とベランダを行ったり来たりしなければならない。その度に、仕事に集中している斎木の前を横切るのを奈穂は済まながった。

そして、いつものように、近くに染め場を借りることが出来るようになるといい、という望みに話は向かった。

はじめ二人は、この近くの古家を借りて、染め場もそこに設けて住むつもりだった。

不動産屋の持ち物だという一軒家を借りることが決まり、前の住人が出ていくという約束の期限を待っていた。ところが、家賃を滞納していた住人は出ていかず、二人は一年間の予定で日本を離れるのを前にして、途方に暮れた。

そのときに住んでいた山麓の古家は、留守中の荷物の管理が不安だった。さらに、前の居住者の娘で、横浜に住んでいる大家から、出来れば買ってくれないか、という話が盛んに持ちかけられていた。買いたいという人もいる、とも仄《ほの》めかされた。だが斎木は、別れた家族が住む家の他に、もう一つの家のローンを払うわけにはいかなかった。

63

昼になって、斎木は、

「今日の昼めしは、売店でそばかおにぎりでも買ってこようか」

と隣の部屋の奈穂に声をかけて立ち上がった。

「そうしようか」

と奈穂も応じたので、斎木は、小銭を貯めている茶筒から百円玉を何枚か持って玄関を出た。

ひさしぶりに出た外は、晴れていたが、工事中のためか光が白く、埃《ほこり》っぽく感じられた。

いつのまにか、トンネルが出来ている、とつぶやきながら、その下を通って行った。

売店の前で、小太りの初老の男が、店の前の自動販売機を不安そうな目つきで、あれこれと物色しては、飲み物を抱えきれないほど買い込んでいた。斎木も現場での作業をしていた頃、こうしたおつかいは、いちばん下っ端のものや、手に職を持たない作業員として雇われた者の仕事だった、と思い出した。

職人の好みも様々で、たかが缶コーヒーといっても、砂糖入りじゃない奴がいいだとか、炭焼きに限る、などと注文が出るから、おつかいも結構手間がかかる。

あれは、現場監督を任されていた小さな現場でのことだったな、と斎木は振り返った。年輩の作業員に、午前十時のお茶を買ってきてくれと千円札を数枚渡したことがあった。ところが、休憩が終わる頃になっても、彼はいっこうに現れない。食事時も姿はなく、ようやく現れたのは、その日の仕事を終わりかける夕方になってからだった。

彼は泣き声になって、預かった金を増やそうとパチンコ屋へ行っていた、と白状して許しを乞うた。その頃の斎木は、様々な人間がこの世には生きている、という事実を身を以て知らされることの連続だった。……

大がかりな鉄塔工事だけに、車座になって昼の休憩をしている作業員たちはほうぼうから集まってきているのだろう、さまざまなお国言葉がうかがえる。東北弁はもとより、北関東弁、関西弁、九州弁……。

自動販売機の前にいた男が、やがて、思い切るようにして、茶店の中へと入っていくのに、斎木もしたがった。

「おねえちゃん、缶コーヒー入れる袋くれんか、それと、わいはけつねもらうわ」

と男が言った。

その声を聞いて、斎木は、はっとした。それは、怒鳴り声を挙げていた男の声音だった。

64

この店にはラーメンやそばうどんはあっても、山菜や海藻、天ぷらをのせたものだけで、きつねうどんの類はないはずだが、と斎木は首を傾げ、気の荒そうな職人だし、売店の彼女は大丈夫だろうか、と少しはらはらしながら後ろから見ていた。

すると、男は、当たり前のことのように、二個入りのお稲荷さんのパックに手を伸ばし、二つ買い求めていった。

そういうことか、と斎木は笑みがこぼれた。

「関西の方じゃ、お稲荷さんのこと『きつね』っていうんですね。はじめ何の注文だかわからなくて戸惑ってしまったけど」

と売店のおねえさんが言い、「いっつも怒鳴っている人だから、少し恐かったけど、安心したー」

と胸を撫で下ろした。

斎木も笑顔で頷いた後で言った。「おれも今日は、けつねにするかな」

彼女が笑い返しながら釣り銭を寄越すのを受け取ると、狭い入口で擦れ違いざまに二人の職人たちが入ってきて、二つあるテーブルの方についた。

「おねえちゃん、ここは何が自慢なの」

そう訊ねられて、思案しているのを見た斎木は、

「ここは和風ラーメンとカレーライスが結構うまいよ」

と教えた。

隣の『四季亭』で使う出しで味付けしているので、実際うまかった。売店なので雑誌やテレビで取り上げられることはないが、結構口コミで近隣の町からの客も訪れた。団地の住民とおぼしい老人が、散歩の帰りによっては、いつもカレーライスを食べている姿にも、よく出会った。

「じゃあ、和風ラーメンとカレーライスの大盛り」

「おれも」

と若い職人たちは、口々に注文した。

「和風ラーメンとカレーライスの大盛り二つずつですね」

と注文を受けて、売店のおねえさんが調理に取りかかるそばから、また客が入ってきた。

これは、忙しくなりそうだ、と見ながら、斎木は売店を後にした。帰り際に現場の方を改めて見ると、さっきの男は、若い衆たちに缶コーヒーを配ると、現場監督と、何やら打ち合わせをはじめた。はじめ、おつかいをしていると見えたのは、自分の思い違いだったことに斎木は気付いた。おそらく自分から動いてみせて陣頭指揮を執るタイプなのだろう。

鳶の職人の中に、中卒と見えるまだあどけない少年が二人いるのを斎木は目に留めた。別れて暮らしている一番下の息子が、その年頃だった。

65

斎木は、外へ出たついでに、エントランスの集合郵便受けから、郵便物と差し込まれていた回覧板を取り出して部屋に戻った。

昼食を摂りながら回覧板を読むと、鉄塔工事についての説明会の報告だった。昨年の秋に市の茶室がある庵を借りて行われたのと、つい先日管理人室で行われた二回分について管理組合でまとめてあった。斎木たちは賃貸で入居しているので、説明会の案内はなかった。

「見てみろよ。アンテナの天辺《てっぺん》まで一七一メートルもあるんだな」

はじめて目にするテレビ塔の完成予想図を斎木は奈穂に示して見せた。

「えっ、ほんとうにアンテナごと建て替わるんだ。それにしても、ずいぶん大きな鉄塔が建つのね」

と奈穂は驚いた。前に斎木が説明しても、古い鉄塔をどうやって撤去するのか、イメージがまるでつかめないらしく、今度の工事は単なる改装程度のものだと想っているようだった。

続けて読んでいると、以前首都圏で働いていた頃、何度か団地の自治会に工事の説明を行った経験がある斎木は、住民たちの要求に回答する工事担当者の苦渋に満ちた顔が浮かぶようだった。

●工事の迷惑を被る代償として、近くに公園のようなものをつくって欲しい。
●外灯の設置場所を増やして欲しい。
●せっかく新しい鉄塔を建てるのだから、東京タワーのように展望台などの施設がある新しい名所とする考えはなかったのか。今からは無理でも、せめて市民が展望できる施設だけはつくって欲しい。
●工事の人たちが酒を飲んで騒ぐようなことが決してないように監督していただきたい。また小さい子供が怯《おび》えるような行為は厳重に慎んでもらいたい。
●樹木の伐採は不必要に行わないでもらいたい。特に、野草園入口に面した角の桐の木は伐らないで欲しい。

公園のように整備して欲しいという者がいれば、なるべく樹木の伐採などは行わないで欲しい、という相反する意見があった。

斎木が電気工をしていたときも、外灯の光が遮られるので、樹木の枝を払って欲しいと住民に言われて作業を行っていると、「せっかくの木を伐るな」と飛び出して来る住民と一悶着となることがよくあった。

●ただでさえマンション価格が下がっているときに、さらに景観を損なう鉄塔工事によって価格が下がることが予想される。その補償のようなものはないのか。

66

これを読んで斎木は、この集合住宅に入ったばかりの頃に、先住者たちからよく、ここはいくらで買ったのか、訊ねられたことを思い出した。いいえ賃貸ですので、と答えると、今度は家賃はいくらなのかと訊かれた。そうして、自分たちよりも軽い負担で入居している身分を当て擦《こす》られたものだった。

斎木たちの大家は、このあたりを公園化する計画を市が立てており、今よりも交通も便利になってマンションの価値も上がると踏んで買った不動産屋らしかった。自分の持ち家が貸せなくなったと詫びた不動産屋が、代わりにといって同じ家賃で貸すことを交渉してくれたので、大家とは実際に目にかかる機会はなかった。

斎木たちが入る前は、妙齢の女性が住んでおり、ときおり大家とおぼしい老人が通っていたことを訊きもしないのに親切に教えてくれる住人があった。その老人がこの家で息を引き取ったらしいことも仄めかされた。

そうだとすると、今の大家は先代を継いだ者なのか、と斎木は首を捻《ひね》りかけて、まあどうでもいいことだ、と想像をなげうった。いずれにしても、バブルの頃にはよくあった話なのだろう。公園化の計画もバブルの頃で、市が土地を買い占めようとした途中でバブルが弾け、計画は中座した恰好となって、その後に市長が収賄で捕まった。それで計画は白紙に戻り、さらに、市の買い取り価格が不当に高いのではないかと、市民オンブズマンが、適正価格との差額を市民に返還するようにとの訴訟を起こしていた。

●強い電磁波を浴びると、癌や脳腫瘍になることが多いと聞くが、強い電波を発するテレビ塔が直ぐ隣に建つことで、そういった危険はないのか、具体的に知らせて欲しい。

「これってほんとうなの？」

と心配げに奈穂が聞いた。

「ああ、そういうことはあるけれど、高圧線の下なんかよりは、程度は低いはずだよ。テレビの電波は、光のように真っ直ぐ進む性質があるので真下にはそれほど来ないから」

67

回覧板には、工期も記されてあり、新鉄塔が完成するのがこの秋で、それから来春にかけて、古い鉄塔が解体撤去されるということだった。

このマンションにおける電波の強さを記した資料を見ると、二〇〇六年頃までは新鉄塔によるアナログ放送が合計で四波で、基準値の一九・三パーセントだが、二〇〇六年から二〇一〇年までは、アナログとデジタル放送が同時に行われるので、放送は八波となり、電波の強さも基準値の三〇・五パーセントにはね上がる。そして、アナログ放送が廃止される二〇一〇年には、デジタル放送のみが五波となるので、電波の強さは一四・八パーセントに下がることが記されてあった。

鉄塔とマンションの最短距離を記した地図に拠れば、斎木たちのところがもっとも鉄塔に近い部屋となる。それを見て、

「おれたちは日本で一番、テレビ塔の近くに住んでいる住人になるかもしれないな」

と斎木はおどけた。

奈穂も笑いかけたが、

「でも、それは、わたしたちが一番電波の影響を受けるってことにもなるんじゃない」

と、また不安が萌《きざ》した顔付きになった。

「いや、よく考えてみれば、この上の最上階の人の方がアンテナには近いことになるな」

斎木は、考え直して言った。それから、話題を変えるように、「おれたちと同じ思いで暮らしている人もいるんだな」と、管理人室で行われた説明会の報告の所を指で指し示した。

●この周辺は市街地から近いにもかかわらず自然に恵まれて、多くの渡り鳥がやって来、また野鳥の種類が多い。鉄塔が立つことで、渡り鳥が来なくなってしまったり、棲んでいる野鳥たちが少なくなったりしないか、そういう調査も行っているのかどうか。

やっぱり、この集合住宅にも、鳥が好きな人が住んでいたんだ。ああ、ちゃんと「ホッホ」も聞いているかもな、と斎木と奈穂は言い合った。

「ホッホ」は、毎年五月はじめに渡ってきて、その特徴のある声で啼き続ける青葉木菟《あおばずく》のことだった。その声に耳を澄ませている夜に、他の部屋から大音量のテレビの音声や、子供が弾くヴァイオリンともピアニカともつかない楽器の音に、掻《か》き消されてしまいそうになることがしばしばあった。その度に二人は、他にあの啼き声に気付いている人はいないのだろうか、と不思議がったのだった。

68

クリーニング店の外回りの営業をしている箱崎さんの乗った軽のワゴン車が、「山」の団地内の九十九折りの道を、ゆっくりと上っていた。

街では、桜が見頃を迎えていたが、箱崎さんはあまり目を留めることはない。そのかわり、いつの季節でも、新しいマンションが建った場所や、マンションの空き部屋に人が入居したかどうか、を注意深く見ながら運転する。

団地の一番上の段にある家の一軒である磐田さんの家の前に車を止めた。

磐田さんの家は玄関の鍵は開いていたが、中に声をいくら入れても返事がかえってこなかった。主人の方が少し耳が遠くなっているので、しばらくそうしていたが、やはり留守のようだった。

銀行員だったという主人が、今でもときおり背広を着る機会があるらしく、春先に出してもらった冬物のウールのスーツと、ワイシャツ二枚ネクタイ二枚の届け物だった。

留守のときは、玄関のドアノブにかけて置いてもよいと言われているが、出来れば直接手渡したかった。

そうだ、ご主人は畑に出ているかもしれない、と箱崎さんは気付いた。車はそのままにして、団地内に付けられている歩行者用の階段の方へと向かい、五段ほど降りてから左手の崖の一部を地ならしして作ったらしい畑を見遣った。木の枠組みとベニヤ板の手作りの木戸は開いていた。中へ足を踏み入れると、やはり磐田さんのご主人は、畑仕事をしていた。

「こんにちは、『洗濯屋』でーす」

と箱崎さんは大声を張り上げて挨拶した。自分のことをクリーニング屋と言うよりも、『洗濯屋』という方が似つかわしいと思っていた。

「ああ、これはどうも」

とゆっくり振り向いて、磐田さんは挨拶を返した。八十過ぎだというわりには百八十センチはあろうかという痩身だった。畑仕事をする恰好と言うよりも、普段着で土いじりをしている、といったふうだった。頭に、帽子を被っていた。

「精が出ますね、何を播《ま》いてるんですか」

「ああ、春まきの大根をね、ちょっとばかり」

「へえ、わたしは植物とかそういうのにちっとも関心がなくて。あのー、おたくがお留守のようで、玄関の鍵が開いていましたので、玄関の上がり口に仕上がり品を置いてきましたから」

箱崎さんが何度か繰り返し言って、ようやく磐田さんは事情が飲み込めたようで、

「ああいつもごくろうさまです」

と帽子を取って頭を下げた。

69

箱崎さんがこの団地を回り始めたときには、もう馴染みのクリーニング店を持っている家が多かった。それに、外回りに頼むよりも、スーパーの中にでも入っているクリーニング店に、買い物のついでに直接持ち込む人たちの方が多数だった。

おまけにこのところの不況で、こういう所から家計を切り詰める家が多いためだろう、クリーニング店で取り扱う洗濯物の量が減ってきていた。

それは、二年前の早春のことだった。いったん春の兆しを見せたが、また冬に逆戻りしたよう

に雪がちらつく寒い日の昼近く、箱崎さんは通りに野次馬が群がっているのを見て車を止めた。車を降りてみると、どうやら、火災のようだった。隣人らしい人が興奮した声で説明するのを聞いて、高齢のご主人が、この寒さに石油ストーブを持ち出してきて火を点けたまま給油をしていて、あふれた灯油に引火した、という事情がわかった。幸いなことにボヤで済んだようで、消防車は既に引き揚げており、二階の二つある部屋の一室だけに焼け焦げた跡があった。玄関の外に、黒焦げになった石油ストーブが置いてあり、二階のベランダに濡れた布団が干してあった。箪笥など消火作業で濡れた物は玄関の外に出ていた。

――ご主人の足がすっかり焼けて黒焦げになって。

――あら、それはお気の毒に。

――奥さんのほうは？

――ちがう部屋にいて、大丈夫だったみたい。救急車で付き添っていったから。

――火元は石油ストーブですってね。まだまだ寒いから、うちもストーブはしまえなくて。

――うちもそう。梅雨時だって使う日がありますもの。お互い高齢者になって気を付けませんとねえ。

――ほんと、そうですわねえ。

野次馬たちは口々に言った。

その日の仕事帰り、箱崎さんは、ボヤのあった家に寄ってみることにした。行くと、灯りが点いていて、奥さんが戻って来ているようだった。開け放たれたままの玄関には、見舞いに訪れた親類たちのものか、多くの靴が脱いであった。

ごめんください、と洗濯屋さんは声をかけ、出てきた夫人に、

——洗濯屋なんですが、濡れてしまった布団の丸洗いなどいたしますが。

と持ちかけた。

——あ、それは助かります。干しただけじゃだめなので、どうしようか困ってたところなんです。

と夫人は答えた。

——ちょっと待っていただけますか。急いで、持ってきますので。

70

それ以来、磐田さんは、この団地ではじめてのお得意さんになった。夫人も、

——うちには自家用車がないでしょ。だから、下のクリーニング屋さんから重いコートなんかを持ち運ぶのが大変だったので、ほんとうに助かるわ。

と喜んでくれた。

磐田さんの足は、目撃した人の話よりも大したことはなく、軽い火傷《やけど》で済み、その日のうちに病院から家に戻ることが出来たということだった。

箱崎さんは、この地域を回る月曜日と木曜日の午前中に顔を出し、だいたい月に二度ほど注文を受ける。現役のサラリーマンの家でも、家計削減のために、ワイシャツぐらいは家で洗うところが増えていたり、何品かで千円、というようなスーパーに入っているクリーニング店の特別割引のときに出すようになっているが、最後に地方銀行の支店長を務めて辞めたという磐田さんは、今でも外出の身支度には几帳面なようだった。預かるスーツは、どれもオーダーメードで、内ポケットに「磐田」とネームが入っていた。

客の中には、ときおり、肘がすっかり擦り切れている上着を出す人もあった。それをクリーニングしたら、さらに擦り切れてしまう、と箱崎さんは複雑な思いで受け取り、それを着て働く主人に想いを向けた。

ワイシャツの首の汗染みも、すぐにクリーニングに出すか、せめて家で首の所だけさっと洗っておいてくれれば、黄色くならなくて済む。クリーニングしても、すっかり黄ばみが取れていないワイシャツを届けるのは気が重いものだった。その点、磐田さんの奥さんは、素材や染みがある場所をきちんと確認して、汚れがひどいときには少々高くついても特別洗いを頼んでくれるので、仕事にもやりがいがあった。

磐田さんへの配達を終えた箱崎さんは、次に「山」の上のマンションへと向かった。その三〇七号室にワイシャツ三枚の届け物があった。いつものように、「９９９＃」と暗証番号を押してオートロックを解錠しようとしたが、扉はうんともすんともいわない。

仕方なく、横の小部屋の窓を軽く叩いて、管理人に訳を話したが、

「このところ物騒な事件が起きたりしたので、自治会で、暗証番号は止めて、全部鍵を持った人だけが入れることにするように決まったんです。ですから訪ねてこられたお客さんの部屋を呼んで、向こうから鍵を開けてもらうしかありませんね」

と、規則を楯《たて》に断られた。

71

「いつも三〇七号室の黒松さんのところにお届けに上がっている洗濯屋です。黒松さんのところは、昼間はお留守なので、引き取りもお届けも、ドアノブに掛けておくことになっているんですよ。ですから、なんとか内側からオートロックを開けていただけませんでしょうか」

と箱崎さんは、お互い見知らぬ顔ではないのだし、と心の中で思いながら、食い下がった。

だが、

「事情はわかりますが、宅配便の人にも、郵便局の人にもそうしていただいているので、おたく一人だけ例外というわけにはいきませんのでねえ」

と、管理人は申し訳なさそうに、しかし断固としてかぶりを振った。

箱崎さんは、共同玄関前に止めておいたワゴン車に戻り、横のスライドドアを開けて、これまでの配達でハンガーに掛けていた洋服の順序が少しバラバラになっていたのを直す振りをし

ながら、誰かマンションから人が出てこないか、それとも帰ってくる人がいないかをそれとなく待った。

最初にこのマンションにチラシを配りに入ったときは、学校帰りの子供について行って、オートロックの自動扉を入ったものだった。そして、遊んでいる子供たちに、暗証番号を教わった。それぐらいのことは、管理人も見て見ぬ振りをしてくれた。

けれども、人影はなかなか現れなかった。共稼ぎの世帯が多いようで、昼間は留守にしている家がほとんどのようだった。念のため最後にもう一度、というつもりでマンションの通路を眺め回した箱崎さんは、ずっと窓硝子が素通しだったので、空き家となっていると思っていた、一階の自転車置き場に接した通路側の角部屋に、青いカーテンが掛かっているのに目を留めた。

いつの間に引っ越してきたのだろう、と思いながら、箱崎さんは自転車置き場の方へと回ってみた。すると、庭に人が出ているらしい声が聞こえた。中年の夫婦が庭仕事をしているのを見て、これ幸いと、箱崎さんはフェンス越しに声を掛けた。

「わたし洗濯屋なんですけどね、上の階の人に届けに上がったら留守なんで、建物の中に入れないんです。いつのまにか暗証番号使えなくなってて。ドアの所に引っかけてくるだけですので、ちょっと共同玄関の鍵だけ開けてもらえませんかねえ」

「ええ、構いませんよ」

と休みで家にいるらしい主人の方が答えた。

72

「それじゃあ、わたしは共同玄関の方に回ってインターフォンで呼びますから、そうしたらオートロックを開けてもらえますか」

「はい、わかりました」

「あ、そうだ。ここの部屋番号は何号室になるか聞いてなかった」

いったん向かいかけた箱崎さんは、頭を掻き掻き、慌てて戻ってきて訊いた。

「一一一号室です」

と斎木は答えた。それから家に上がり込み、手を軽く洗ってから、台所と板の間の境にあるインターフォンの前で待ち受けた。程なく、呼出音が一度鳴った。一度のときは、オートロックの外からで、二度鳴ったときは、家の玄関前まで来ている合図だった。インターフォンの受話器を取り、

「はい、じゃあ開けます」

と言って、斎木は解錠のボタンを押し、どうもありがとうございます、と言う洗濯屋さんの声を聞いてから、受話器を下ろした。

再び庭に出て、株分けを続けていると、再び洗濯屋さんが顔を出した。

「どうもありがとうございました。助かりましたよ。それから、奥さん、うちの店のチラシも

郵便受けに入れさせていただきましたので、どうぞ一つご検討下さい。お電話いただけましたら、月曜か木曜の日に受け取りに伺いますから」

とお礼とともに、店の宣伝も忘れなかった。「最近引っ越していらっしゃったんですか」

「いいえ、一年ほど家を空けてたときもありましたが、もう三年半になります」

と奈穂が答えると、

「あ、そうなの。ちっとも気付かなかった。だって、ずっと、部屋にカーテンが掛かってなかったでしょう。てっきり、まだ空き家なんだとばかり思ってましたよ」

その言葉に、奈穂も斎木も、無言で苦笑した。

「また、鍵を開けるのをお願いすることがあるかもしれませんが、そのときはお頼みしていいでしょうかねえ」

「ええ、家にいるときは構いませんから、どうぞインターフォンで呼んでください」

奈穂が答え、斎木も頷いた。

「ああ、これで安心してこのマンションに配達に来ることができるわー」

と箱崎さんは少し大袈裟《おおげさ》な口調で言った。「それにしても、こっち側の眺めはこうなってたんですか。海まで見通せるんですね。私はじめて、ベランダ側に回ってみましたので」

73

箱崎さんは、正午になると職人たちで混むだろうと、売店で少し早めの昼食を摂ることにした。まだ誰も客がいない店内に入り、和風ラーメンを注文した。

「ずいぶん忙しくなったでしょう」

顔見知りとなっている、売店のおねえさんに話しかけると、

「ええ、もうてんてこ舞いで」

とおねえさんが、頭と手を少し踊らせるように揺らしながら答えた。

「『四季亭』の上のワンルームマンション、少し人が入ったみたいだけど、工事の関係の人たち？」

「ええ、だいたいの職人さんたちは、山の下に共同でアパートを借りてるそうですけど、立場が上の人たちが、ここのマンション借りてるみたいです」

「ああ、そうなんだ」

と答えながら、箱崎さんは、『四季亭』のご主人に、上のマンションの郵便受けにチラシを入れるのだけを許可してもらえないか、頼んでみようと思っていた。店の洗濯物は、最初から他の大手のクリーニング業者が入っていたし、学生は共同の洗濯場を利用したりしてクリーニング店にはまず用がない。だが、工事の関係者のしかも上の立場の人たちなら、クリーニングに出すようなこともあるかもしれない。工事の期間中だけだが、新しい客を開拓するチャンス

だと思ったのだ。

「工事の人たちって、日本全国、色んな所から来てるんですね。それこそ北海道から沖縄までっていう感じで」

麺を茹でながら、いかにも話好きと言った感じのおねえさんが言った。

「ああ、これだけ大きな工事だったらそうだろうなあ」

「けっこう、関西の人たちが多いんですけど、なんでも瀬戸大橋を造ったチームの人たちも入っているんですって」

「へえ、大した人たちなんだねえ」

と箱崎さんは感心した。確かにこういう工事は、職人と言っても誰にでも出来るものではないのだろう。現場から現場を渡り歩く人生なのだろうか、と想像した。

そのとき、「バカヤロウ！」と、すっかり聞き馴染みとなった叫び声が聞こえて、

「あ、『けつねのおじさん』やってるやってる」

とおねえさんは心の中でつぶやいた。いつのまにか、その声が聞こえてこないと、何だか物足りない気がするようになっていた。

74

斎木と奈穂は、昼食を挟んで、藍の株分けとともに、隣の家へはみ出していた紅枝垂れ桜と

野茨の枝を払い、スギナが主な雑草の草むしりをした。現の証拠やネジバナ、それからオトコエシのようにも見える草は残しておいた。

そうだった、と斎木は思い出して、奈穂を呼び、前に畑を耕していたときに出てきた冬眠していた蝦蟇蛙を再び落ち葉の中に埋めて目印にと置いた石のあたりをそっと掻き分けてみた。

やはり蛙はもう冬眠から覚めたのだろう。姿はなくなっていた。

「どこへ行ってしまったのかな」

と残念そうに奈穂が言うのに、

「なあに近くに潜んでいるはずだよ」

と斎木は言葉を返した。

「鳴き声が聞こえるといいけどな」

「たぶん、ここの防犯灯に集まる蚊や虫を食べに来るはずだから、そのうち鳴き声に気づくさ」

と斎木は答えた。

一仕事を終えて三時のお茶にするときに、奈穂が集合郵便受けから、郵便の束と共に、クリーニング屋さんが入れていったチラシを持ってきた。

「これ、前にも入っていたことがあるわ。そうそう、そのときも、担当箱崎って丁寧に手書きで名前と携帯の番号が書いてあったからよく覚えてるの。親切そうだったから、今度頼んでみようかな」

奈穂は、思案顔になった。「この前、スーパーに入っているクリーニング屋さんに出した革のジャケットが、合成皮革と間違われて普通洗いにされちゃって、色と風合いがすっかり変わっちゃったでしょ。あれ以来、受け付けてくれる人が、ベテランの人だといいけれど、アルバイトの人だとちょっと心配なの。それに、私が作っている染めて編んだセーターやベストなんかの色落ちや縮み具合なんかも、誰か相談できないかなあ、と思ってたから、この人なら聞けるかもしれないし」

「ああ、それはいいかもな。実直そうな人だったし、ともかく一度頼んでみればいいじゃないか」

「うん、そうする」

と奈穂は頷いた。

「……しかし、カーテンには参ったよな」

斎木は意味ありげに笑った。家の前に自転車置き場を写す防犯カメラが設置されて、寝室もその角度に入ってるように見えるので、慌ててカーテンを用意したのだった。

「ほんと。ずっとカーテンまで手が回らなくて。この部屋にもなるべく早く付けるようにするから」

奈穂は少しすまなそうに言った。

75

黒松さんは、ときどき『衆』に顔を出すようになった。職場の放送局がある「山」から降りて、街中で人と会った後に一息つきたいときや、放送の企画を練る資料を読んだりするときに、ゆっくり出来る店内の雰囲気は打って付けだった。

文学部だった大学生の頃は、よくこうやって喫茶店で文学書を読んだものだった。六〇年安保の前後で政治運動が盛んな時期で、寮でも活発に議論が交わされたものだが、黒松さんはそれを外側から見ている方だった。

ただ、戦前に憲兵の目を逃れて、非合法活動をしていた叔父がおり、戦後に代議士となって演説している姿を見て、子供の頃に胸を躍らせた思い出があった。その叔父が、この街の国立大の経済学部に入って、大学院生のときに活動のために退学していた。黒松さんがこの街の国立大学を選んだのは、小さい頃に憧れたその叔父の影響もあった。

子供心に、小説家になろうと思ったこともある。もっとも強く印象に残っているのは、中学生の頃に読んだ、自分の郷里に近い農村の自然と現実を克明に描いた長塚節の『土』だった。母親に「おれ、小説家になる」と言うと、囲炉裏《いろり》で煮ぼうとうを作っていた母親に「小説家っていうのは食えないよ」と言われたときのことは今でも忘れることが出来なかった。

浦和の自宅に帰った折に、段ボール箱に詰めて押入にしまい込んでいた文庫本を取り出して来て、『衆』でひさしぶりに再読しながら、そんなすっかり遠くなっていた習慣が戻ってきたことに喜びも覚えた。

大学時代は新聞記者志望だった。当時は、競争が激しくて、同じマスコミということで、テレビ局を選んだ。だが、大学での寮生活ではテレビはなく、ＮＨＫの放送しか観たことはなかった。

今日は、東京の本社への日帰りでの出張の帰りに『衆』に立ち寄った。東京駅に着くと、昔はここで仕事をしていたんだ、という親近感は今でも覚えるが、都市の急速に変動する様に、浦島太郎のような気がしないでもなかった。

以前勤めていた本社の受付に行くと、出向したばかりの頃なら、「あ、黒松さん、しばらく」と言ってくれる受付の女性がいたが、五、六年も離れた頃から「どちらさまですか」と言われるようになった。そんなとき淋しい気持がするのは、いまだに隠せなかった。帰りの新幹線に乗っているときに、『衆』の居場所が、自分にはふさわしいように思えて、懐かしさを覚えたのだった。

76

読んでいた文庫本から、黒松さんは、つと目を上げて、窓の外を見た。最初に『衆』に入ったときから、いつも、入口を入ってすぐ右手の、カウンターから最も遠い窓際の椅子に腰を落ち着けるのが常だった。

そこからすぐ見える餌台に置かれたバナナを野鳥が啄んでいた。見覚えはあったが、何という名の鳥だろう、と見ている黒松さんに言うともなしに、早絵さんが、

「あ、鶫が来てる」

と声を挙げた。

「ああ、鶫ですか」

と黒松さんは言った。「田舎育ちですが、鳥の名前には疎《うと》くて」

「この辺は、野鳥が多く見られるんですよ。川べりなんかでは、カワセミもよく見かけられます。とてもきれいな翡翠《ひすい》色をしていて」

「へえ、僕もいっぺん見てみたいなあ」

黒松さんは、子供のような笑顔になった。それから店内の壁に新しく貼ってあった「海藤抱《かいどうほう》壺《こ》　復活」と見出しの付いた新聞の記事を拡大コピーしたものを指差して訊ねた。「あの、海藤抱壺って、どんな人なんですか。この街の人だったようですが、全然聞いたことがなくて」

「ああ、海藤抱壺ですか」

とマスターが、客が関心を示してくれたのを嬉しそうに答えた。「自由律の俳句を読んだ重要な俳人です。自由律の俳句というと、種田山頭火や尾崎放哉が有名でしょう」

「山頭火だったら、『うしろすがたのしぐれてゆくか』とか『酔うてこほろぎと寝てゐたよ』。放哉は『墓のうらに廻る』『足のうら洗へば白くなる』」

早絵さんが、句を言い添えると、

「ああ、それなら読んだことがあります」

と黒松さんは二度三度と頷いた。

「抱壺は、その山頭火と同じく『層雲』という俳誌に投句していましてね。深い交わりがあったんです。山頭火は、肺を患って長い病床に就いている抱壺をぜひ親しく見舞いたいと念じて、わざわざこの地を訪れて対面を果たしてもいるんです」

「どんな句を詠んだ人なんでしょうか」

黒松さんが、訊ねると、

「『海藤抱壺句集』と、そうだ、新聞のコピーも余っているはずだ、どこにあったかな」

マスターは早絵さんに聞き、やがて早絵さんが、本の山の間に挟まれた句集と新聞のコピーとを探し出して黒松さんに渡した。

77

「新聞のコピーは差し上げます。それからもし、興味がおありでしたら、句集もお貸ししますよ」

とマスターが言った。

「ありがとうございます」と黒松さんは礼を言って受け取った。「でも、句集の方は大切な本のようですから、ここで読んでいきます」

そう言って、黒松さんはふたたび椅子に着いた。

「あ、コーヒーもう一杯いただけますか」

と空のコーヒーカップをあけてから、サービス期間中のコーヒーのお代わりでは悪いような気がして、いや今度は紅茶にしようかな、と迷うと、早絵さんが察したように笑って、

「紅茶もサービス中ですから、コーヒーでも全然かまいませんよ」

と答えた。

「それじゃあ、コーヒーとそれからスパゲッティナポリタンを下さい」

黒松さんは、少し早い夕食を摂ることにした。

借りた本にさっそく目を通して、抱壺の句を探していると、

けむりのかげさへ雪のしろし

コップの中が水なので静かなり秋

医者のくるを待つてゐる門燈のつらなり

そんな句が目に留まった黒松さんは、自分の心境に通じるものを感じた。

山頭火は、大酒飲みで、一生を放浪に暮らし、尾崎放哉は、東大卒のエリートとして生命保険会社に入ったが、酒癖と妥協できない性格が災いして退職し、妻とも別居して寺男の生活に入った。そんな二人の劇的な人生に比べて、抱壺は成年後の一生を横臥の中に暮らした人だった。作風もまた、二日酔いの後の自省めいた山頭火の句に対して、抱壺の句は神経の繊細さ、透明さを感じさせた。

こんな自由律の俳句もあるのか、と黒松さんは目を見開かされた思いだった。そして、その俳人は、同じこの土地に住んでいたのだった。そうだ、その生涯を地元制作のテレビ番組で取り上げられないだろうか、と黒松さんはその思いをそっと心の中にしまった。

トマトケチャップで味付けしたスパゲッティは、学生の頃に食べたものと同じ味がして懐かしかった、と言い置いて黒松さんは、店を出た。

見送った早絵さんの目に、テレビ塔が、白く映った。

「この週末は、このぶんだと山に行けるね」

と言った早絵さんに、

「ああそうだ、斎木さんたちも誘ってみようか」

とマスターが答えた。

78

『衆』のマスターからの誘いの葉書が届いて、日曜日の早朝、斎木たちは六時十三分の始発電車が出る時間に間に合うように、駅のホームで待ち合わせることになった。

斎木に劣らず、『衆』のマスターも、店の電話番号を電話帳に載せていないぐらいだから、電話は苦手のようだった。ときどき、自宅の電話線を引っこ抜いていることもあるという。それで、たいていは手紙か葉書で用件を伝え合った。その後に、奈穂と早絵さんが、電話で細かい打ち合わせをするというのがいつもの段取りだった。

今年最初の足慣らしなのと、斎木の喘息の心配もあるので、近くの山へ行くことにした。出発は、はじめはもう少しゆっくりの予定だったが、前の日に鉄塔が緑色だったのを見た早絵さんが、天気予報を確かめると、午後から天気が崩れるという予報だった。それで、時間を早めることにした。

斎木たちは、リュックを背負い込み、ひさしぶりに急な坂道を歩いて降りて、地下鉄の駅がある橋のたもとを目指した。

奈穂の少し薄汚れて古びている黄色いリュックは、子供の頃よく家族で登山をしたときに愛用していたものだった。実家からそれを送ってもらうように頼んで届いたときに、奈穂は「ああ懐かしい」と思わず声を上げ、頬をすり寄せんばかりだった。

斎木の緑色のリュックは、奈穂の父親が使っていたものを譲ってもらった。その父親が最も好きな山だという穂高にちなんだ名前が、奈穂と妹の二人姉妹には付けられていた。

薄曇りの空は、何とか今日いっぱいは持ちそうに思えた。鶯と四十雀《しじゅうから》の啼き音がさかんに聞こえた。

坂道を降りきった奈穂が、ハッとしたように視線を向けた先のバス停に、いつもは「山」の途中のバス停で佇んでいる老婆の姿があった。

顔色はお転婆娘のように陽に灼けて浅黒く、小柄で童女のようなおかっぱ頭をしているので、髪が白髪でなければ、子供と見紛《みまが》うこともあるかもしれない。

口はいくぶん上唇を突き出すようにして、いつも堅く閉じられていた。視線は虚ろではないが、どこか一点を凝視していて、目の前の物に焦点が合わせられることはない。後ろ手に折り畳み式の蝙蝠傘を持っているのも相変わらずだった。

「こんなに朝早くから立っているんだな」

少し過ぎてから斎木が言うと、そうだね、と奈穂も頷いた。

79

奈穂は以前、発車前で止まっている電車の中から、隣の駐車場になっている敷地で、車に寄りかかるようにして駅のホームの方をずっと見ていた老婆を見かけたこともあった。そこは、ここから四キロほども離れた場所だった。

それを聞かされたときに、斎木は、ふと、双子の老婆か、それとも同じ老婆が、別々の場所で互いのことを待っているのではないか、という奇妙な想像を一瞬抱いたものだった。……途中、新しく架け替えられた橋を渡りながら、川原に目をやり、柳や胡桃の芽吹きの様子を確かめた。芽吹きがもっとも遅い胡桃も、枝先にくりくりっとした若葉をつけはじめていた。それは天然パーマの赤ん坊の髪の毛を想わせた。

中州に来る野鳥を双眼鏡で観察している姿もあった。その人が観ている方を一緒にしばらく眺めていると、翡翠色の鳥影が水面を横切った。

「あ、カワセミだ」

「どこ、……あ、ほんとだ」

斎木は早起きの得をした気分だった。深呼吸をしても、気管支が疼く感じはなかった。点滴を受けた日にも上り下りした地下鉄の駅から乗って、二駅行ったところにあるターミナル駅に着くと、切符を買って改札口を入り、JRの在来線のホームへと向かった。

階段を下りてホームを見渡すと、すぐに一番後ろに大きなリュックを脇に置いて立っていた『衆』のマスターと早絵さんを見つけて斎木は安堵した。ホームはまだ閑散としていた。

「おはよう」

「おはようございます」

「お誘いありがとうございます」

挨拶を交わした後で、

「今日はね、熊の冬眠穴も見ることが出来るかもしれませんよ」

『衆』のマスターがいたずらっぽい笑みを浮かべた。

「へえ、それは楽しみだなあ」

と斎木は応じたが、

「えっ、恐くないですか」

と奈穂は、心配顔になった。

「大丈夫、もう冬眠穴を出ているはずだから」

笑顔で安心させるように、早絵さんが言った。

そんな言葉を交わしながら、斎木は、以前、電車のホームで待ち合わせて、お互いに相手の姿が見えなかった、とでもいうしかないように、会えないでしまったときのことを思い出していた。

今朝見た老婆のことも、その記憶に重なった。

80

……それは、十年以上も前、斎木が前の家庭を持っていたときのことだった。

夏の終わりの休日、朝の十時過ぎに、斎木は妻だった人と池袋駅の二番線、宇都宮線のホームの一番前で待ち合わせた。学校で口を利くことが出来ない長女の緘黙《かんもく》症の治療に少しでもなればと、都内から郊外への引っ越しを決心して、不動産屋めぐりをするためだった。

自宅のアパートを一人で出た斎木は、前日の夜のうちに、足手まといになる三人の子供たちを自分の実家に預けに行ってそのまま泊まってきた妻を待った。少し早めに着いた斎木は、ホームのベンチに腰を下ろして一服しながら、待つことにした。

そのうちに列車が到着した。列車はこの駅が終点で、折り返し運転される。客がすべて降りて車内清掃が始まったので、斎木はベンチから立ち上がり、五、六人並びはじめた一番前の乗車口の列についた。

再びドアが開き、車内に入って四人掛けのボックス席に座り、向かい側にTシャツの上に羽織っていた麻のジャケットを置いて妻の席を取ったときも、斎木はまだ妻があらわれないことに別段気を揉んではいなかった。発車時刻の十分前という待ち合わせ時間には遅れているが、発車までにはまだ五分以上ある。

もうすぐ階段を駆け上がり、一番前のあのドアから入ってくるだろう、と斎木はその方へのんびりと視線を注ぎ続けていた。

待ち合わせの場所は、昨日の夜、乗る電車の進行方向の一番前、つまり赤羽寄りだと電話でくどいほど確認し合ったから、まさか錯覚して最後方で待っていることがあるとは思えない。

それに妻は東京育ちだったから、斎木よりも駅の出口や連絡通路の近道に詳しかった。列車の時刻も間違いなく休日ダイヤの方を見た。子供が一緒なら出がけに、おしっこなどと言い出したり、途中で乗り物に酔ってしまって休んで、遅れることもあり得るが、今日はその心配はないはずだった。

だが、発車三分前になっても、妻は依然としてあらわれず、斎木もさすがに心配になりはじめた。

81

発車二分前となった。

斎木は、せっかく確保した席を諦めて、ドアから出てホームを見渡した。だが、妻らしい姿はどこにも見つけることが出来ない。

とうとう発車の合図のベルが鳴り始めた。

斎木はいつでも乗り込めるようにドアの前に立ち、じりじりする思いで、ホームの端から端まで視線を注ぎ続けた。遠目にでも妻の姿が映ったら、近くのドアから急いで乗るように叫ぶつもりだった。

だが、それも虚しく、列車はホームに斎木を残したまま発車した。

斎木はすぐさまホームの公衆電話から妻の実家に電話をかけた。何かの都合で家を出るのが遅れたのだろう、と想った。だが、何度かけても、呼出音をいくら鳴らしても、誰も出ない。

仕方なく、斎木は、ホームの一番後ろまで確認のために歩いて行ってみてから、戻ってきて、さっきと同じ場所で、一時間後の次の列車を待った。それでも妻は来なかった。もう一度妻の実家に電話をしたが、相変わらず誰も出なかった。斎木は仕方なく、一人で郊外へ向かうことにした。

その日、ようやく妻と連絡が付いたのは、午後三時を過ぎてからだった。貸家探しのはかばかしい成果も上がらず、ひとまず今日は帰ることに決めて、いちおうという心積もりで大宮駅の構内から妻の実家に電話をかけると、いきなり妻が出た。

——今どこにいるのよ。

相手が斎木だとわかると、妻は強い怒りをにじませた口調で言った。

——大宮だよ。いったいどうしたんだよ、約束した次の電車まで一時間以上もずっと待ってたのに、その言い方はないだろう。

斎木は言い返した。

——何言ってるの、あたしちゃんと約束の時間に行ってホームで待ってたのよ。

——嘘だろう。

——嘘をついてるのはどっちよ。ずいぶん待っても来ないから、仕方なく戻ってきたのよ。どうせ夕べは、独身気分でお酒を飲み過ぎて、どこかで酔い潰れてたんでしょ、いったい今どこにいるのよ。

——だから、大宮駅の構内だって言っただろう。

——嘘よ。

妻の確信の強い声に、斎木は何とも言いようのない心地になって押し黙った。これだけはっきりと自分が体験したことを他人に否認されると、自分が体験した事実が急にあやふやなものに思えてきた。

82

自分が体験したことからすれば、妻が嘘をついているとしか思えない。だが、電話の声は少しもその素振りを感じさせない。もし妻が嘘をついていないのだとしたら、行き違いがあったとはまず考えられない以上、自分と妻は違う事実を持っている現実を生きているとしか考えられないではないか、と斎木は思った。

それ以上はっきりさせることが出来ない曖昧な気分は、しかし、以前にも何度か、妻との間で覚えがあった。斎木は、わだかまった気持のまま、それ以上追及することを諦めて、かぶりを振った。

その電話の一時間半後に、斎木は妻と子供たちと、新宿駅の山手線の内回りのホームの一番池袋に近い端で待ち合わせた。今度は、間違いなくちゃんと会うことが出来た。七歳と四歳の娘二人は犬のぬいぐるみを、二歳の末の息子は、おもちゃのウルトラマンを手に持っていた。斎木の姿を見つけると、下の娘と末の息子が駆け寄ってきた。斎木は、末の息子を片手に抱き上げ、下の娘の手を引いた。ぬいぐるみのことを聞くと、妻が留守の間、妻の母親とデパートに行って買ってもらったと下の娘が嬉しそうに答えた。

——パパ、約束破っちゃだめでしょ。ママもおばあちゃんもカンカンだったんだから。

下の娘が憎まれ口を叩いた。

——パパ、お酒飲んで酔っぱらって寝てたんでしょ。

妻とその母親に言い含められたのか、と気色ばった表情になって、朝の出来事を蒸し返そうとした斎木に、

——子供がいないと、あたしたちはもう、一対一では相手が見つけられなくなってしまっているのかもしれない……。

感情のこもっていない声音で妻が言った。その表情は、ずっと硬く強張ったままだった。妻の心の硬い芯に今さらながら突き当たった気がして、斎木は朝の十時から昼過ぎまでの妻の行き先を問い質《ただ》すのをあきらめた。それに、もしかしたらおれは、一人の女としてホームに立っていた妻のことを本当に見つけだすことが出来なかったのかもしれない、ホームに引かれた白線を見つめながら、そんな奇妙な思いにも誘われたからだった。

夫と妻が、違う事実を持っている現実を生きており、そして、一人の人間としての相手を見

つけることが出来なくなっている、という二人が結婚生活を営むのは無理だった。

実際、その五年後、斎木が新築した家を一人出るという形で、その結婚生活は終わった。

……

83

「あ、こっちこっち」

ホームをキョロキョロして歩いている若い女性に、『衆』のマスターが、声をかけた。

駆け寄ってきて、

「おはようございます」

と挨拶した彼女を、

「僕の娘です」

とマスターが紹介した。

「えっ」

斎木と奈穂は顔を見合わせた。

マスターに、前に結婚していたときに出来た娘がいることは聞いていたが、ずっと離れて暮らしている、という話だったはずだ。それに、年がずいぶん若すぎるのでは、と怪訝に思いながらも、改めて挨拶をしようとした斎木たちを見て、

「さあ、本人から自己紹介して」

マスターが促した。

「横山あかりです。大学生です。去年から、ときどきお二人に山に連れて行っていただいて、早絵さんの押しかけ弟子にしてもらっているんです。斎木さんと河原さんのことは、マスターからよく聞いています」

何だ、そういうことか。斎木と奈穂は、いっぱい担がれた、と知って笑いをこぼし、「今日はどうぞよろしく」と挨拶した。

「横山さんは、歴史小説家志望なんだよ。それで、バイトをする時間も書くのにあてたいから、食費を浮かそうと葉っぱを食べて頑張ってるんだよね」

「葉っぱってどんな?」

早絵さんが言った。

奈穂が訊くと、

「いえ、師匠たちに比べれば大したことはないんですけど、ミズとか、山菜を塩漬けしておいたりとか。最近はタンポポやつくしとか」

あかりさんが、顔を赤らめて答えた。

「じゃあ、今日は、たっぷり食糧を採って帰って」

とマスターが言うと、

「はい。そのつもりで、大きなリュックを背負ってきました」

とあかりさんが笑顔で応じた。

「今日は、もう一組誘ってましてね。次の駅から乗り込んでくることになってます」

と『衆』のマスターが言った。

列車がホームに入ってきて、五人は、一番後ろの四人掛けの二つのボックス席に通路を挟んで三人と二人ずつ座った。車内はがらがらに空いているので、それぞれ脇の座席に、リュックを置いても大丈夫なようだった。

84

列車が動き出すと、

「もう一組は、清水さんて言ってね、高校の先生をしていて三年前に定年になった人と、その奥さん。ご主人の方は、ときどきお店で開いていた自由律の俳句の会に参加していたの」

早絵さんが、そう言い加えた。

「なかなか定職に就けない子供のこととか、色々あって夫婦して精神的に参ってるみたいなの。だから、たまには山歩きでもしたらって前から誘っていたんだけど」

「それが、やっとその気になったみたいなんです」

マスターが、斎木たちのボックス席の方に身を乗り出すようにして、言葉を継いだ。「夫婦で、世界一周の船旅に行こうかなんて言ってるから、それもいいかもしれないけれど、その前に、もっと身近なところに目を向けたらって言ったんです。だってね、せっかく家を建てたのに、庭なんか全然手入れをしてなくて、ぼうぼうだったんです」

「建てたばかりの頃は、色々と植木市で木を買ってきては、植えたらしいんだけど、すぐに放っぽらかしになったらしくて。それを先週の日曜日に、私たちが草むしりと枝払いに行ってきたの」

「一目見て、住んでいる目の前がこれじゃあ、気持も沈んでしまうと思いましたよ。一日かけて庭をさっぱりとしてやったらね、気持も晴れたみたいで、自分たちも山へ行こうかなんて言い出しましてね」

「ほんと、長患いが癒《い》えたみたいに、夫婦してすっきりとした顔になったのよ、それが」

二人がそう言っているうちに、列車は隣駅に着いた。

予《あらかじ》め、乗る場所を打ち合わせていたらしく、一番後ろの扉から、一目で清水さん夫婦だとわかる、揃って帽子姿にジャンパーを着た六十過ぎと見える二人連れが乗って来た。奥さんの方が、まだ真新しい革の小さなリュックを背負い、ご主人はコンビニエンスストアの袋を提げていた。

「あ、清水さん、手に持ってる荷物、こっちに入れてあげるから」

と早絵さんが言って受け取ると、赤い登山用の大きなリュックに詰めた。

そんなやりとりを見ながら、斎木は、やっぱりそうだよな、待ち合わせれば落ち合うことが出来るのが普通だよな、と心の中でつぶやいた。

「足手まといになるかもしれませんが、どうぞよろしくお願いします」

「いいえこちらこそ」

ひとしきり挨拶を交わしてから、清水さん夫婦は、一つ前のボックス席に腰を下ろした。

85

桜の花が見頃を迎えている街から、列車は、桜の風情に背を向けるようにして、脊梁山脈の方、西へと向かった。

途中に梅が満開に咲いているのが見えた。三十分あまり行ったところにある駅で列車を降りると、ホームに降り立ったのは、彼ら一行だけだった。

清水さんが、奥さんを手で招いた。そこには、「交流電化発祥之地」の碑があった。昭和二十九年に国鉄の交流電化試験がこの駅を中心に行われて国の内外の注目を浴び、翌昭和三十年八月の試験成功を記念して碑文が彫られた。

斎木は、前にも見た碑文だったが、鉄塔工事を毎日のように見て暮らしていることもあって、その頃の技術革新は、輝かしい希望の的だったのだろうな、と改めて感じ入らされた。

「さあ、行きましょう。こっちです」

無人改札の出口とは逆に、線路へと降りた『衆』のマスターが、皆を呼んだ。列車が来たら

どうするのだろう、という面持ちで躊躇っている様子の清水さんの奥さんに、

「ここは単線で、上りの電車が来るのは、まだ三十分近く間があるから、ゆっくりで大丈夫」

と早絵さんが言った。

線路を歩くのってなんだかうきうきするね。わたしはじめて。奈穂とあかりさんが言い合った。

線路をしばらく戻るように歩き、人家が途絶えたところから軌道を横断して、枯草の藪を搔き分けて山中へと分け入った。それは、はっきりと見分けが付くような登山道ではなかった。

「あれっ、雉《きじ》じゃない」

奈穂が、まだ切り株が残ったままの小さな棚田で見つけた。色鮮やかな雄だった。一行はしばらく、啼かないか、と見ていたが、雌を呼ぶ時期にはまだ早いのか、啼きはしなかった。

「前に、山麓の町に住んでいたときに」

と思い出して、斎木が言った。「夏休みに入って外で遊んでいる子供たちの声を聞きながら仕事をしていると、近くの森の方から雉の大きな啼き声が挙がったんです。すると、子供の一人が、『ときどき聞こえっけど、あれ、何の声だべ』と言い出して。それから、『犬がな？　それとも牛がな？』と考えていたんですが、そこで、一人の女の子が、『……キジだべ』と遠慮がちに答えたんです。ああ知ってる子もいるんだな、と感心していると、他の子たちが、『キジがあんな大っきな声でなくわけないべ』『んだよな。猫でねえが、森さいるでっけえ野良猫だべ』って一斉に反論しはじめて……」

86

「それで、その女の子は？」

あかりさんが心配そうに訊いた。

「それでも、その子は一生懸命に、『んでも、うちの父ちゃん、キジだって言ってたよ』って言い募っていたんです。けれども、子供たちは猫だと結論付けたようで、女の子は、みんなに馬鹿にされて。そこで、僕は、自分でも少々お節介だとは思ったんですが、表へ出ていって、さっきの啼き声は、雉だと教えたんです。女の子は、そうでしょう、と得意げな顔になったんですが、三人の男の子たちは本当かなあ、という疑い深い顔のままでいるんです。それを見ていて、そうだ、と思い立ちまして、仕事で使っているノートパソコンにCD-ROMの百科事典を入れて、雉の項目を検索してその啼き声を再生して聞かせたんです。最近は便利な物があるんだから、こういうときにこそ、それを使わない手はない、と」

「へえ、パソコン使ってるんだ、斎木さん」

早絵さんが聞いたのに、斎木は、いちおうですけど、と頷いてから、話を続けた。

「すると、あ、ほんとうだ、と子供たちは目を輝かせて、雉だってようやくわかったようなんです」

話が落ち着いたところで、皆が安心顔になった。

「今の子供たちは、生の自然からよりも、テレビや教科書でしか学ばないからかなあ」

元教師らしく清水さんが嘆声を発した。

「ええ、わたしも東京で生まれ育ったので、雉は『ケンケーン』って啼くことは知識で知っていたんですけど、実際にはそういう風に、はっきりとは聞こえませんよね。知らずに聞くと、子供たちがそう思うのも無理がないんじゃないかしら。正直のところ、わたしも越してきたばかりの頃、その啼き声をなんだろう、と疑問に思い続けていたんです。喉を振り絞った甲高い悲鳴のような声で、特に夜中なんかは、不気味にさえ思えて。今はどこで聞いても、雉だ、とわかるようになって、すると『ケンケーン』と啼いているようにも聞こえますけど」

「やっぱり、生の自然と物の名前の両方とが結びついてはじめて、鳥の名前でも植物の名前でも、知っているってことになるんじゃないかなあ」

『衆』のマスターが言うのに、皆は頷かされた。

「越路さん」

と斎木は、珍しく『衆』のマスターの姓を呼んだ。「つい先日の夜明け前に、『ぴー……ひょおう……』って口笛のような啼き声が聞こえたんです。もしかしてトラツグミじゃないかって思ったんですが」

87

「ああ、聞きましたか。『ぴー』の後に、『ひょう』とも聞こえたのなら、それは間違いなくトラツグミですよ」

『衆』のマスターは答えた。

「ああ、これでようやく、毎年この時期に聞いていたあの啼き声が、正体不明の鵺からトラツグミになりました」

と斎木は晴れ晴れした表情になって言った。

「奈穂さんも聞いたの？」

早絵さんに訊ねられて、

「ううん、ぐっすり寝ていて、聞けなかったの。そうか、やっぱりトラツグミだったのか。ああ、残念だなあ、起こしてくれればよかったのに」

奈穂は悔しがった。そして、

「あんなに熟睡してるんじゃ、ちょっとやそっとじゃ起きないだろう」

と斎木に言われて、くしゅんとなった。その様子に、一行は笑みを誘われた。

「ここから、急な上りになります」

『衆』のマスターが皆に声をかけた。

岩のごろごろした急勾配を皆は登りはじめた。ゆっくりとしたペースで目標地まで登り切ると、『衆』のマスターが、「ちょうど百メートルほどを一気に登ったことになります」と説明した。ほぼ標高百メートルの所に住んでいる斎木と奈穂は、その高さに実感を抱くようになっていた。

「最初に僕が冬眠穴を覗いてきますから」

とマスターが皆をひとまず待たせて、一人でそっと冬眠穴へと近寄っていった。

「何熊ですか？」

清水さんの奥さんがこわごわ訊ねると、

「月の輪熊です。ときどき、下の畑まで降りてきて、前に頬の肉を殺《そ》ぎ落とされたというお爺さんの話を聞かされたことがあります」

と早絵さんが教えた。「あ、大丈夫、穴を出ているみたい」

見ると、マスターが手で大きな丸を作って、手招きをしていた。

近付いていくと、月の輪熊のものだという冬眠穴は、北西に突き出た大岩が庇の役を果たしており、岩穴の奥行きはおよそ三メートルほど、そこに落ち葉が厚く敷かれ、入り口には雪から守るために使ったらしい一メートルほどの枝が数本残っていた。

振り返るとそこからは、樹々を透かして、さっき降りた駅の辺りが小さく見えた。電車の音が一筋聞こえては遠ざかっていく、その音を聴きながら、斎木は、うつらうつら冬眠の夢を貪っていた熊の姿を想った。

88

空は晴天とはいかないまでも薄曇りで、西方に脊梁山脈の峰々がどうにか見渡せた。

「ガントは、どれだろう……」

と目をうごかしている『衆』のマスターに、斎木が、「あれです、あれ」と指差して教えた。

その鋭い鋸歯状《きょし》の山容は、以前その麓の近くで暮らしていた斎木と奈穂には、よく見慣れたものだった。

「ああ、確かに。そうですね、あれが雁戸山だ」

マスターが頷いた。

天気が好ければ、市街の高台からも見えるその山を街の人々は、「ガント」と呼ぶが、地元の人たちは「ガンド」と濁って呼んでいた。ガンドとは岩の洞穴を指す言葉で、実際山の鞍部《あんぶ》の南側に岩の洞穴は存在し、樵《きこり》や猟師にも知られていた、と斎木は聞いたことがあったのを思い出し、そうだ、熊の冬眠穴もあっただろう、と想像した。

「あそこが、ちょうど雁たちが隊列を組んで飛行するルートに当たっているっていうんですね」

とマスターが言った。

県内には、日本有数の白鳥や雁の飛来地として知られる沼があった。そこで越冬した雁たちは、もう帰途に就いたであろう、その行方を見守る心地で皆は、改めて西の方角を見遣った。

「わたしの実家は、あの峠の向こう」

あかりさんが誰にともなくつぶやいた。

それから一行は、雑木林に分け入って小流れを目指し、そこで朝食を摂ることにした。

まだまだ雑木林は冬の気配が勝っていた。芽吹きも少なく、裸木を透して見える視界が広々として土地の凹凸が見て取れた。

「広葉樹が葉っぱを繁らす頃になると、その地形は見極めにくくなるんです。あかりさん、今のうちにしっかりと見ておいた方がいいですよ。去年の秋に来たときとずいぶんちがって見えるでしょう」

「ええ、ほんとうに」

マスターに言われて、あかりさんは頷いた。

「こんな五百メートル足らずの山でも、秋の茸《きのこ》狩りの時季には、道に迷う者が出るんです。茸採りに夢中で斜面を下って採っているうちに、いつの間にか皆の姿が見えなくなってしまうんですね。下の方から声を発しても、上にいる者たちには届かないんです。上の方から呼びかける仲間の声は、向こうの山に反射して山びことなって聞こえてくる。それで、てっきり『ああ、あっちだ』と、声が聞こえてくる方、あちらの山の方へと足を進めて、ますます居場所が紛れてしまうんです」

と、マスターが皆に教えた。

89

「あっ見て、あれが熊棚」

と早絵さんが指差した。

それは、大きな鳥の巣のようだった。

月の輪熊は、秋に木の実を食べるときに、樹上で枝先についた実を食べるために、自分は太い枝に坐り、実がなった枝を次々に手前に手繰り寄せて折ってしまう。そして、実を食べ終わるとその枝を自分の尻に敷く。

「それを繰り返すと、樹の上に枝が折り重なって、あんなふうに大きな鳥の巣状になるの」

と早絵さんが説明した。

一度見つけると、他の人たちも熊棚をいくつか見付けることが出来た。いずれも栗の木だった。折られた枝は太く、折り口が荒々しい。

「人が折ったのとは全然違うんですねえ」

と清水さんに言葉をかけられて、ええ、と斎木も感心して応じた。

「ほらほら、ここを見て」

早絵さんが、熊棚のある栗の木の幹を触りながら言った。「熊が木登りをしたときに付いた爪痕《つめあと》よ」

それはまさに楔《くさび》を打ち付けたかのように、しっかと樹皮の中まで、抉《えぐ》られてあった。

「そして、こっちのが降りたときの痕ですね」

とマスターがやはり、触って見せながら教えた。「降りるときには、少し滑りながらブレーキをかけるので、こんなふうに、皮がくるりと丸く剝がされた痕跡が付いているんです」

その近くで、奈穂が、熊の食べた後と見える栗の皮を見付けた。あかりさんも、水楢《みずなら》の団栗《どんぐり》の実を嚙み割った痕を見付けた。

それから、雑木林の山道を歩きながら糞を見かけては、熊の糞、兎の糞、狸の糞、とマスターと早絵さんが見分けて皆に教えた。

斎木は、僅かに出たばかりのタラの芽を羚羊《かもしか》が齧《かじ》った痕を見つけた。そして、杉の皮を薄く剝いで作ってある栗鼠《りす》の巣をマスターが見つけると、

「ふかふかで寝心地が良さそう」

「上手に作ってあるのねえ」

と女性たちが感嘆の声をあげた。あかりさんが、わたしこれ持って帰りたい、とリュックにそっと入れた。

一行は、雑木林に潜んでいる獣たちの気配が次第に実感されてきて、そっと雑木林を見回してみた。

「われわれが見ているように、動物たちも、そっとこっちを窺っているんです」

とマスターが言った。

90

ようやく小流れのそばに出ると、そこは、見渡すかぎり、流れを挟んだ辺り一面、カタクリの群落だった。

「こんなにたくさんのカタクリが咲いているのを見るのははじめて」

と清水さんの奥さんが、珍しく興奮をあらわにした。

それぞれ、坐れそうな石に腰を下ろして、朝食にすることにした。皆、コンビニエンスストアの弁当やおにぎりを用意していた。

早絵さんがリュックに預かっていた袋を清水さん夫婦に渡すと、奥さんの方が、「ありがとうございます」と言いながら、左手の甲に右手を立て、包丁を切るように二回叩いてから、立てた右手を顔の前にあげる動作を微《かす》かにした。

それをすかさず見留めて、奈穂が、

「手話ですよね、それ」

と声をかけた。

「ええ。ボランティアで、習いたてなんですけれど、自然に手がうごいてしまって」

清水さんの奥さんが、照れるようにして答えた。

「ああ、だからか。最近どうも妙な手のうごかし方をすると思って見ていた」

と清水さんが、合点がいったように言った。

「手話のことはご主人には内緒だったの」

早絵さんが訊ねると、

「話したけれど、この人ったら自分に関心がないことは聞く耳を持たないから」

と清水さんの奥さんが、少し拗《す》ねたようにしてご主人の方を見た。

「確かこうだったかな」

と、奈穂が笑いを含ませながら、親指と人差し指で額を摘まんでから、片手で拝む仕草をした。

「そうそう。それが手話の『ごめんなさい』」

清水さんの奥さんが声を揃えた。

「へえ、こうか」

清水さんが、真似るようにした。それを見て、『衆』のマスターが、

「ほら、旦那が珍しく謝ってるよ」

と茶化すように言って、一行は和《なご》やかな笑いに包まれた。そして、皆で、清水さんの奥さんに「こんにちは」を習った。「こんにちは」は、人差し指と中指だけを伸ばして額の上に当ててから、両手の人差し指を向かい合わせて折り曲げる。

「人差し指と中指は、時計の長針短針が重なっている様子で、人差し指を向かい合わせて折り曲げる仕草は、おじぎをしていることを表現しているんです」

91

あかりさんのお弁当は、『衆』のマスターたちが用意した。

「わー、すごい。おかずがいっぱいある。わたし、コンビニのお弁当食べるの、ほんとうにひさしぶり」

とあかりさんは、早絵さんに手渡された幕の内弁当を開けて、歓声をあげた。

「今はコンビニのお弁当も、安くて充実してるんですねえ」

「働いている人たちは、今の不況で、昼食にはお店のランチタイムでも高いので、三百円台で買えるお弁当が人気だっていいますものね」

「そう、うちもサンドイッチの出前が多いの。せいぜいコーヒーも飲んで、五百円以内というところじゃないかしら、今のサラリーマンの昼食費は」

「わたしは、お昼はだいたい、自分で作ったおにぎりです。お米だけは実家から送ってもらってるので。海苔《のり》の代わりに葉っぱで巻いたり、菜飯にするから、お金はかかりません」

そんな女性たちの会話を聞きながら、男たちは、缶ビールを空けた。雪を抱いた脊梁山脈から吹いてくる風はまだ寒冷を帯びていたが、歩き温まった身体に、ビールの冷たさも程良く沁みた。

「そうだ」

とマスターが思い付いたようにつぶやいて、小流れを飛び越えて、姿を消した。すぐに戻ってきた彼は、手にクレソンを持っていた。

「後で、みんなで摘みましょう。とりあえず、今の酒のつまみにする分だけ採ってきました」

わけてもらった野生のクレソンは、辛みがつよく、ビールのつまみにうってつけだった。

食事が済んでから、しばらくカタクリの中を歩いて回った。カタクリの花の蜜を好んで吸うヒメギフチョウの舞う姿を探したが、まだ気温が低いせいか見ることはできなかった。

春の落ち葉に霜が降りていて、サクサクというゴム長靴の足裏に伝わる感触が、斎木には心地よかった。

カタクリは、雑木の落ち葉が敷き詰められている中から二枚葉を出し、十五センチほどの茎の頭に一個だけ、紅紫色に色付いた六つの花弁をピンと反り返した花を咲かせていた。可憐な花ではあるけれど、群生となっているのを見ると、葉っぱは緑色の地に斑紋が浮き出していて、何か爬虫《はちゅう》類か両生類の膚《はだ》を想わせるようだ、と斎木は眺めた。

早絵さんが、ウスバサイシンを見付けた。さっそく葉裏を確かめていたが、幼虫が食草とするヒメギフチョウの卵は産み付けられていなかった。

92

カタクリは、種が播かれてから咲き始めるまでおよそ八年かかる、と斎木は聞いたことがある。咲き始めたらその後毎年同じ花が咲くのかというと、山野草の愛好家からは、一年おきに咲くという説も聞けば、二、三年続けて咲いて一年休むなどという説も聞いた。

山麓の町に住んでいた頃、淡雪ばかりとなった頃、杉の落ち葉を片づけていると、シャープペンシルの先のような形をしたカタクリの芽に気付いたものだった。

角《つの》のような芽は、触ってみると柔らかでしなやかな感じがした。やがて、反り返りながら葉を広げていく。このとき一枚葉のものと、二枚葉のものがあるが、花芽を付けるのは、二枚葉の方だけだった。……

「カタクリも食べられるんですよね」

あかりさんが、早絵さんに言った。

「それはそうよ。昔は片栗粉っていったら、このカタクリの根っこだったんだもの」

早絵さんが答えると、

「ああ、片栗粉ってそうだったんですか」

清水さんが、驚いた声を挙げた。

「今はもちろんちがって、ジャガイモの澱粉《でんぷん》から作るけど」

早絵さんが言った。「そういえば、子供の頃、風邪を引くと片栗粉に砂糖を混ぜて熱湯を注いで作るカタクリコって飲まされなかった？」

「あ、わたしも」

「わたしも」

奈穂と清水さんの奥さんが応じた。

「沸き立ったお湯を注いで、匙《さじ》でかき混ぜると、片栗粉の白い濁りがだんだん透明になっていくのよね。お湯がぬるいと、粒々のだまになっちゃって」

清水さんの奥さんが言うと、皆、うんうん、と頷いた。

「わたしのおじいちゃんは、カタクリのお浸しが好物だったんです」

とあかりさんが言った。

「えっ、お浸しって、葉っぱを食べるの」

清水さんの奥さんに聞かれて、

「ええ、お酒の肴に、花も食べてました。ちょっともらうとなんともいえない甘みがあって」

あかりさんが答えると、

「そうそう、おいしいのよねえ。でもたくさん食べてはいけないの。微量だけど有毒で、人によっては激しい下痢を引き起こすから」

と早絵さんが言い加えた。

「カタクリは夏に熟して、実から種が弾けるんです。一個の実の中に三十粒ほど入っています。その種を、蟻が運んでいくんです。そのときに、蟻は種のごく一部だけを食べるんです。そこに、発芽を抑制している成分があるらしくて、蟻が齧った種が主に、新たに発芽することが出来るんです」

93

『衆』のマスターがそう説明してから、「だから、ちゃんと蟻が食べる分を残してさえおけば、少々採って食べる分には数に変わりはないんです。斎木さんも清水さんも、今日の晩酌の肴に十枚ばかり葉っぱを採っていくといいですよ。あかりさんも、ほら、なつかしの味を」

すすめられて、斎木と清水さんは、少しばかりカタクリを頂くことにした。鱗茎《りんけい》は残すようにし、葉と、先に花をつけた茎を、手を浅く土の中に潜らせては採った。

「あ、手がよろこびだした」

と早絵さんが言った。その言葉どおり、斎木も清水さんも、はじめは少々躊躇っていた手が、途中から熱心になっていた。

女性たちも一緒になって、やはり群生して白い花を付けている二輪草も採った。こちらは、あかりさんの話では、お浸しにするとほろ苦い味がするという。それから、薄紫と白色のキクザキイチゲがあった。

クレソンは少し淀んだ沼地に、まるで栽培されているかのようにびっしりと生えていた。

「最初は、ほんの少しだったんだけど、来るたびに増えてこんなにいっぱいになったの」

早絵さんが言い、

「ほんと、去年来たときよりもまた増えたみたい」

とあかりさんも口を添えた。

「こっちに来てみてください。山椒魚《さんしょううお》がいますよ」

マスターの声に誘われて一行が向かうと、クレソンの沼地に注ぎ込むか細い流れの中に、おたまじゃくしほどの大きさの黒ぬめりのする山椒魚が棲んでいた。

「やっぱり水がきれいなんだろうな」

清水さんが、水を掬《すく》って一口ふくんだ。

「ええ、でも、口を濯《ゆす》ぐだけならいいですけれど、そのままでは飲まない方がいいですよ。いったん沸かせば大丈夫ですけれど」

やんわりとマスターがたしなめた。

「あなた、お腹こわすわよ」

と清水さんの奥さんが、少し心配そうに言った。

「さあ、クレソンは採れるだけ採っていっていいですよ。少し蔓延りすぎて、日のあたらない陰になってしまっているのもありますから」

とマスターが皆に声をかけた。

94

正午少し前に、斎木と奈穂は「山」まで帰ってきた。

途中のバス停に立っている老婆の姿は無かったが、前にバスで乗り合わせた『一合庵』の女将によく似た人を思いがけず、帰りの電車の中で見かけた。ハッとして、斎木が奈穂にそれとなく目で示すと、ほんとうだ、と言うように奈穂は小さく数回頷いた。奈穂が以前見かけたのもやはり同じ人のようだった。その婦人は、斎木たちと同じようにバスに乗り換えて、やはり終点で降り、団地へ向かう下り坂の方へと跳ねるように歩いて行った。

半日しか経っていないのに、ずいぶんと遠くから帰ってきたような気が斎木はした。薄曇りの空の下に、山桜と枝垂れ桜が咲いていた。

鉄塔は、土台から四本の足が、それぞれ十メートルほどずつ伸び始めていた。従来の鉄塔のようなL字型の鉄骨のアングルではなく、ロケットを想わせるような丸い鉄鋼材で、ある長さずつ嵌《は》め込んでいくタイプのようだった。今日は工事も休みで、朝出がけにもこれと同じものを見たはずだが、斎木はしげしげと鉄塔を眺めた。

発作にならなくてよかったね。ああ、なんとか。斎木と奈穂は言い合った。

野生のクレソンを摘んでいるときに、斎木は、少し咳き込みそうな気配を覚えた。手を休めて、唾を呑み込むようにしている斎木に気付いて、奈穂は、大丈夫？　とそっと囁いた。斎木は無声で頷いた。一行に迷惑をかけたくなかったこともあったが、それよりも言葉を発したとたんに、たまらず咳き込み出しそうだった。

そのうちに、ひとひら、またひとひらというように雪が舞ってきた。はじめは、脊梁から飛んできた風花かと想わされた。と、その矢先、曇り空が暮れかかり、空から雪が降り出した。それまで風もなく、前触れらしきものもなかったのに、いきなり前も後ろも四方の樹林を掻き消して一面の大雪となった。春の雪だから水っぽくて身体に付いてすぐ融ける。それでも地面は瞬く間に積雪が増した。

『衆』のマスターにも、この天候の急変だけは予想外だったらしく、

――困ったねえ。

と空を仰いだ。

早絵さんは、キスリングの中からビニールのゴミ袋を出して、皆に配り、

――こうやって即席の蓑《みの》にして。

と頭から被り、目と鼻を出す穴を破ってみせた。……

95

家へ戻ると、斎木と奈穂は今日の収穫物をお互いのリュックから出し合った。バケツに水を張って、それぞれ一抱えほども摘んできた野生のクレソンを浸《つ》けた。

後でお隣にもお裾分けしてあげようかな。ああそうすればいい、と斎木は答えた。隣の奥さんからはときどき、実家から届いたという大根や林檎《りんご》などを頂くことがある。

「野生で味がきつすぎるかもしれないから、炒めるといいと教えてあげた方がいいかもな」

「うん。それにしても、あかりさんもあれだけ葉っぱを採ったら、ずいぶん持つだろうね」

「リュックを色んな葉っぱでいっぱいにして、ほんとうに嬉しそうだったものな」

そして奈穂は、カタクリを摘みながら、自分が草木染の修業をあかりさんの故郷の県でした話をしたら親しそうな顔をしたことも思い出された。

奈穂は、リュックの中にそっとしまっておいたキブシの花を取り出すと、

「あ、大丈夫、つぶれていなかった」

と安心顔になって、一輪挿しにキブシを挿した。

それは、枯れ枝の葉腋《ようえき》から小さな花が二十個近く互い違いに並んで十センチほど垂れ下がっている花穂が五つ横に付いたものだった。よく見ると、四弁の淡黄色の鐘形の花が密についていた。

きれいだったよなあ、と奈穂は、キブシを見かけたときのことを蘇らせて、感に堪えないといった面持ちで溜息をついた。

……吹雪の中、蓑ならぬビニール袋を被っての道中のさなかには、斎木はすっかり居場所が掴めなくなっていた。雪で周りの景色が見えなくなると、時間の感覚も怪しくなり、山の岩の重みがのしかかってきた。尾根から谷へ、谷から平地へと運んでいるはずの道筋がまるでつかめなくなり、さっきのマスターのこんな山でも遭難することがある、という言葉が身に染みて納得された。

だが、いつのまにか咳の兆候は薄れており、ただ黙々と足を送っていると、そのうちに身体が寒冷に慣れたようで、次第に心が燥《はしゃ》ぎ出した。蕗《ふき》の薹《とう》に雪が降り積もる様が目に留まり、そして、キブシが淡黄色の小花を垂らしたまま精巧な硝子細工のように凍り付いている様に思わず足を止めて目を瞠《みは》ったのだった。

一行は、午前十時には、駅に着いた。リュックの中の昼飯が恨めしかったが、ホームで濡れた身支度を整えて、今日の山歩きはこれで中断して帰ることにしたのだった。帰りの電車に乗り込みながら、斎木は、自分の分身がまだ、雪の山中で行き暮れているような気がしていた。

96

浅野さんは、「山」南東の斜面にある団地に付けられた急な石段を降りた。真ん中にわずかな踊り場があり、その手前でいったん立ち止まった。

そこから左右に家の入口があり、右手の渡部さんの家のご主人が、若い介護人に肩を貸されて、手すりにつかまりながらゆっくりと石段を下りている最中だった。桜の花びらが落ちていた。

ご主人は、脳出血で倒れて口が利けなくなって、三年にはなる。家には、軽い自閉症を患っている四十代の娘も同居していた。よくバスで一緒になる、天然パーマのくりくりっとした愛らしい娘さんだった。

「風もなくていいお花見日和ですねえ」

玄関口に佇んで見送っている夫人に、浅野さんは挨拶した。県境の峠は吹雪《ふぶ》いていたのでよけいそう感じられた。

「ええ、お風呂に入れてもらうのにちょうどよい暖かい日で助かりました」

と夫人は挨拶を返した。

ご主人は、介護を受けて入浴できる施設へと運んでもらう、病院名がボディの横に入っている白いワゴン車まで、ゆっくりゆっくり足を運んでいた。それに若い介護人が、「はいもう一歩、ゆっくりでいいですよ、はいもう一歩、もう少しですよ」と声をかけてあげていた。

「あらっ、お出かけだったんですか？」

ピンク色のワンピースに薄手の白いコートを羽織った、浅野さんのよそ行きの恰好を見て、渡部夫人が聞いた。

「ええ、一泊で同窓会に行って来たところなんです」

と浅野さんは答えた。そして、ようやくご主人が降り切って石段が空いたのを見て、ではまた、とお辞儀をして歩き出した。

石段を下りると、左手に地すべり地域の標識が立っている崖を見ながら、九十九折りの道を下った。すぐ右手の角にある鉄筋コンクリートの邸宅は、地元の国立大学の教授をしていた人の家だった。亡くなってもう五年にはなるだろうか、存命中は法学部のゼミの学生たちがよく訪れて賑やかだったが、今は一人息子も東京に出てしまい、大きな屋敷に未亡人が独りで住んでいた。洗濯物もサンルームになったベランダで干され、めったに窓が開けられることのない家だった。

角を右に大きく曲がって、さらに一軒過ぎると、左手には、また歩行者用の石段が続いており、その向かい右手には、建ち並んだ家の間に、目立たない細い路地がある。その奥を突き当たったところが、浅野さんの家だった。

97

傾斜地に建っている浅野さんの家の土地は、前の家よりも二メートルほど高くなっている。

浅野さんは、両手に荷物を提げて、ゆっくりと十四段の石段を上って敷地に入った。左手に柳の老木があり、帰ってくると、その樹に何とはなしに、ただいまと心の中で呼びかける心地になった。

山桜は、前の家の陰になっているせいか、まだ三分咲きといったほどだった。浅野さんは、花もさることながら、山桜の芽吹きのときの赤紅色が好きだった。

紫木蓮《しもくれん》が、つぼみを膨らませ、もうじき咲き始めそうだ。その隣の梅は花が終わったところで、他に百日紅《さるすべり》、金木犀《きんもくせい》、松、楓《かえで》、枇杷といった庭木が植えてある。今は水を入れていないが、池の周りには藤の蔓《つる》がからまりあっていた。いつまで経っても生らない柚や、姫林檎の木もある。その中に、胡桃、ヌルデといった雑木も生えていた。

素人目にも雑然と植え込み過ぎで、枝払いも必要と見える庭だが、浅野さんは、子供の頃を過ごした雑木林に似たその庭の風景が好きだった。だが、近頃では、近所に落ち葉の苦情が出ているのも確かだった。

なかなか自分の所までも手が回らずに、落ち葉が降り注いだままになっている庭の地面には、木賊《とくさ》がそこかしこに蔓延っていた。ドクダミもあたり一面に葉を出していた。

隣に所有している軽量鉄骨のアパートは、今は住居者はおらず、荷物置き場の観を呈している。二間ずつの部屋が、一階二階の上下二室あった。

母屋とアパートの間の一番奥まったところに銀杏《いちょう》の大樹があった。昭和四十年代のはじめに家を建てたばかりの頃に、葉っぱに水分が多く含まれるためか燃えにくく、銀杏を植えると延焼を防止するといわれているので植えたものが、やはり一段高くなって建っている裏の二階建てのアパートの屋根よりも遥か上まで、電柱と競うように伸びていた。

アパートの裏は、小さな家庭菜園で、大根や菜っぱ類など、自分で食べる分ほどだけを浅野さんは育てていた。東北の田舎暮らしだったので、土を触っているのは好きで馴染んでいた。

その隅には、桜桃《ゆすらうめ》、柿の木が植えてあった。

家を建てる前から雑木林だった名残りをとどめるように敷地内に生えていた楢の木を浅野さんは伐らなかった。大木となったその木は、野鳥たちが多く訪れた。鳥の種類の名前はあまり知っていないが、今でもその囀《さえず》りで目を覚ますことができるのは、朝の大きな歓びだった。

98

家へ上がった浅野さんは、まず煙突のついた石油ファンヒーターを点けて、二十畳ほどあるリビングを暖めた。

遠くに少しだけ海が見える東に面して大きく切り取られた窓は、天気が好ければ、朝から昼までは陽が燦々《さんさん》と射して、冬でも暖房が要らないぐらいだが、日が陰ってしまうと、板の間は底冷えがした。

部屋の隅の、梅雨時も必要になるうそ寒い日があるので仕舞えないで置いてある電気炬燵に入って、浅野さんはしばらく猫のようにじっとしていた。

まもなく強い火力で部屋が充分に暖まると、浅野さんはいったんヒーターを切り、また炬燵に入ってぼんやりとあたりを眺めた。

好きで飾っているほおずきやバラなどのドライフラワー、魔除《まよ》けに置いてある大トカゲの剝製、亡くなって二年になる私立大学で電気工学を教えていた主人のライティングデスクとその周りに積み重ねられた本や段ボール（あの人は、二階に書斎があるのに、何故かこのリビングで仕事をするのが好きだった……）。

その脇にずいぶん使っていない古いミシン、すべて作り途中だったり、縫い途中や編み途中のカーテン、セーター、テーブルクロス。

しみが取れないので、染め直そうかと思っているブラウス、余り布（草木染を習おうと道具は準備したものの、結局そのままになってしまった……）。

からまってしまったミシン糸や毛糸の山。ちり紙交換が来たら出そうと思って、なかなか呼び止める機会がないまま溜まっている古新聞や雑誌の束。昔の手紙や請求書、領収書などの整理しきれない束。

よそから頂いて台所まで持っていこうと思ったものの、その途中で置き忘れていたカボチャとジャガイモ……。

一階はこの居間と六畳の和室、それに台所があり、二階は主人の書斎だった六畳の和室と三人の子供たちにそれぞれ与えた四畳半の洋室がある。掃除だけでも大変で、今の一人暮らしには広すぎる家だった。

冷蔵庫がうなり声を上げているのが聞こえた。最近どうも調子が悪く、冷えがよくない。留守中に中のものが腐ったり解けていたりしているかも知れない……。

この家で一人暮らしをするのはもう限界かもしれない、と浅野さんは心細く思った。

99

「あ、そうだった」

と浅野さんは思い立って、持って出かけたバッグを取りに台所へと向かった。

流し台の脇にサンルーム風に一面をガラス張りにした小部屋があり、小さな円テーブルと、ミシン用の椅子が置いてある。天気の好い日はそこで食事をしたり、家事の合間にＦＭラジオを聴きながらひなたぼっこをするのが愉しみだった。

窓枠が、どこからか雨漏れがしているのか、濡れているのに気付いた。

「あら、いやだ」

咄嗟にひとりごとが出て、近いうちに職人さんに見てもらわないと、と浅野さんは思った。

お茶を入れて、土産に買った好物ののし梅をつまむことにした。居間の炬燵に戻ると、バッグの中から写真を取り出して、浅野さんは見入った。

ホテルで開かれた同窓会の写真撮影のときに、インスタントカメラで撮った人がいて、それを一枚もらってきたのだった。女学校のときの恩師を囲んで、十二人の同窓生が科《しな》を作った表情を浮かべている。浅野さんは小柄なので、椅子に座った恩師の久我先生のすぐそばに立って写っていた。

ほとんどの同窓生は髪を染めていたが、浅野さんだけは、白髪のまま後ろで束ねていた。子供の頃は肌が浅黒くお転婆で、柿の木にのぼって落ちたこともある。あのときの身体付きのままでいる、と級友たちや久我先生にも口々に言われた。

生まれたばかりの頃に、裕福な農家の家にもらわれた浅野さんは、その女学生の頃から亡くなった主人と結婚することが決まっていた。そして今は、育った家を継ぐ者がいないので、ときどき帰って家を守らなくてはならなかった。

ほぼ十年ぶりにお会いした久我先生は、八十五歳になるというのに、変わらずに気品を漂わせていた。高校の校長まで務めたご主人を昨年亡くし、子供たちも家を離れて、一人暮らしをしているということだったが、老いの寂しさといったものを微塵も感じさせなかった。

――九州にいる息子がいつでも来ていいって言ってくれるんですけど、やっぱり住み慣れた土地は離れたくないの。

久我先生がそう言ったときに、自分も先生のように年が取れたら、と浅野さんは心から思った。

――あらっ、浅野さん。

と名簿に目をやっていた久我先生は、祝宴のさなかに浅野さんに呼びかけた。

――あなたがしたいっていう草木染を教えている方がたぶん近所に住んでいらっしゃいます

よ。家に戻ったら住所を確かめて後で教えてあげますから。

100

浅野さんは、十数年来、糖尿病を患っているので、月に二度、市立病院の内分泌糖尿病科に通院していた。

貯金局の事務仕事をずっと続けてきて、後三年で定年という秋に、いくら夏痩せする質《たち》だといっても、これはちょっと、と思うほど体重が減って医者にかかり、病気が見つかって入院した。それでも、ひと月ほどで退院して職場に戻り、どうにか定年まで勤め上げることができた。退職してからは、カウンセリング講座の講習を受けて、無料の電話相談のボランティアをした。ちょうどバブルがはじけた頃で、景気が悪くなってきたといいながら、その一方で物余り現象と共に、人々の生活が著しく変わってきたのを浅野さんは、相談の電話を通して実感した。昭和二十六年に結婚生活をはじめた頃は、物の豊かさは生活に潤いと喜びをもたらし、希望と生きがいが生まれてくる、と思えたものだが、こんな殺伐とした世の中になるとは予想もつかなかった。

テレビ付きの個室が子供たちに与えられるようになったのに首を傾げていたのもつかの間、携帯電話が普及して、中高校生までが持ち歩いているようになった。それとともに、大人からの相談も、電波の状態で声の強弱が伴うのでわかる携帯電話から多くかかってくるようになった。

はじめのうち、浅野さんは、携帯からかかってくる電話が、まるで海外からかかってきた電話のように、ちょっと会話のタイミングがずれるので、戸惑わされたものだった。それも、電話機が進歩したのか、こちらが慣れてしまったのか、いつの間にか気にならなくなったけれども。

相談内容も様々で、相談者の年齢層も老人から子供まで幅広かった。末期癌で、一日に何回となく電話してくる孤独な人、対人恐怖で人と付き合えない人、援助交際をしていることを悩んでいる女子学生、妻帯者の男性を愛し続ける中年女性、性格の不一致が要因で離婚したいが子供がいるので悩んでいる人、成人した子供の鬱病の世話で疲弊している六十代の男性……。ともかく精神科を受診するようにしか言えないことや、悪戯電話もあった。時期的に最も相談電話が多いのは四月、五月、六月だった。

ボランティアの帰りに、連れ立って食事をしていくのを楽しみにしている人たちもいたが、気晴らししたい気持ちはわかるものの、浅野さんはいつも一人で帰った。相談員をしていることを世間に知られてはいけないような気がしたからだった。

規定で七十歳になったときに、浅野さんは電話相談員を辞めた。

101

朝から浅野さんはうきうきしていた。ＦＭラジオから流れている、モーツァルトの歌曲を口ずさみながら、朝食の後片付けを済ませ、洗濯物を庭の木に渡した物干し竿にかけた。

「あ、もうこんな時間」

居間の壁時計が九時を過ぎているのを見て、浅野さんは慌てて身支度を整えた。今日は、月に二度通っているダンス教室がある日だった。

二十代の頃に、少し習ったものの、また踊りたいと思いながらなかなか生活に追われて果たせなかった。昭和四十年代のはじめに家を建てたとき、当時の普通の家としては広かった二十畳の板の間のリビングも、本当は、主人と一緒に踊りたいと思って設けたのだった。だが、子供たちが小さいうちはその夢もかなわず、主人にも先立たれ、そのうち部屋中は物であふれるようになり、今にいたっていた。

浅野さんは、白いフレアースカートと踵《かかと》の低い踊りやすい靴とで、出かけることにした。九時四十分のバスに間に合うように、いつもはその十分前に出かけるが、今日はちょっと寄りたいところがあるので、二十分前に家を出た。

久我先生が、同窓会の翌日に近所で染め物をしているという人の住所と電話番号を教えてくれた。その人のところに寄ってみようか、と思い立ったのだった。

突然伺っては失礼かと思い、昨日二度ほど電話をかけてみたが、留守番電話の応答する声が返ってきて電話を切った。東京で世帯を持って暮らしている息子の所にかけるときもそうだが、留守番電話に向かって話しかけるのは苦手だった。

住所から見ると、マンションのようだった。マンションみたいなところで染め物ができるのだろうか。それとも染め物の工房は別の所にあるのだろうか。石段を上りながら、浅野さんは想いを巡らした。

今朝もすでに出かけてしまって留守かもしれないが、どこに住んでいる人なのか確かめるだけでも、と考えて訪ねることにした。

ああ、あのマンションだわ。浅野さんはすぐに見当がついた。バス停から目を向けることはあっても、足を運ぶのははじめてだった。にわか造りの鉄のトンネルをくぐり、工事の騒音を聞きながら、何の工事かは知らないけれど、こんなそばでは住んでいる人はうるさいだろう、と同情した。

浅野さんは、共同玄関の前のインターフォンで、1、1、1、と押してから呼び出しボタンを押した。それは息子のマンションで慣れていた。

102

インターフォンの呼び出し音が一度鳴った。

この時間なら、郵便の速達か宅配便だろうと、奈穂が洗濯中なのを見て立ち上がった斎木に、

「大丈夫、あたしが出る」

浴室の前の洗濯機置き場にいた奈穂が押し止めて、インターフォンへ向かった。

電話を受けたり、訪問勧誘などの相手をしたばっかりに、それまで考えていたことが逃げて

しまったり、執筆の調子が狂ってしまったりしてしまうことがたびたびあったので、斎木が仕事に入ってからは、なるべく電話や訪問客の応対を自分が引き受けるようにしていた。

「はい」

受話器をとった奈穂に、

「あの、突然で申し訳ありません。あたしは近所に住んでいる浅野と申しますが、こちらで染め物をなさっていると聞いたものですから」

ハキハキした女性の声が聞こえてきた。

「ええ、染め物はあたしがしていますけれど……、ちょっとお待ちいただけますか、いま出ますので」

奈穂は洗面所のタオルで手を拭い、姿見で恰好を確かめてから戸口へと向かった。

共同玄関から外へ出た奈穂は、心の中で小さな驚きの声を発した。何度かバスの中で出会って気になっていた人が、そこに立っていたからだった。

「あなたが河原奈穂さん？」

白髪を後ろで束ね、いつも見かけるよりも、おしゃれな出で立ちの女性が言った。少し甲高い声音だった。

「想っていたよりも、あなたまだお若いのね」

「ええ、まあ」

苦笑しながら、でもどうしてわたしの名前を、と怪訝な面持でいる奈穂に、

「女学校時代の恩師だった久我先生からお聞きしたの」

と女性が言った。「あたしは下の団地に住んでいる浅野といいます。こんな近くに染め物をしている人がいるなんて、とすっかり嬉しくなって訪ねてきたの。ほんと突然でごめんなさいね」

「いえ、そんなことは」

とかぶりを振ってから、

「……そうなんですか」

少し事情が飲み込めた奈穂は答えた。

久我という姓の知り合いは、以前、草木染の修業をしていたときの師匠の同年代の友人しかいなかった。そして、何度か出入りしているうちに、奈穂も友達づきあいをするようになった人だった。

103

もちろん最初のうちは、奈穂も久我さんとは、ずっと年長者なのでへりくだって接して、周りの人たちと同じように先生と呼んでいた。

だが、ある日、

――わたしは教師をしていたので、生徒は仕方がないけれど、周りの人たちまで、皆、久我

先生、先生って呼ぶでしょう。でも、そうとしか呼んでもらえないのって、ときどき寂しい気持ちがするものよ。わたしだって、いつも先生をしているわけじゃないんだもの。ねえ、奈穂さんだけは、せめて先生抜きで友達としてつきあっていただけないかしら。

と久我さんに言われたのだった。……

「久我さんには最近お会いになりました？」

奈穂は、浅野さんに訊いた。

「ええ、ついこの前の週末に同窓会があったの。久我先生もとてもお元気そうでいらしたわ」

「そうですか、よかった」

そして奈穂は、自分が草木染の修業をしているときに、師匠からの紹介で久我さんと知り合い、今でも自分の個展に顔を出してくださったり、ときどきお宅を訪ねて、年齢差を越えて色々な話をしてくる仲であることを話した。

「久我さんて、とても素敵な方ですよね。いつもきりっとしているけれど、やさしくて。あたしの話も熱心に聞いて下さるし」

「ええ。あんなふうに年が取れたらって、いつも思ってる、あたしの目標の人」

と浅野さんは少し顔を上気させて言った。「それはそうと、あなた、染め物は、どこで教えていらっしゃるの？　ここじゃちょっと無理でしょう」

「いいえ、実はこの近くに染め場を探しているんですけれど、なかなか見つからなくて。今のところはここで間に合わせてるんです」

奈穂は答え、「あの、立ち話でもなんですから、ちょっとお上がりになりませんか」と誘った。

「ありがたいけど、今日はちょっと寄ってみただけで、あたしこれからバスで出かけるところなの。あ、もうバスが来てるみたいだから、これで失礼します。草木染のことを色々教えていただきたいので、今度はゆっくりとお伺いしますから、またご連絡差し上げていいかしら」

「ええ、いつでもどうぞ。お待ちしています」

奈穂がそう答える先から、浅野さんは、跳ねるようにして、早足でバス停へと向かって行った。トンネルの前で一度振り返った姿に、奈穂も手を振ってこたえた。

104

「お客さんだったのか？」

部屋に戻ってきた奈穂に、斎木が訊いた。

「ええ、ちょっと思いがけない人が訪ねてきたの。誰だかわかる？」

奈穂は、少し勿体ぶるように言った。

「いいや、全然見当がつかない」

「ほら、バスの中で『一合庵』のおかあさんに似ているので気になってた人がいたでしょ。あの人がみえたのよ。わたしも驚いちゃった」

「えっ、でもどうしてここを」

「久我さんに、近くで草木染をしている人がいるって教わって来たみたい。女学校で久我さんの生徒だったんですって」

「いやあ世間は狭いもんだな」

と斎木は感じ入ったように答えた。

斎木も久我さんとは面識があった。はじめてお目にかかったのは、奈穂の師匠が、三十年以上も草木染に取り組んできて、これだけ草や木の命をいただいているのだから、いつかは必ず草木や樹木の霊を供養する石碑を建てなければ、と宿願して来た草木塔の除幕式のときだった。病で左半身が少し不自由になった師匠は、最後に、坐ったままで失礼しますが、と前置きして、関係者や参加者への感謝の言葉を述べてから、

——念願を果たしたこれを一と区切りとして、これからは草と遊んでいきたいと思います。

と結んで、童女のような笑みを浮かべた。

街中から遠くにあるそのお寺まで、他の人たちは自家用車を運転してか、車に同乗させてもらって駆け付ける中、久我さんだけは、わざわざバスを乗り継いで来たのだった。そして帰りも、車でお送りします、という奈穂の誘いをやんわりと断って、バスを待った。自分のことは自分で始末を付けたい、という勁《つよ》い意志が、物柔らかな外見とは別に、斎木には感じ取れた。

結婚の報告をしに、街中の閑静なお宅へ奈穂と共に上がったときには、家の中に余計な物が

ない、心映えそのもののような佇まいに感心させられた。冬だったので、久我さんは、石油ストーブの上で自家製の干し芋を焼いては振る舞ってくれた。

そして、奈穂の師匠から頂いた染布の端切れを貯めておいて、はぎ合わせてカバーを作ったという、掛け布団をお祝いにくださったのだった。

第三章

105

「バカヤロウ。そうじゃない、もっと右だよ右。何やってんだよ」

今日はいつにも増して、「けつねのおじさん」の怒鳴り声が聞こえている、と朝の仕込みをしながら、売店のおねえさんは思った。

明日からゴールデンウィークに入って休みになるので、工事を急いでいるのだろう。

鉄塔は、まだ最初の十メートルほどの足が出来ているだけだった。足と足の間に渡す鉄骨などをクレーンが持ち上げ、それを今の時点の鉄塔の先端に当たる基部の足の一番上にいる鳶の職人たちが、それぞれ三人ほどずつで受けて、ボルトで固定している。ボルトなどは別に、滑車のようなもので引き上げられていた。

その下に、「けつねのおじさん」こと、今は鳶の親方だと知った人はいて、上を睨《にら》み据えながら大声で指図しているのだった。

店の外の自動販売機に缶ジュースを補給しながら、おねえさんは、路地の向こうの工事現場を窺った。地上の地面にしゃがんだ一人の少年が、口を尖らせるようにしながら、黙々と、材料の組み立てをしている姿があった。

小太りで、眼鏡をかけており、いつも俯《うつむ》きかげんで、あまり活発な感じではなさそうだった。ほぼ同年代と見える、もう一人の少年は、長身で手足が長く、髪も茶色に染めてサッカー選手のような外見をしていた。剽軽《ひょうきん》な性格で、年上の職人さんたちにも馴染んでいた。彼は、今、鉄塔の上で作業をしていた。

数日前に、売店で昼食のラーメンライスを食べているときに、元気がなさそうな少年におねえさんは、

——どうかしたの？

と、訊ねた。

すると少年は、相棒は十六歳の誕生日が来て上に登ることが出来るようになっているが、自分はまだ十五歳なので、上での作業は禁止されている、と悔しそうに話した。

——どうして、高校には行かなかったの？

——勉強、あんまし好きじゃないから。それに、親父がいないから、早く金を稼いでおふくろを楽にさせたくて。

少年はボソッと言った。

へえ、今でもこんな少年がいるんだ、とおねえさんはいとおしくなったのだった。……

「ガンバレ、若造」

おねえさんは、地上の少年に心の中でそう呼びかけて売店の中へと戻った。

106

少年のことは、斎木も現場の前を通るたびに気に留めていた。

斎木は朝が早く、夜明け前から起きて仕事をしているので、午後三時には、仕事を切り上げることが多い。そのとき、「どうれぼちぼち上がるか」という呟《つぶや》きが思わず洩れるのは、十年ばかりの間、首都圏で電気工として職人生活を送った名残りだった。

仕事机の上の書きかけの原稿用紙の端を整えたり、筆記用具のキャップをはめたりしてしまうときや、たとえパソコンで作業をしていても、電源を切る前に、今日書いたり調べたりした分のデータのバックアップを忘れずに取っておく作業をしているときに、かつて掃除をしたり油を注《さ》してから工具を道具箱に片付けていたときの手付きが蘇る心地がした。

その後、斎木は、小一時間ほどかけて「山」を散歩するのが日課だった。

鉄骨のトンネルをくぐってから、おもむろに鉄塔工事の現場の方を見遣ると、眼鏡をかけた少年が今日も地上の仕事に精を出していた。鉄塔の上で職人たちが鉄骨をとめる、金物のセットを組んでいるようだった。

最初のうちは、何をしてよいのかわからずに、他の人の作業を見ているだけだったり、作業を与えられても、ふてくされたようにしていたが、だんだんに、上での作業がやりやすいように手はずを整える仕事を自分の持ち場としてこなしているのが、斎木にもわかった。

組み終わった金物をバケツほどの大きさの作業袋に込めて、少年は、ロープにそれを括り付けると、

「取り付け金物上げまーす」

上の職人に向かって大声で伝えた。

そして、滑車にかかったロープのもう一つの先を両手で手繰り寄せながら、荷物を揚げていった。上の方は風があるのだろう、作業袋が揺れた。

「おらおらっ、落っことしたら大変だぞ！　もっとゆっくり静かに引くんだよっ」

親方が、怒鳴った。

これからが、今日の仕事の山場だからな、と鉄塔の向こうにだいぶ低くなった太陽を見ながら斎木は思った。

経験上、現場の仕事は、午後三時の茶を飲んでからが、勝負だった。それまでは、ゆるゆると作業をこなしながら、段取りを付け、力を蓄えておく。そして、お茶を飲みながら、味わい深く煙草を吸い、寛げるだけ寛いでおいて、その後に待ち受けている難所での力の凝縮に備えるのだった。

107

斎木が散歩から帰ると、売店の中やその周りでは、作業を終えた者たちが、缶ビールで一杯やっている姿があった。明日から長い休みに入るせいか、何となく去りがたいといったふうだった。売店の裏手にある、ベンチと砂場と象の形をした置物しかない小さな公園で飲んでいる職人たちもいた。

日が落ちると、もうすぐ五月になるとはいえ、東北はまだまだ冷える、ビールでは少し寒そうだった。

その横を『四季亭』の上のワンルームマンションに住んでいる大学生や予備校生たちが、バイクや車で帰ってきて、通り過ぎて行く。裕福な親を持った子供たちなのだろう。連休中には、様子を見に訪ねてくる親御さんと一緒に食事をしている姿が『四季亭』で見られるはずだった。

以前は、大学生たちも売店を溜まり場にして、店仕舞いの時間になっても腰を上げずに、煙草を吹かしながらおねえさんに相談を持ちかけたり、とりとめもない話をしていたが、職人たちが出入りするようになってからは、敬遠しているようだった。

鉄のトンネルをくぐって集合住宅の敷地に入ると、ちょうど斎木の玄関前の駐車場に、三人の作業員が立って図面を広げていた。黄色いペンキで印を付けたアスファルトの地面には、測量の機材が置かれていた。

「どうもご迷惑をおかけしています」

斎木にも馴染みとなっている、腕章をつけた現場監督が挨拶した。

「いえいえ、ご苦労様です」

と斎木は答えた。

早めに仕事を終えさせてもらったことに幾分肩身の狭い思いを抱いて通り過ぎながら、鉄塔の基礎に近い部分に少しでも誤差が生じれば、上に建ち上がるにつれて、ズレが大きくなる。ボルトとナットの嚙み合わせがちょっとずれただけでもそうだろう。そのために、今の段階から図面通りに施工されているかどうか測量して、万全を期さなければならないのだろう、と斎木は想像した。

そのとき、職人たちの高笑いが起こり、現場監督は慌てて売店の方へと走って行った。静かにするように、早く引き揚げるように注意しに向かったのだろうが、明日から連休でもあるし、少しぐらい仕事の憂さを晴らすのもいいじゃないか、と斎木は思った。けれども、この集合住宅の中にも、近くで職人たちがたむろしているのを歓迎していない空気があったので、トラブルにならなければいいが、と案じてもいた。

108

「さあさあ、いつまでも管を巻いてないで、早く上がんな」

現場監督は職人たちをけしかけ、「いつもご迷惑をおかけしまして、どうもすみません」と売店のおねえさんに謝った。

「いいえ、迷惑だなんてそんな。それにまだ閉店前ですから」

おねえさんはかぶりを振った。正直のところ、思ったよりも職人さんたちは、人当たりがよく、話好きな彼女にとっては、全国各地から集まってきている彼らの話を聞くのが楽しかった。

野草園が開いている期間は、いつも午後五時半に閉店するが、なかなか腰を上げようとしないお客に、というよりもおねえさん自身が話に夢中になって、あれっ、もうこんな時間だ、と十五分程度遅くなることもたびたびだった。

おねえさんは、若く見られるが、実際は保育園に預けている三つになる女の子がいる。そのために、それ以上遅くなるわけにはいかなかった。

再びマンションの方へ戻っていく現場監督を見送りながら、おねえさんは売店の外へ出ると、店の前の道路にじかに座り込んでいるだけでなく、公園に座り込んでいる職人さんたちもいることに気付いた。ここは、近くに居酒屋はなく、わざわざ「山」を降りていかなければならない。

「よーし、今日は残業にするか」

おねえさんは心に決めた。後で、保育園に電話して延長保育してもらえるように頼もう……。

それから、店の外に出しているそれぞれ〈ラーメン〉〈そばうどん〉〈おでん〉〈カラーフィルム〉と書かれた幟《のぼり》を片付けながら、外にいる職人さんたちに、売店の中に入るように声をかけた。

「これから特別に、居酒屋タイムにしまーす」

それを聞いて、職人たちからどっと歓声が挙がった。

「小百合ちゃん、ありがとよ」

店の中で、仕事のこれからの段取りを相談していたけつねのおじさんが言った。いつからか、おねえさんのことを勝手にそう呼ぶようになっていた。

「いえ、調理場にあるものを出すだけですから」

おねえさんは、恐縮顔で言った。

「よしっ、じゃあ今日はわしのおごりだ。みんなに言っとけ」

とけつねのおじさんが叫んだ。

またたく間に、狭い店内は二十人近い職人たちであふれかえり、むんむんとした人いきれがこもった。

109

おねえさんは、まずテーブルに、おでんとお新香を盛った大きな器と、取り皿、割り箸を置いて、そこからめいめい取り分けてもらうようにした。立っている人もいれば、床に座り込んで飲む者もいた。

缶ビールが皆に行き渡らないうちに、売店のストックが切れた。おねえさんは慌てて『四季亭』で冷やしている缶ビールを取りに走った。ついでに、板前さんに、売店で今起こっていることの事情を話した。

「じゃあ、ちょっと待ってな」

板前はそう言って、冷蔵庫から塩辛をつけているポリの容器を取り出して渡してくれた。「店の方はそれほど込んじゃいないから、こっちも手伝ってやるよ。なんか見つくろって作っておくから、後でまた来いや」

「ありがとうございます。恩に着ます」

とおねえさんは礼を言った。三人いる板前の頭である彼は、三十を少し出たぐらいの年回りで、『四季亭』の上のマンションに一人で住んでいた。一度、おねえさんが子供を連れてきたときに、休憩時間に遊んでくれている姿を見て、子供好きな人なんだ、と思ったことがあった。外から売店に戻ると、店内の熱気がことさらに感じられた。現場事務所から持ち込んだらしい日本酒を茶碗で飲み始めている人たちもいた。

「おっ、小百合ちゃんのお戻りだよ」

とすかさず声がかかった。

「俺思うんだけどよお、小百合だなんて呼ぶの、古臭せえよ」

沖縄から来ていて、二十になったばかりだという鳶の職人が言った。彼と、やはり沖縄から来たという同年代の若者は、そろって真っ赤な地下足袋を履いて目立っていた。

「じゃあ、なんて呼んだらいいっていうのさ」

年輩の職人が言い返した。

「せいぜい奈美恵とかさあ」

「おお、おめえと同じ沖縄出身だという娘か。そういえば似てる似てる」

「だろう。おーい奈美恵ちゃん、お酒お燗して」

剽軽な物言いに、笑いが起こり、

「あっ、こっちもこっちも」

とほうぼうから手が挙がった。

まったく、人のことを勝手に名前つけてからかうんだから、あたしにはちゃんと由紀って名前があるのに。そう心の中でつぶやきながら、おねえさんはいつもは冷凍の唐揚げを温めるのに使っている電子レンジで、酒のお燗をつけた。

110

「この塩辛は絶品だなあ」

と真っ先に箸をつけた鳶の親方がうなった。

職人たちは、早いピッチで酒を飲むので、どんどん酔っぱらっていく風だった。おねえさんは、すぐにお代わりされる、酒に、つまみに、と大忙しだった。『四季亭』から差し入れがあった、唐揚げや枝豆がなくなると、カレーライスも、うどんやそば、福神漬けまでもつまみにされた。

日焼けした顔に赤みがさして、赤鬼さながらの顔になった者がいた。ヘルメットが頭になじむように巻く手拭いのままでいる者がいれば、手拭いを鉢巻きのように結んで、椅子の上に乗って立ち膝をついて酒をあおっている者もいた。

二人の少年たちは、コーラを飲みながら、先輩たちの話についていこうと懸命に耳を傾けている風だった。

酔っても皆の話題は、仕事のことばかりだった。

「あのちょび髭《ひげ》の野郎がしくじったおかげでよ、午後いっぱい手間どっちまったんだよ」

「まったくよ、監督にはいい顔しといて、上では手え抜きやがるからなあ」

いない者の悪口を言う者がいれば、

「いや、あれくらいのミスはお互い様じゃねえか。明日は我が身だぞ」

と取りなす者がいた。

「しかしここは風が荒い現場だよなあ」

「しょうがあんべえ、こんな山の上なんだ」

「でもよ、上まで建ち上がったら、けっこう風きついんじゃないかい」

「だろうな。でも百二十メートルやそこらだから、東京タワーの三分の一だぜ。親方が東京タワーやったときっていうのは、こんなもんじゃ済まなかったですかね」

「ああ、最後に地上二百五十三メートルに九十四メートルの巨大アンテナを吊り下げるときまで、風には苦労させられた。あんときは皆、途中で一時間以上も鉄骨にしがみついたまま待機させられてな、じりじりしたよ。現場監督の決断でゴーになって、死にものぐるいでウィンチ作業をした」

「なんてたって、鉄塔工事は鳶のあこがれっすよねえ」

赤い地下足袋の若者が、感嘆の声を発した。

「そうだ、小百合ちゃん、あんたも酒飲まんかい」

親方が勧めると、「ちがうよ、今日から奈美恵ちゃんだっちゅうに」と声が飛んだ。

「いいえ、あたしは車なんで」

おねえさんは手とかぶりを振って遠慮した。

それでも、売店に立つようになって、なんだかいまが一番楽しい、と思った。

111

対岸に望むことができる、岩に磐を重ねた山の崖の斜面は、まだ若葉のたたずまいだった。

松などの常緑樹の濃い緑に、植物ごとに微妙に異なる薄緑色の諸調が混じり合っている。

やや紅茶色がかって見えるのは、山桜だろうか、と船渡さんはゆっくりと煙草をくゆらせながら想った。体格のよい身体付きに、チノパンを穿き、生成り色の麻の上着を羽織った船渡さんは、日焼けした顔に口髭をたくわえ、肩ほどまで伸びた髪を後ろで結っていた。

松尾芭蕉が訪れて、「閑かさや岩にしみ入る蟬の声」と詠んだことで知られる観光地の急な階段をのぼって仏閣を拝する人たちが、ゆっくり動いているらしい姿も、かすかに靄《もや》がかかっている中、おぼろげながら映った。

秋の紅葉の時季も悪くはないが、今の若葉紅葉のいくらか霞がかった風情が船渡さんはもっとも好きだった。

だが、雨だけは落ちて欲しくはないが……。

ゴールデンウィークの初日、観光客向けの食事処や観光物産館のある施設に併設されているギャラリーでこの時期に開くのが恒例となった「東北の手仕事展」の搬入に、これから船渡さんは主催者として立ち会うところだった。

この山を西に下ったところにある県庁所在地の街で、ちょうど十年間営んできたギャラリーを去年の秋で閉鎖した。そして、隣町にある奥さんの実家を改造して再出発する準備をしていた。

その準備に追われている日々だったが、七年間続いているこのグループ展だけは、船渡さんはどうしても開きたかった。

「お父さん、観光バスいっぱいとまってたよ」

はじめて訪れたので、奥さんと一緒に、辺りを見学しに行っていた小学五年生の娘が戻ってきて嬉しそうに言った。

「そうか」

と船渡さんは笑顔で応じ、奥さんに、「何とか好い天気が続くといいがな」と言った。

「ほんと」

眼鏡をかけ、痩せた身体を、モスグリーンの麻のワンピースに包んでいる奥さんは、厳しい顔で頷いた。ジーンズに青いワークシャツを着た娘は、身体付きも顔立ちも父親似だった。

十時になって、施設の係員から鍵を受け取ると、

「さあて、手伝い頼むよ」

と船渡さんは娘に声をかけた。

まずは、会場の三方の壁際と、中央に二つ、陳列棚を設えることからはじめた。

112

遠い他県に住んでいる陶芸家とトンボ玉作家から会場宛に、段ボール箱に詰めて宅配便で送られてきた作品を手分けして荷ほどきをした。新聞紙の包みを取り除き、リストに照らし合わせながら慎重に展示する。

その間、船渡さんは、陳列スペースの角の一ヶ所をずっと意識していた。そこは、一昨年ま

で続けて出品していた木工家の箕輪さんの作品を展示するために、ギリギリまで確保しておくつもりだった。

昨年の会期の十日ほど前になって、今年は出展を取り下げる、と突然連絡があったきり、箕輪さんは行方が知れなくなってしまった。

この時勢とあって、なかなか思うように作品が売れなくて困っている、という思いは工芸家たち皆に共通している。けれども、行方をくらましてしまうとは、ずいぶんと追い詰められてのことにちがいない。家族だけでやっている工芸家がほとんどな中で、箕輪さんは工芸大学を出た若者を三人雇って、会社組織にしていたから、よけい大変だったのかも知れない、と船渡さんはあれこれと思いを巡らしたものだった。

去年のその時点では、まだ預かっている作品があったので、それを売って少しでも銀行口座に振り込もうと思った。口座はまだそのままのようだったからだ。

白木造りのセンスの良いCDラックをはじめとした作品はほとんど売れた。どちらかというと、控え目で穏やかな性格の人が多い工芸家たちの中で、箕輪さんはグループの最初の集まりのときから、他人の作品の批評をしたり、自分の意見を押し通したりするので目立っていた。

クラフトマンは、黙ってこつこつと仕事をしている職人であればいい、という考えの人とそりが合わないこともあったが、船渡さんは皆に刺激を与えてくれる箕輪さんの存在が貴重に思え、そして何よりも、モダンなその作品に惹かれていた。

今年になってからも、相変わらず連絡は途絶えていたが、船渡さんはグループ展への参加を依頼する手紙を例年どおりに送った。郵便物が宛先人不明で戻ってきていないことだけが心の杖だった。もしも、搬入に訪れたら、仲間として何もなかったように迎え入れよう、と思っていた。

「やあやあ、しばらくしばらく」

「天気まあまあで良かったねえ。結構人が来てるみたいだっけ」

夫婦で陶芸をしている久保昇、宏子さん夫妻が、奥さんの運転するジープ型の軽自動車で現れた。

113

三三五五、地元の工芸家たちが搬入をしに集まってきた。

松本で修業して民芸家具を主に作っている木工の中野さんはいつものように草履《ぞうり》履きだった。どっしりとしたテーブルや椅子を下ろすと、毬栗頭《いがぐり》を掻きかき、設置場所を工夫した。今回の目玉は欅の大木を使った刳《く》り抜き盆だった。

鋳物の松岡さんは、もともと東京で仕事をしていたのが、結婚を機に奥さんの故郷に移って制作するようになった。多面体の切り口が洒落ている色様々な朱肉入れや、スマートなデザインが置物としても面白い風鈴など、東京のデパートにも卸しており、海外でも個展を開いていた。柄物のシャツにサンダル履きで現れて、真ん中に二つ置かれたうちの一つの丸テーブルに手慣れた手つきで並べ終えると、「お先に」とさっさと引き揚げていった。

漆《うるし》の金山さんは、松岡さんとは対照的に、ゆっくりとした仕草と歩き方で、車から一つ一つ作品を積み下ろしては、展示した。久保さんに、ドイツで開いてきたばかりの展覧会のことを聞かれると、「まあまあでした」と言って、ライオンのような髪の毛を掻き上げた。集まりでは、意見が対立したようなときに、剽軽な性格でよく場を和ませた。

それに、少し遠くから来るのでまだ訪れないが、磁器の川上さんを入れた男の面々に、染めと編みを手がけている河原と、さらに今年から、科布《しなふ》という古代布で帽子を作っている須永さんという女性が加わった。

「河原さんは今日来るんだよねえ」

出品点数が多いので、まだ茶碗類を並べている久保さんが、船渡さんに訊いた。

「ええ、電車で来るって言ってましたから。たぶんもうじき着くと思いますけど」

「ああ、そう。染色の人はいいよね、荷物軽くて済むから。それで、旦那も来るって言ってたかな」

「さあ、それは……」

「おとうさんは、搬入よりも、斎木さんと花見酒飲むのが楽しみで来てるんだから」

レジの所に二本置いてある一升瓶を睨むようにしながら、宏子さんが言った。

ご主人の昇さんの作る陶器は、やわらかな黄色みがかった桐灰釉《ゆう》に、吾亦紅《われもこう》や蓼などの秋の野の花がさりげなく絵付けされたものが多く、見る目をほっとくつろがせてくれる。その一方、奥さんの宏子さんの方は、黒い地に白い釉薬を垂らすといった大胆な作品もあった。

114

「何で、奈穂ちゃんは車で来ないのよう。修業してたときは、赤い軽自動車に師匠乗せて、ほうぼう足代わりになって連れて行ってたじゃねえか」

金山さんが口を挟んで、不思議がった。

「金山さん知んなかったっけ。奈穂ちゃん事故っちゃってからさ、車の運転やめたんだよ」

久保さんが教えた。

「事故って、なに、人身かあ」

「そうだったの。停まってたトラックの陰から人がいきなり飛び出してきたんだって。相手の人は幸い怪我で済んだらしいけど」

と宏子さんが言った。「あれはノルウェーに行く前だったから、おとうさんかれこれ四、五年になるよねえ」

「ああ。やっぱりショックだったんだろうなあ。ノルウェーから帰ってきてからはまるっきり運転してないようだった」

「車も確か売ってしまったって言ってましたねえ」

と船渡さんが言った。

「でも、旦那は？」

金山さんが訊くと、

「旦那はおれと同じ、『軽自動車助手席の男の会』会員だもの」

久保さんの言葉に皆が苦笑した。

「それはそうと、あの子は、子供はまだかい？」

展示を終えて、一服しはじめた中野さんが言った。

「奈穂ちゃんは、まだみたいだねえ」

と久保さんが応じた。

「もうなんぼになる」

「どうだろう。三十五ぐらいにはなるんじゃないか。なあ」

昇さんに顔を向けられて、そうだねえ、と宏子さんは頷いた。

「この前、河原さんと電話で話したときに、東京から修業に来て九年になるって言ってましたから、確かにそれぐらいにはなるんですねえ、早いもんだなあ」

船渡さんが言った。

「もうそんなか。来たときは娘っこだったのになあ。それじゃあ、ますますボヤボヤしてらんねえだろう」

「でも河原さんも仕事頑張ってるから、まだそれどころじゃないんじゃない」

宏子さんが助け船を出すと、

「なあに、仕事が忙しくったって、そいつと子供とは別だろうが。それとも相手が再婚だからかねえ」

中野さんは、煙草の煙を吐き出しながらかぶりを振った。

115

「あ、須永さん。遠くからわざわざご苦労様です」

入り口近くのレジカウンターの支度をしていた船渡さんの奥さんが、声をかけた。

須永さんは日本海側の町から山を越えてやって来るので、車でも三時間ほどかかった。宅配で送っていただいても、責任を持って展示しますからかまいませんよ、と船渡さんに言われたが、初めての参加なので、やはり会場を観てみたい、と訪れたのだった。幸い、観光バスの運転手をしていて退職したばかりのご主人が、ドライブがてら運転を引き受けてくれた。

「この壁面のスペースと、その下の展示台を使って下さい。それから何か道具類がいるようでしたら、遠慮なくおっしゃって下さい」

船渡さんが説明した。

「わかりました。それからテーブルの敷物のようなものをとおっしゃっていたので、これを持ってきたんですが、どうでしょう」

と須永さんは、茶色いテーブルセンターを段ボール箱から取り出した。

「ああ、ざっくりしてて腰がある、素朴ないい風合いですねえ。これも科布ですよね」

船渡さんが、触れてみながら言った。

「ええ、科布を織ったものです」

「そうだ、中野さんの重厚な家具に合いそうだ」

船渡さんはさっそく、中野さんの長テーブルに敷いてみた。そこに、奥さんが、久保昇さんの大振りな花瓶を置くと、調和がとれた落ち着いた空間が生まれた。中野さんも、うんうん、と満足そうに頷いた。

沖縄の芭蕉布、静岡の葛布と並んで、日本でもっとも古い織物の一つといわれている科布は、シナノキの皮から作られ、日本海に近い県境の山あいで織られていた。シナとは、アイヌ語で「しばる」という意味があり、ものを縛ることが出来るくらいにシナノキの繊維はとても強かった。

「六月に木の皮を剝いで、水洗いと乾燥を何度も繰り返し、それを裂いて撚《よ》り、機《はた》にかけられてようやく織る作業に入るのが、翌年の二月なんです。この一年がかりの工程は、今でもすべて昔からの手作業で行われています」

興味深そうな面々に、須永さんが説明した。

「どうして、科布で帽子を？」

宏子さんが訊いたのに、

「科布は、通気性がよくて水に強い性質があるんです。それに使えば使うほどに艶が出るので、帽子にはとても好い素材なんです」

と須永さんが答えた。

116

「河原さんはいらっしゃってるのかしら」

と須永さんは船渡さんに訊いた。

「いいえまだ、でももうじき着くと思います」

船渡さんは答えた。「あれっ、須永さん、河原さんご存知なんですか」

「ええ。もう七、八年前になるかしら。わたしの工房に見えたことがあるんです」

須永さんは、眼鏡の奥に少し謎めかせるような色を見せて言った。

あれは、確か、夏らしい気候があまり見られなかった年の八月のことだった、と須永さんは振り返った。

小雨がそぼ降る中、河原奈穂が須永さんの工房を訪れたのは、奇しくも、今回から参加するようになったグループ展の会場となったこの施設が、季刊で発行していたPR用の小冊子誌の取材のためだった。この地方で活動している工芸家たちの工房探訪のシリーズの記事に登場していただけませんか、とその前の週に連絡があった。

当日、赤い軽自動車であらわれた奈穂は、同行してきた男性をカメラマンだと紹介した。彼は、自分で刈ったと見える不揃《ふぞろ》いの坊主頭をしていた。帽子づくりの作業をしている姿を撮影しているときは熱心に立ち動いてシャッターを切ったが、それが終わると、何もしゃべらずに、話の間中はずっとうつむいていた姿が記憶に残っていた。

東京出身で、草木染の修業をはじめて一年になり、アルバイトにこの取材記事を書いている、と自己紹介した奈穂は、話好きらしく何事にも興味津々といった様子で、須永さんに質問を浴びせた。

東京の服飾関係の専門学校に加えて帽子《シャポー》づくりの学校も出た須永さんは、ひさしぶりに東京の話が出来る人と会って楽しかった。

デパートデザイナーを経て、ドレスとシャポーのブティックを主宰していた須永さんが、科織に出会ったのは、昭和六十一年に、県境にある村のむらおこし事業で、科織による製品開発のメンバーとなったのがきっかけだった。

山深いところにある科織の里までは、須永さんが住む町から車で三十分程かかるが、ご主人がいつも運転を引き受けた。歴史が好きな主人は、藩の口として重要な区域であり、慶応四年（一八六八）の戊辰戦争の際には激戦地となり、唯一、藩が官軍に占拠を許した地であることに興味を示した。

古い街道筋に、県を越えて隣接する集落も、やはり現在まで科織が受けつがれており、昔は近隣一帯が「科の道」であった事を窺わせた。

117

玄関を入ってすぐのところにある、天井からアイロンのコードが伸びて、帽子の木枠が何個も作業台の上に置いてある仕事場での写真撮影と取材が済むと、場所を奥の居間に移して話を続けた。

須永さんは、冷蔵庫で冷やして用意しておいた特産のメロンを出し、御主人も一緒に話に加わった。男性はメロンにも口を付けなかった。

奈穂が草木染の修業をしている師匠のことは、須永さん夫婦もよく知っていた。東京で映画配給会社に勤めていたときに、偶然図書館で手にした師匠の本に感動して手紙を出し、許されて工房を訪れたときに弟子入りを願い出ていた、という奈穂の話を、若い人は思い切りがあっていいわねえ、と須永さんは愉しそうに聞いた。

二人が帰るときに、須永さんと御主人は揃って表まで出て見送った。庭の隅にあるまだ小さい枇杷の木を見て、

――枇杷だ。東北ではあまり見かけないのに。

と男性がぼそっとつぶやいた。奈穂も目を向けて、

――枇杷でも好い色が染まるの。

と、男性に囁くように教えた。

――まだ小さいから実がなるまではだいぶかかりそう。

と須永さんは、ほほえみを浮かべて若い二人に言った。

路地にとめてあった赤い軽自動車の運転席に奈穂が乗り、男性が助手席に座った。

――草木染の修業も頑張って。またお目にかかりましょう。

と須永さんが手を振ったのに、奈穂も運転席の窓ガラスをあけて、本当にありがとうございました、と応じた。男性も深々とお辞儀をした。

そして、須永さんは、走り去る小さな車の後ろの荷台に、赤い柄の敷き布団や毛布が積まれているのを怪訝な面持ちで見やったのだった。……

「こんにちは」

と声がして、奈穂が会場に現れた。すかさず船渡さんが、須永さんが待っていたことを告げた。

「ああ須永さん。ほんとうにおひさしぶりです。取材のときはお世話になりました」

と奈穂が挨拶した。

「河原さん、またお目にかかれてとても嬉しいわ。今日は作品を見せていただくのを楽しみにしてきたの」

と須永さんは、眼鏡ごしに相変わらずやさしげな視線を注いだ。その目が、奈穂の背後に立っていた人をとらえると、満面の笑顔とともに大きく見開かれた。

118

「どうもその折は……」

斎木は照れたように言い、改めて「斎木と申します。この度は家内がお世話になります」と頭を下げた。

「あ、お二人結婚なさったんだ」

須永さんはそう言い、御主人の方を見た。そうら見ろ、というように御主人が目配せした。あの日、二人が帰った後、何か訳ありげだが、二人はどうもできてるな、と御主人はつぶやいたのだった。

「あのときは体調を崩していた時期でしたので、満足に話も出来ず、ほんとうに失礼いたしました」

斎木が謝ると、

「いいえ、そんなことは」

と須永さんはかぶりを振り、「それで、今もカメラのお仕事を」と訊ねた。

「いいえ、あのときもそうだったんですが、実は小説を書いています。カメラマンは、ただその振りをしていただけで」

斎木は苦笑した。

「そうだったの。確かに少しは変な気もしたけれど、でも送られてきた記事の写真が上手だったから、さすがプロは違うってすっかりそう思っていた」

「斎木さんの写真は玄人《くろうと》はだしなんですよ。河原さんの個展の写真なんかも全部彼が撮るんですって」

興味深そうにやりとりを見守っていた船渡さんが口を入れた。

「いえいえ、ただ若い頃に週刊誌の記者をしていたことがあるものですから、そのときに覚えさせられただけで」

と斎木は小さくかぶりを振った。

そういえばあのときは、どこでも泊まることができるようにと、車に布団や斎木の仕事道具のワープロとＦＡＸ機も積んで出かけた……、と奈穂は思いをさかのぼらせた。

……その二日前に、斎木は独りで住んでいたアパートで大量の睡眠薬を飲んだのだった。ほんとうに自殺をするつもりだったのかは、酩酊《めいてい》していたので本人にもわからないということだったが、遺書はあった。仕事机の上に、白い封筒に入って離婚した女性、子供たち、そして奈穂宛の三通があった。

——おれはもう一生この四畳半から出ない。

――いいよ、もう疲れた。

深夜にかかってきた電話でのそんな斎木の言動に不審なものを抱いた奈穂は、修業していた土地から脊梁山脈の峠を越えて斎木の住む街まで馳せ付けたのだった。

119

一時間以上かかって街に辿り着くと、小高い山の上のライトアップされている鉄塔がぼうっと緑色に灯っていた。その明かりを見ると、斎木に会うためにこの街にやってきた、という実感を、この一年ほど往復しているうちに、奈穂は抱くようになっていた。

明日も雨か、と奈穂は思った。明日の天気を知らせるために、鉄塔に灯る光の色が変わることは、斎木に以前教えられたことがあった。来る途中の高速道路は、靄がひどく視界が閉ざされて、運転に注意が要った。路肩に一番近い車線を制限速度で走っている奈穂の赤い軽自動車をトラックが何台も追い越していく。そのたびに風圧でハンドルを取られないように力を込めた。

八月の声を聞くというのに、梅雨が明ける兆しはまるでなく、うそ寒い日々が続いていた。この冬に一ヶ月入院した後も、ずっとアパートに蟄居して喘息の療養をしている斎木の気分が、このところすぐれないのも、その気候のせいのように奈穂には想われた。

もちろん鬱屈の原因はそれだけではなく、思うように仕事が出来ないので、詳しい額まではわからないが、斎木は借金をして、自分の医療費のほかに、別れた妻子の生活費や養育費に宛

てているようだった。身体をこわして辞めた電気工事の現場に戻る、と言い出したときには、

何とか止まらせることが出来たが、その前に携わっていた週刊誌のフリーライターの知人のつ

ていた。てをあたって仕事の企画を持ち込んでは、断られたり、と何事もうまくいかないことに斎木は

始終苛立っていた。

今日もたぶん、やけで寝酒を飲み過ぎたので、あんな電話をよこしたのだろうが、このと

ころ朝になると前夜の記憶がすっかりなくなっていることがあるんだ、つい最近も、見知らぬ

人から、この前飲み屋でお会いしましたね、と言われたこともあって、どうやら寝床を抜け出

して馴染みのおかあさんの店に行ったりしているみたいなんだ、と斎木に打ち明けられたこと

を思い出して、奈穂は妙に胸騒ぎがした。

深夜の二時過ぎに、奈穂は斎木のアパートにようやく辿り着いた。そして近隣の住人たちに

遠慮しつつ扉を叩いた。

在宅していれば、仕事中であっても、寝ていても、たとえ酔いつぶれているようなときでも

斎木は眠りが浅い質なので（小さい頃から新聞配達をしていた習い性だと斎木は言っていた）、

すぐに気付いてドアノブの鍵が外されるはずだった。それなのに、扉に耳を押し当てて窺って

も、部屋の中には物音一つ立たなかった。

120

奈穂は、斎木は外出しているのだろう、と推察した。

仕事に倦んだり、心が鬱屈すると、すぐ近くにある川べりに赴いて、佇んでいることがよくあったからだった。それとも、夢遊病者のように、ふらついているかもしれない、と思うと、またあの胸騒ぎがよみがえった。

ともかく部屋で待っていることに決めた奈穂は、扉のすぐ右上の小窓に手をかけた。それまでも、二度ほど、ゴミ置き場のポリバケツを引きずってきて踏み台にして、その風呂場とトイレの換気窓から部屋に進入して待っていたことがあった。

だが、小さなサッシ窓は、思いがけず鍵が内側からしっかりと掛けてあった。

奈穂は、訝しく思いながら、身体をかがませて、扉の郵便受けから部屋の中を覗いてみた。すると、カーテンをしていないので仄明るい四畳半の部屋の右隅に置いてある簡易ベッドの一部が見えた。そこに、斎木の裸足が投げ出されていた。

奈穂は、郵便受けから部屋の中へ向けて斎木の名を呼び続けた。だが、いっこうにうごく気配はなかった。酔いつぶれて熟睡しているのだろう、と少し途方に暮れた奈穂は、合鍵が川べりに停めた車のダッシュボードに入れてあることを思い出した。それは、斎木が、「そうそう泥棒の真似ばかりさせるわけにはいかないからな」と冗談口で言いながら入れておいたものだった。

初めて使う合鍵でアパートの部屋に入った奈穂は、濡れた畳の感触に思わず足を浮かせた。そして、斎木が全裸の姿で仰向けになっているのを目にした。いつも片づいている狭い部屋に、スタンドやペン立て、書き損じの紙、何種類もの薬の袋、喘息の事前測定器、花瓶などが散乱していた。

斎木の寝顔が、いつもとまるでちがって奈穂には見えた。白々とした蠟《ろう》人形のような無表情だった。名を呼びながら、顔を突いてみた。頰を軽く打ってみた。けれども、ぴくりともしない。それでも体温があることと、微かな寝息が洩れていることで、生きていることは判った。

救急車を呼ぶべきだろうか、と電話に目を向けると、いつもの机の上に電話機がない。部屋の隅に投げ捨てられてあった電話機のコードを机のそばの柱に付いている差し込みに挿そうとしたときだった。奈穂は、机の上の三通の白い封筒を見つけた。

自分に宛てた一通だけを開けてみて、その内容に驚いた奈穂は、歯嚙みしながら、急いで一一九番通報をしたのだった。……

121

主に布を使う奈穂の作品は、折り畳むことができ軽いので、旅行用のスーツケース二つで持ち運びが済んだが、展示は天井から吊さなければならないものもあるので、男手が必要だった。

斎木は、何度も手伝わされてずいぶん慣れた手つきで、暖簾《のれん》やタペストリーを吊り下げ終えると、後はテーブルに載せるスカーフやセーター、アクセサリー類なので、展示を奈穂にまかせて、すっかり待ちくたびれている様子の久保さんと花見酒を酌みに外に出た。

「こういうときは、車の運転じゃないのはいいよなあ」

と金山さんが、悔しそうに見送ってから、じゃあまた、と帰って行った。それと入れ替わるように、磁器の川上さんがあらわれた。

「いやあ、道路が混んで混んで、まいりました」

川上さんはそう言ってから、昨年の秋に結婚したという奥さんを皆に紹介した。ジーンズにクリーム色のトレーナーを着た小柄な女性だった。

「あの、主人がいつもお世話になっております」

と彼女は、まだ言い慣れていない様子で、顔を赤らめながら挨拶をした。それからさっそく、川上さんの指示に従っていそいそと梱包をほどく作業を手伝った。

ひと通り展示が終わり、入口近くのカウンターに値札を取りに行った奈穂のところから、山桜の下で二人が酒を酌んでいる姿が見えた。

座るのにちょうどよい大きさの石に二人とも腰を下ろして、愉しそうに談笑しながら久保さんが持参してきた大ぶりな高杯を口に運んでいた。

奈穂が修業を始めたときに師匠に紹介されて、一番最初に知り合いになった工芸家が、久保さん夫妻だった。それからというもの、師匠に仕える苦労や、雪道の運転、公募展への応募のことなど、色々と相談にのってもらうようになった。斎木もときおり一緒に一升瓶を持って窯場を訪れた。電気窯の温度管理のための制御盤をはじめ、真空管アンプなどの自作を趣味にしている昇さんとは、斎木は電気談義で話が合うようだった。

また「KT88」だとか「300B」、「茄子《なすび》」といった、自分にはちんぷんかんぷんな真空管の名称らしいものを呼び合ったりしているのだろう……。

そう思って見ている奈穂に、以前斎木が、木の下に蹲って自分が戻ってくるのを待っていた光景がだぶって映った。それは、小さい子供が親に言い聞かされて、迷子にならぬようじっと同じ場所で待ち続けているといったふうだった。

122

……そのとき斎木は、師匠に事情を話して早めに休みを取らせてもらう、と工房へ向かった奈穂を待っていた。

奈穂が借りていたアパートは四階なので、何となく一人で待っているのは恐い、と斎木は言い、かといって工房まで一緒に行くことも躊躇われたので、図書館の中で待っていることにした。その後、車の助手席に乗ってただ運ばれていると気が紛れるようなので、日本海側の町に住んでいる工芸家の取材を、休みの間に、のんびりと旅行がてら済ませる予定だった。

ところが奈穂が戻ってくると、斎木は、図書館の前の大きな欅の木の下にしゃがみ込んで、ぼんやりと生い茂った若葉を見上げていた。

――こんなところで、どうしたの。

奈穂が訊くと、

――図書館休みだったから。

と斎木はおどおどした口調で答えた。

その二日前に救急車で運ばれて一晩世話になった精神科の医師に、斎木は鬱病だと診断された。

――鬱病で一番怖いのは、それまで元気そうに振る舞っていた人が、何かが引き金になってふっと自殺を図ってしまうことなんです。一回やると繰り返すことも多いですし。

と医師は言い、まだ自殺の心配があるから、入院するか、それとも誰かが二十四時間ずっと一緒に付いているかするようにした方がいい、と付け加えた。

――わかりました。わたしがずっと付いています。

と奈穂は請け合った。

抗鬱剤と精神安定剤、それから不眠が鬱病にはもっとも悪いからと睡眠薬も出してもらい、奈穂は斎木の手を取るようにして病院を後にした。

――睡眠薬なんていつから服んでいたの？

奈穂が問いかけると、

――喘息の薬と一緒にもらっていた。眠れないときだけのつもりだったんだけれど、そのうちに酒と一緒に服んでしまうようになって。

と斎木は悄然と答えた。

昨日と同じように、木の下で待っていた斎木の顔には不安そうな色があらわれて、目がある種の動物のようにびくびくしていた。そういえば、この半年、この人は苛々していたかと思うと、ときどきこんな弱々しい表情を浮かべていることがあった、あの頃から鬱病にかかっていたのだろう、と奈穂は胸を衝かれた。

――さあ、先生の許しも取ってきたから、いざ出発するとするか。

奈穂は気持ちを引き立てるように言った。……

123

「河原さんの作品って、ふつうの染織ともちょっと違うのね」

展示が終わって、皆の作品をひと通り観て回っていた須永さんが、奈穂のところに来て興味ありげに言った。

「ええ。最初は草木染で布を染めるだけだったんですけど、もっと形のある物が作りたくなって、例えばこんな刺繍の技法を使ったタペストリーを作るようになったんです」

と奈穂は答えた。

「ああ、これがそうね」

「貝殻幻想」とタイトルの付いた細長いタペストリーに触れて須永さんが言った。「この透けて見えるのはオーガンジーかしらね」

「ええ、絹のオーガンジーの地に染めた布を重ねて刺繍しています。その中に縫い込まれている貝殻は本物なんです。透けて見えるので、窓辺にかけると、光の加減によって立体的に見える効果が面白いと思って」

「そうね、透明感がある。それからこっちのタペストリーは」

「それは、藍の古布を使ったものなんです」

奈穂はそう言いかけて、ああ、そうそう、と思い出したように船渡さんに声をかけ、「前の個展のときに紹介していただいた古布を集めていらっしゃる江俣さんからわけていただいた布で作ったんです」と礼を言った。

「ああ、役立ってよかった。ちょっと癖のあるおじいちゃんだったでしょ。紹介はしたものの、高くふっかけたりしないかなあ、大丈夫かなあって実は心配してたんですよ」

「喘息がひどいので、古布を押入から取り出す度に発作に悩まされるようになって、手放すことにしたそうです。小千谷縮《おぢやちぢみ》のいい反物があったんですけれど、さすがにそれだけは手放さないって。今回の古い麻の藍染め布は明治初期の蚊帳に使われた物だろうっておっしゃってました」

「ああ、藍は虫除けにもなるっていうからなあ」

と船渡さんが頷いた。

「中の模様は、ボロボロになった古い型染めの藍の座布団地があったので、それを丸く切り取って、型染めの模様を生かすようにはぎ合わせたんです」

「古い布を使っていながら、モダンな印象を受けるわ。草木染だけでなく、ずいぶん努力したみたいね」

と須永さんに言われて、

「そうですか、ありがとうございます」

と奈穂は嬉しそうに答えた。

124

「それから、これは何だか不思議ね」

須永さんは、展示スペースの一番隅っこに、少し壁から浮かした空間に二つ垂れ下げてある作品に触れながら言った。

それは、微妙に色調を変えて灰色に染めた毛糸を編んだものをフェルト化させて、厚みを持たせるように作った、十センチ四方ほどのひし形を縦に五個ばかりつなぎ合わせたもので、それぞれのひし形の中央は丸くくりぬいてあり、そこに嵌め込まれた丸いピースがパタンパタンとさまざまな角度、方向に回転していることによって、こちら側と向こう側が見え隠れしている、といった作品だった。

「あっ、それは」

奈穂は、いたずらっぽい笑顔を浮かべた。今回の展覧会では、商品だけではなく作者の遊び心があらわれたような作品も出来たら展示して欲しい、と船渡さんから要望があった。それに応えて出品したものだった。「ノルウェーに一年間留学していたときに作った作品の一部なんです。本物はひし形のピースが縦横に百個以上もつなぎ合わせてあるんです」

「そうなの。それで壁に出来る影が、月の満ち欠けのようで面白いと思って、ほら」

須永さんはそう言って、作品を軽くうごかした。すると、丸い穴に嵌め込まれたピースの角度、方向によって生まれた様々な影が、揺らめいた。ちょっと身を引いて観ていた、須永さんのご主人が頷いた。

「『スウィング・ドア』ってありますよね、あれみたいに、こちら側と向こう側が行ったり来たりしている、っていうイメージを表したくて。何かの拍子で、こちら側の世界から向こう側の世界へ行ってしまうという感じも……」

と奈穂は少し口ごもりながら説明した。

「じゃあ、そろそろ失礼します」

須永さんは、皆に告げた。

「お気をつけて。お品は責任をもって預からせていただきます。それから搬出もこちらで行いますので、どうぞご心配なく」

と船渡さんが言った。

帰って行く後ろ姿を見て、奈穂は、須永さんが少し片足が不自由で、それをご主人が支えていることに気付いた。

「さて、そろそろおれたちも」

と、やはり箕輪さんのことが心配で最後まで残って待っていた中野さんが言った。

展示がそこだけ空いたままになっている角のスペースを見遣って、船渡さんが溜息をついた。

125

連休中も磐田さんは「山」の頂上に近い地すべり地の崖に作った畑を耕していた。

火の点いた石油ストーブに灯油を入れようとして、あふれた灯油に引火してボヤを出してしまい火傷を負ってから、妻からもう年で足下が危ないから畑仕事をやめるようにときつく言われていた。

東京に家を構えて住んでいる長男も、火事の見舞いに訪れた際に、

——親父、これから畑はやめろよ、もう八十にもなって、身体が大事だから。それに、勝手に土地を使用して、近所の目ってものもあるだろう。何も食糧事情が悪い終戦直後って訳じゃないんだから。

と言って帰って行った。

二十年前に、磐田さんは隣県にある地方銀行を退職して、妻の故郷であるこの街に移り、退職金でこの団地に家を建てることにしたのだった。そのとき、やはり隣県の銀行に勤めていた長男夫婦もいつか一緒に住めるようにと二世帯の住居にした。そして、当分は、息子夫婦にと用意した二階はそのときが来たらいつでも大きく使えるようにと、小さく部屋を区切って女子大生向けの下宿にした。だが、東京の支店勤務が長くなった長男の一家は、結局奥さんの実家がある東京にマンションを購入して住んでいた。

息子には、まだそんなことを言われる筋合いはない、と磐田さんは無言ではねつけたが、妻が心配する気持ちはわからないでもなかった。

磐田さんは、肺と心臓の病気も抱えているからだった。しかし、原因は昔の軍隊時代のもので、今すぐ命に差し障るというわけでもない、ただし、大事にする配慮だけは怠らないように、というのが、月に一度通院している病院の担当医の所見だった。

春蒔きの大根の芽が出てきたのに、ドラム缶に貯めた雨水をやりながら、二十年続けてきた百姓の真似事は、今ではすっかり板についた、と磐田さんは自惚《うぬぼ》れる。農家に生まれ育った自分には、元々、土との縁は切っても切れない太いものがある、と思う。

畑仕事は好きだからストレス発散になるし、適度に動くことと日光を浴びることは自分の健康にも役立ち、新鮮安心な野菜が得られることで、老夫婦の健康にも役立ってきた。その証《あかし》もハッキリしているではないか。

だが、妻が自分を案ずる心を思えば切なく、そろそろ畑仕事も仕舞いにしようか、と磐田さんは、このところ日々葛藤にさいなまれているのだった。

126

崖の急斜面の上は、市が管理している茶室のある庵になっている。ふだんは閉まっているので、人気はなく、野鳥たちが多く囀っている。四十雀に目白、コゲラの啼き声に耳を傾けていると、鵯がやってきて、小鳥たちを蹴散らした。

この数年、ずいぶんと鵯ばかり多く目にするようになった、と磐田さんは思った。それに比べて、子供の頃にその啼き声から、ぎゃあぎゃあ鳥と呼んだ尾長はずいぶん目にしていなかった。

と、崖の上に小さな人影が動いているのを磐田さんは見つけた。

「こらっ、危ない！」

磐田さんは思わず大声を発した。「ここは無断で入っちゃいかん」

その声で、青い野球帽を被った男の子は、身体が竦んでしまったようだった。雑草や木の枝につかまりながら、そこまで降りるには降りられたが、上に引き返すのは無理で、どうしたらよいかわからないと、泣き出しそうな顔になっている。

「じゃあ、ゆっくりこっちに降りてきてごらん」

と磐田さんは声をかけて、自分も崖崩れ防止のコンクリートの防護柵をおぼつかない足取りながら男の子のいる方へと登り始めた。

「トゲトゲがある木があるだろう、それにつかまっちゃだめだぞ」

と磐田さんは叫んだ。子供の手に棘《とげ》が刺さるのを防ぐためもあるが、もうすぐ採り頃となるのを愉しみにして、このところ毎日見上げているタラの芽を案じる気持ちもあった。

どうにか、防護柵の上に立った磐田さんの手の届くところまで、男の子は降りてきた。

「ほら、この手につかまって」

磐田さんが差し出した手に男の子の小さな手が触れた。二人はそこから、コンクリートの防護柵の斜面をしりもちを付きながら滑り降りた。

キウイの棚の脇に作った木のベンチに並んで座ると、

「野草園にでも遊びに来たのか」

と磐田さんは出来るだけ優しい口調で訊ねた。ただでさえ子供が少なくなった近所では、見かけない顔だった。小学校の二、三年生といったところだろうか。

男の子はかぶりを振った。

「お父さんかお母さんが捜してるんじゃないのか」

それにも男の子はかぶりを振った。

「何でこんな所に来てみる気になったんだ」

「だって」

と男の子はようやく口を開いた。「何だか、秘密基地みたいで面白そうだったから」

127

「ここはね、畑なんだよ。ほら大根や人参、レタスが植えてあるだろう。だから勝手に畑に入られると困るんだよ」

磐田さんは苦笑しながら教えた。

「じゃあこの崖畑はおじいさんのものなの？」

と男の子に訊かれて、磐田さんは口ごもった。この子ぐらいの歳の頃、磐田さんは吃《ども》りがひどくて、遊び友達からもよく馬鹿にされたものだった。ずっと無欠席だったのを見込まれて級長になったが、朝礼の際に、校長先生の話が終わって号令をかけて教室へ引率するときも、焦れば焦るほど声が出ず、当時の磐田さんの胸を大きく痛めた。

「い、いや」

磐田さんは少しうろたえてかぶりを振った。「だが、空き地を遊ばせておくのももったいないだろう。川原でも近くの人たちが、農園を作っているのを見たことがあるだろう」

男の子は首を傾げた。

「また見に来ていい？」

「ああ、いいとも。これから夏になればとうもろこしもできるから、一本あげよう。秋になれば山葡萄も実をつけるぞ。だが、これからはちゃんと、あそこの入口から入ってくるように」

磐田さんは、入口の木戸を指差し、「鍵はかかっていないから。だがわたしがいないときに勝手に入っちゃだめだぞ」と釘を刺した。

「うん、わかった」

笑顔になって男の子は畑に入り込まないように畦を歩いて、木戸の方から帰っていった。

男の子の言葉は、地元の言葉とはアクセントがちがっていた。よくはわからないが関西の方だろうか。連休で親戚の家に遊びに来たのだろうか、だがまた来ると言っていたから、親の転勤で越してきたのだろうか、と磐田さんはあれこれと想像をめぐらせた。

手には、さっき男の子に手を貸してやったときに触れた小さく柔らかい感触が残っていた。自分の子供が産まれた頃は仕事が忙しくて、手を引いた記憶はなかった。孫たちもあまり顔を見せないうちに、一番下でももう中学生になっていた。

磐田さんは子供の頃、両親は農作業で忙しく、妹のお守りをよくさせられた。おんぶしていると、背中が急になま温かく濡れてくることがあった。男の子の手の感触はそんな遠い記憶も蘇らせた。


連休の二日目、斎木と奈穂は、平日同様に朝から仕事に取りかかっていた。

今朝も奈穂が水をやった藍は、順調に育っていた。ベランダの水を張ったバケツには、枝に鋭いトゲがあり、緑色の新芽を出したばかりの五十センチほどのうこぎが数本挿してあった。

昨日は、搬入の帰りに、奈穂の師匠の家を訪ねた。修業をしていた頃は、脳血栓で倒れて以来左半身が不自由になった師匠の足代わりともなって、奈穂は車を運転したが、いまは理由があってやめているので、最寄り駅からタクシーで向かった。

師匠は、色とりどりの家々が並んだ新興住宅地に建っている自宅の脇に、新しくプレハブで作った二坪ほどの染め場で、染め液の入った盥の前に座り、ゴム手袋をはめた右手をすばやくうごかしながら絹のスカーフ生地を染めている最中だった。同居している娘夫婦と子供たちは車で出かけて留守のようだった。

——あらあら、おひさしぶり。斎木さんもご一緒で、お元気でしたか。

顔を見せるなり、口にも少し麻痺が残ったので、少しもごもごする口調で師匠が言った。

——すっかりご無沙汰してしまってすみません。ここのところ教室で教えたり展覧会に出品したりと、忙しくしておりましたので。

と奈穂は神妙に詫び、斎木も、おかげさまで元気でやってます、と答えた。

先生何を染めていらっしゃるんですか、と奈穂が近付くと、桜特有の何ともいえぬ甘いにおいがした。

——あっ、桜ですね、いいにおい。

――そうでしょう。

と師匠は手を休めずに、得意げにこたえた。

――今年もいつものお寺さんからいただいたの。それでさっそく朝早くから染めてるの。梅もいただいたから、後で残りのを細かくするの手伝って。分けてあげますから。

――いつもありがとうございます。

奈穂と共に斎木も礼を言った。

帰り際、タクシーで工房まで自分もちょっと連れて行ってくれないか、と師匠が頼んだ。

市内の五百メートルほどの山のふところに、陶芸家たちが竈《かまど》を築いている一劃《いっかく》があった。その閑静な土地のさらに一番奥まったところに、師匠の工房はかつてあった。

小川に沿った坂道には、ずいぶんと坂道発進や雪道の運転を鍛えられたものだ、と奈穂は車を手放した今でも振り返ることがあった。

129

舗装されていない山道を勝手知ってるとばかりに、車一台がやっと通れるような狭い近道を、タクシーの運転手に助手席から指示する師匠に、相変わらずだ、と後部座席で奈穂はほほえんだ。乗り降りが楽なように、車に乗るときには師匠は常に助手席に座った。

その工房は、協力者で地元の財界人でもある人が、隠居後の別荘にでもと建てたものを借り受けていた。今でも周りに人気がなく寂しいほどの土地だが、当時はより以上だったことだろう。

しかし、貸してくれた当人が亡くなってからは、遺族からなるべく早々に返却して欲しいと催促を受けるようになり、やがてにわか景気が弾けてからは、もはや猶予は許されなくなって工房は閉鎖された。

タクシーには少し待ってもらうことにして、先に奈穂が降り、少ししゃがんだその肩に掴まるようにして師匠がよろよろと車から出た。

師匠と奈穂は、溜息を洩らした。久しぶりに訪れたそこは、蔓延った葛に覆い尽くされていたからだった。工房にしていたときには、春、草の出ないうちに一回葛の根切りをし、それから夏までに三回繰り返した。それでも、崖に面したベランダの鉄柵にからみついてくる蔓を見付け次第退治しなければならなかった。葛も、黄色や裏葉色を美しく出してくれる染料だから、もちろんふんだんに使う。「日頃の恨みを晴らして」と、染めながら師匠はよく冗談口にいったものだ。

それから蜘蛛《くも》も、家の中まで至る所に進入しては巣を張り巡らせる。蛇ともよく遭遇した。自然の中で暮らすということは、草と虫と人間との格闘だということを、東京生まれの奈穂は弟子入りして思い知らされる毎日だった。

——あっ、うこぎがちょうどだよ。

と師匠がぼうぼうの藪と化している庭を指差していった。奈穂と斎木も目を向けると、確かに背丈ほどの高さで、枝に鋭いトゲのある見覚えのあるうこぎが、緑色の新芽を出したばかりだった。

その新芽を、うこぎご飯に、おひたしに、味噌たたきにと食べるとても美味しいことも奈穂は師匠から教わった。斎木も酒の肴に大好物で、以前にも一度、やはりなめしにするという久我さんとも一緒に、ここに採りに来たこともあった。

師匠をそっと立たせたまま、斎木に支えるのを預けて、奈穂はタクシーへと駆けていった。

いつどんなところで貴重な染めくさに出会えるかわからないので、奈穂は手荷物には常に花鋏とシャベル、それから大小のビニール袋を携行していた。……

130

「あっ、お祭りやってる」

奈穂が一人つぶやくように言った。

斎木は、根を詰めて集中しているのではない証拠に、敷居の襖《ふすま》を開け放ったままの隣の和室で仕事をしていた。

下の方から笛のような音が上ってくるのに耳を傾けていた斎木が、ああ、あれは神社のお囃《はや》子《し》だな、と答えた。

「もう、屋台は出てるかな」

奈穂はいくぶん浮かれたような声を挙げた。

この五年あまり、一年間ノルウェーに滞在していたときを除いて、斎木の実家近くにある氏神様の祭礼の日に合わせて、老夫婦だけで住んでいる両親のところに顔を出す習慣になっている。今年は、うこぎを持参して、奈穂が酒のつまみとなめしを作ることにした。

昨日、搬入を終えて帰ってきてすぐに、奈穂は斎木の実家に電話をかけた。はじめ、斎木の父親が出て、そうか夕飯も食べていけるのか、と喜びをあらわにし、かあさーんと呼ぶのが受話器からきこえた。

電話に出た斎木の母親に、今年もうこぎを持っていきますから、と奈穂が告げると、

「はいはい。じゃあ、塩ご飯だけ炊いておけばいいんですよね」

と勝手知った口調で、斎木の母親は答えた。

「ねえ、お義父《とう》さんたちの家に行くのを少し早めて、お祭り行ってみない?」

奈穂は、思い切って斎木に言ってみた。

これまでも、お祭りをしている神社の前を通り過ぎることはあっても、斎木は屋台が並んでいる境内に踏み入ろうとはしなかった。山麓の町で一緒に暮らしはじめた頃にも、豊作に感謝する村祭りが秋にはあったが、斎木はまるで関心がない素振りだった。運動会だとか祭りの笛太鼓だとか、はっきりいって嫌なんだ、俺は。そう苛々した口調で告げられたこともあった。

それが今日は、お囃子の笛が聞こえてきても、斎木は穏やかな顔をしていた。気鬱にふさい

でいることは、いまでは滅多になくなった。それで、奈穂は、思いきって切り出してみたのだった。

「まったく、お祭りが、というよりも屋台が好きだなあ」

と笑いながら、斎木は意外にあっさりと同意した。「そのかわり、『けものみち』を降りて、タラの芽を少しばかり採っていこうや」

奈穂は頷き、斎木の気が変わらないうちにと、さっそく出かける支度をはじめた。

131

表に出ると、マンションの駐車場では、連休中にどこへも連れて行ってもらえない子供たちが、自転車や一輪車に乗って遊んでいた。

スケートボードにハンドルとブレーキが付いて、足で蹴って進むキックボードに乗っている男の子が、斎木にぶつかりそうになった。

「おっと。こんな狭い所じゃ危ないだろう、もっと遠くの広いところで遊びな」

と斎木が言うと、

「だって、『四季亭』の向こうまで行っちゃだめだって、言われてるんだもん」

と男の子は、ふくれっ面で答えた。

それじゃあ、乗り物に乗って遊ぶ意味がないだろうに、と斎木は嘆息したが、昨年の秋口に、すぐ近くの公衆トイレに女性の死体が遺棄された事件があったために、親も神経質になっているのだろう、と思い直した。

トラックの通行も頻繁となった鉄塔工事現場がすぐ隣にあるから、という心配もあるのかもしれない。連休中は工事は休みで、塀で囲われた内側はしんとしていた。

「この前も、ここで、ここから先で遊んじゃいけませんよ、って若いお母さんが幼稚園の子供をきつく叱ってた」

売店に差しかかったところで、奈穂が言った。

売店は、家族連れで賑わっていた。その中に、斎木と同じ集合住宅に住んでいる小学校の中学年の女の子が、おねえさんにまとわりついている姿があった。家業が水道屋なので、一家総出で仕事に出かけるために親にかまってもらえず、代わりにおねえさんに甘えているのだった。

工事がはじまってからは、あまり見かけなかったが、今日は職人たちの出入りがないので、やって来たのだろう。

「おねえさんもいろいろ相手しなきゃならないから、大変だな」

「でも、おねえさんにも子供がいるから、その気持ちもわかるって、無理には追い払えないって言ってた」

そう言っている彼らの姿に目を留めたおねえさんが、困ったような笑顔を見せた。

バスの折り返し所を横切って、「山」の北斜面についている一方通行の急坂を下りた。左手の野草園のフェンスの透き間越しに園内を覗き見ると、多くの家族連れで賑わっている光景があった。

坂の途中から、斎木は先になって右手に折れ、雑木林の中に分け入った。そこからが、近所の人達が「けものみち」と戯《たわむ》れに呼んでいる道だった。

132

傍目からは道とは見えないであろう「けものみち」には、さすがに人気はなかった。

小暗い森の中では、「シーシーシー」と伸ばす声を挙げる四十雀の巣立ち雛《びな》の啼き声が盛んに聞こえ、野鳥達の新たな生命が次々と誕生していることを知らせていた。

引っ越してきたばかりの頃、斎木は少年期に返ったように、「山」の隠れた五番目の道ともいうべきこの道を毎日熱心に散歩したものだったが、このところは少しご無沙汰だった。

「ああ、みどりのにおいがする」

奈穂は、この場所に来たときの常で、気持ちよさそうに深呼吸をした。はじめて斎木に連れられてきたときは、街中にこんなに山の気配が濃い所が残っていることに驚きながら、蛇に出くわしはしないかと怖々藪に分け入ったものだった。

そんな奈穂の様子をからかいながら、

――この街では、学校をさぼることを「山学校する」って言うんだよ。よく山学校しに、ここに来たんだ。

とそのとき斎木は得意げに言った。

四十雀に目白、カワラヒワの囀りに混じって、高い木の上から「ギィーッギィーッ」と戸が軋むようなコゲラの啼き声がした。木を叩いている音も聞こえてあたりを見上げたが、密集している樹木の若葉に遮られて、姿はどうしても見つからない。どこかの枯れ木に巣を作っているのかもしれない、と斎木と奈穂は想像しあった。

「チョチョピー」

という囀りが聞こえた。それは、彼らが今年はじめて聞くセンダイムシクイだった。キビタキらしい金属的な高い声もして、夏鳥たちもずいぶんと渡ってきたことを告げていた。

「『ホッホ』ももうすぐ来るかな」

「ああ、鉄塔工事の影響がなければいいけどな」

斎木と奈穂は、樹間からかすかに覗いている空を仰ぎやった。

小道の左手の、毎年カタクリが二十株ほど咲く、少し湿った地面には、花を終えて緑色の地に斑紋が浮き出している葉が伸びたカタクリが、あたり一面に見渡せた。多くはまだ花をつけない一枚葉だった。斎木はその先へと足を進めた。西側が崖となった斜面にタラの木が数本あるはずだった。

「おっ、残ってた、残ってた」

近付いて行った斎木が、はしゃいだ声を挙げた。

根元がしっかりしている山桜の木に片手をしがみつかせ、崖の先へと身を挺して棘に気をつけながら五個ばかりタラの芽を採ると、斎木は一番近くにあるタラの木を指さして奈穂に採らせた。

133

採ったタラの芽をビニール袋に入れ、新聞紙にくるんだうこぎと一緒にリュックに詰めた。けものみちは、最後は草むらに隠れた石段となって、バス通りに面した保育所の裏手に出る。その石段の脇の斜面に大きな臭木の木がまだ伐られずに残っているのを見て、彼らは安堵した。まだ花をつけないので見分けが付きにくいが、三年前の秋に奈穂が見つけて実を採ってからは、毎年その収穫をあてにするようになった。臭木の実は、水色や青磁色を出すのに、藍の他の染めくさとして貴重だった。

バス通りの歩道を歩いて三叉路を横断すると、橋の袂から川べりの遊歩道に出る石段を下りた。川には、白いカモメの姿があった。前に、草木染めの教室を終えて『衆』に向かうために逆に歩いて来たときと比べて、川柳の緑がずいぶん濃くなった、と奈穂は思った。一番最後に葉を繁らせる胡桃も、若葉の風情となっていた。

川の下流に向かって二つ目の橋まで来たところで、ふたたび石段をのぼって橋を渡った。途中から、神社の祭礼の赤い幟が見えてきた。そこからは、今度は奈穂の方が急ぎ足となった。

そんなに急がなくても、屋台は逃げていかないさ。後ろを歩きながら、斎木は苦笑してひとりごちた。

橋を渡ってすぐ右手に折れて、今度はさっきと対岸の堤防を下流に向かって歩いた。新幹線の高架橋と在来線の鉄橋の下をくぐると神社の賑わいがもう間近だった。

「おいおい、先にお詣り済ませてからだぞ」

ピンクの提灯が下がり立ち並んでいる屋台にすぐに近づこうとする奈穂に、斎木が後から声をかけてたしなめた。

すぐ突き当たる参道の一番奥の拝殿にお詣りをしてから、その脇に今年も盛んな若葉を繁らせている欅の大木を斎木は見上げた。それは、幼稚園の園児一同で七五三の祝詞《のりと》をあげてもらったときから、強く印象に刻み込まれている木だった。

「よお、斎木」

拝礼を済ませて踵《きびす》を返すと、横手から声がかかった。見ると、幼稚園からの幼馴染みで、今は高校の国語の教師をしている若林だった。彼は、結婚して二世帯住居を建て、親と一緒に住んでいた。家族揃って祭りに訪れたらしく、彼が二人の子供の手を引いて、やはり高校で家政科を教えている奥さんが赤ん坊を抱いていた。

「どうした。まるで山から下りてきたって恰好じゃないか」

と若林が、二人ともリュックを背負っている斎木と奈穂を見てからかうように言った。

134

「しかし、早いもんだなあ。奴も、もう三人の子持ちだもんなあ」

若林と別れると、さっそく今川焼を買い込んできた奈穂と、土手の蓬《よもぎ》の草むらに坐って川を眺めながら、斎木が言った。

ひとしきり近況を語り合う中で、今はあの「山」の上に住んでいる、と斎木が告げると、若林は、あそこじゃ店も何もなくて不便でしょう、と奈穂の方を見た。いいえ、結構気に入ってるんです。奈穂が答えると、まあおまえたちの仕事にはいいかもな、と若林は半ば呆れるように言った。

別れ際に、厄年を迎えたのを機に、昨年から開くようになった同窓会の幹事をしている若林は、せっかく東京から戻ってきたんだから、山に引っ込んでばかりいないで、たまには集まりにも顔を出せよ、と言いながら手をひらひらさせた。

「若林さんの結婚式があったのは何年前になるんだろう」

「もうかれこれ七年にはなるだろう。そうだ、引き出物に紅花染めの小風呂敷をつかってもらったんだったな」

「そう、あれはわたしが独立したばかりのときだから、やっぱりそれぐらいにはなるんだ。だったらふつうなら子供が二人や三人いても不思議ではないわね」

そう言って、奈穂は少し押し黙った。

斎木は自分の住んでいる「山」の方へ目を向けた。三本の鉄塔がほぼ同じ間隔で横並びに立ち、よく目を凝らすと、真ん中の細長い鉄塔のそばに、まだ根元だけしか建っていない新しい鉄塔が、わずかに見えた。

「ああ、あそこに住んでるんだね、わたしたち」

斎木の視線を追って、奈穂が改めて気が付いたように言った。

「おれはさ、十八で東京に出るまで、この土手から、川と一緒にあの山が見える風景を毎日見て育ったんだ。物心がついたときは、鉄塔は二本だった。二歳のときに二番目の鉄塔は建ったはずだから。そして、小学校の中学年のときに一番右側のＵＨＦの鉄塔が建ったのをよく覚えているよ」

「そうなんだ……」

同じ風景に見えていても、人によっては、そこに時を見ていることを奈穂は知った。そうか、新しい鉄塔が建ったときには、そのそばの古い鉄塔は取り壊されると聞いているから、こうやって今の三本の鉄塔が立ち並んでいる姿を見るのもあと一年もないんだ、と奈穂は気付いた。すると、いま見ている風景が、自分にとっても既に懐かしいもののように映った。

135

一方斎木は、隣で今川焼を頬張っている奈穂の横顔に、さらに遠い記憶を重ね合わせていた。目の前の瀬の流れは、ネギ洗い瀬といって、昔は荷車やボテ振りカゴに野菜を積んできた人々が、近くで開かれる朝市や行商に出かけしなにネギや大根、牛蒡《ごぼう》などを洗ったところだった。この辺りに、馬車に積んだ荷を下ろして一服している人と、そこに通りかかった人がその場で売り買いをする光景も斎木はしばしば見た覚えがあった。

そして、まだ幼稚園に上がる前の頃、電子オルガンのセールスをする母親について行き、話をしている間じっと家の外で待っていたご褒美《ほうび》だと、橋の袂に出ていた屋台で回転焼と称していた今川焼を買ってもらっては、神社の赤い鳥居の前で、

――ちょっと遠道になるけれど、川を歩いていこうねえ。

と母親が言うのを待ち受けていたものだった。

並んで土手に坐って川風に吹かれながら、鬢《びん》をほつらせて今川焼を頬張っているときの母親の横顔が、他人のように見えることがあった。斎木には、母親に甘えたり、ぎゅっと抱きしめられた記憶がほとんどなかった。

「あ、新幹線」

奈穂が言った。上りの新幹線が、緑色の条《すじ》を引いて走り去った。

「あの高架橋の下あたりに、おばけ鯉って呼んでいた、大きな鯉が棲んでいてな。大山と何度も捕ろうとしたんだけれど、どうしても駄目だった」

と斎木が遠くを見るようにして言った。あれは、ちょうど右側の鉄塔が建った頃で、川は近くの化学工場からの廃水でひどく汚れていた。手づかみで捕った魚を晩のおかずにと意気揚々と持ち帰っても、油臭くてとても喰えなかった……。

「大山さん元気かしら」

「ああ、三年ほどで戻ってくると言っていたから、もう一年の辛抱だろう」

斎木は答えた。

大山は、斎木の幼稚園以来の一番の親友だった。別れた妻子の住んでいる家を建てたときも、今の住まいを借りるときにも、不動産会社に勤めている彼には、ずいぶんと世話になった。二年前の春から、東北の北の町で売れ残っているマンションを販売する責任者となって、奥さんと一緒に赴任しており、休日には夫婦で釣りを楽しんでいます、と今年の年賀状には記してあった。慌ただしい引っ越しだったので、一緒に酒を飲んで送り出すことは叶わず、結局その前の暮れに、「うちではもう子供はあきらめた」と打ち明けられたのが、ゆっくり酒を酌んで大山と話した最後だった。

136

バス通りから、工事用の柵の合間を一段低くなった歩道に降りると、駐車場の向こうに、斎木の父親が庭に出ているのが見えた。

本来なら、彼らが立っているその歩道の部分まで道路拡張される予定だったが、立ち退きの問題や予算の都合があるのか、十年以上も放って置かれたままになっていた。

斎木の父親は、丹精して毎年秋には色とりどりの大輪の花を結ぶ菊の株分けや挿し木をしていたようだった。菊には、茎や枝が根よりも垂れ下がった花の斜面となる懸崖となって咲く種類もあった。

斎木と奈穂の来訪に気付いて、慌てて片付けようとしたのに、

「お構いなく、どうぞそのまま続けてください」

と奈穂は声をかけた。

「なに、もう仕舞うところだったんだ」

斎木の父親はそう言って手を止めた。親父のやつ、待ちかねていたらしいな、と斎木がそっと囁いた。

「ちょっとバケツを借りるよ」

斎木は水撒きをするために設けた外の水道から、青いプラスチックのバケツに水を汲むと、

玄関の三和土《たたき》に置いてうこぎの茎を挿した。

玄関脇に立つと、並びの家々と同じように、神社の祭礼を祝う紙で作られた桃色の花飾りが挿してあった。わざとのように斎木は呼び鈴を押してから、「ごめんください」と声をかけながら敷居をまたいだ。

「あらっ、いらっしゃい」

「おじゃまします」

茶の間に上がって、奥の台所から出てきた斎木の母親と遅れて上がってきた父親と、改めて挨拶を交わした。

「すっかりご無沙汰してしまって申し訳ありませんでした」

畳に頭を下げて奈穂が言うと、

「なあに、知らせがないのは元気でいる証拠だと思って、ねえお父さん」

斎木の母親が、気丈に答えた。

「鉄塔の工事、すぐ隣だろう。うるさくて仕事に差し支えないか」

斎木の父親が心配げに訊いた。

「まあ、気にならないことはないけれど、鉄塔が建ち上がっていくのを間近に見るのも滅多にないことだから、楽しみだと思って」

斎木は鷹揚に言い、奈穂も、ほんとに、色々な職人さんたちがいたりして面白いんです、と声を揃えた。

137

「さて、お祭りだから、何はともあれ、まず御神酒《おみき》御神酒。ほら、お父さん、神棚の用意して」

斎木の母親が立ち上がり、せきたてた。

隣の部屋にある神棚の前に踏み台を置いた父親に、

「おれがやろうか」

と斎木が声をかけたが、

「なあに、大丈夫だ」

斎木の父親は、踏み台の上に乗り、マッチを擦って神妙な手つきで蠟燭《ろうそく》に火を灯した。そこへ奈穂が、台所から御神酒を運んで渡した。

神棚の支度が済むと、斎木の父親がまず最初に柏手を打ち拝礼してから、後の者が続いた。

神棚というものがない家に育った奈穂は、はじめて年越しの夜に呼ばれたときに、柏手を打って拝礼する手順を珍しがりながら、斎木のそれを真似たものだった。

神棚には、小は七寸から、大は一尺一寸まで、一寸刻みで五個のだるまも載せてある。幼い頃、大きい順から、父、母、姉、兄、自分のだるまだと教えられて、自分のが一番小さいことに不満を覚えたものだった、とはじめて目にしたときに斎木が話してくれた。

この街の名物だというその青いだるまを眺めるたびに、奈穂は複雑な思いに駆られた。斎木の兄とは、一昨年の正月明けに斎木の祖母が亡くなったときに、代理で列席した葬儀で一度だけ会ったことがあったが、その家族には会ったことがなかった。それから、同じこの街に住んでいるという斎木の姉とも、まだ会ったことがなかった。

以前、今日のように四人で食卓を囲みながら、何気ない口調で最近の兄姉からのたよりについて斎木が訊ねたことがあった。新聞記者をしている兄は、地方の支局に単身赴任しているので、盆や正月の休みも、東京に建てた自分の家族の住む家に戻ってくるのがやっとのようだった。姉の方は、両親も二人の弟たちも会えない状態が続いていた。

——近所の店で聞いたら、「あかんべえしていく」って、言いにくそうに教えられたよ。家にはやっぱり入らせてもらえなかったから、庭の草むしりだけでもと思ってしてきた。

と言って目を瞑《つむ》り、強く唇を噛んだ斎木の母親の顔を奈穂は忘れることが出来なかった。

そして、自殺未遂をして運ばれた病院で、看護婦から渡された問診票の近親者の病歴を記す項目を、長い時間かけて顔を顰めながら記入していた斎木の姿も思い出された。

私のだるまはまだ置いてもらえないのかな、と奈穂は少し淋しく感じた。

138

「じゃあ、お役目済んだようだから、ちょっと遠くへ行ってくるから」

皆が拝礼を終えると、ふたたび踏み台にのぼって蠟燭の火を手で消した斎木の父親が、剽軽に言って、台所の先にあるトイレへと向かった。

「奈穂さんは、しばらくおトイレ大丈夫？」

と斎木の母親に確かめられて、はい、と奈穂は頷いた。斎木の父親は、前立腺を患っているので、残尿の処理をしに行ったのだ、と奈穂には察しがつくようになっていた。

「親父もひと頃よりはずいぶん慣れたようだな」

父親の後ろ姿を見ながら斎木は思った。

あれは、おれが身体をこわして電気工の仕事が出来なくなり、作家の仕事を専業とするしかない、とこの街に戻って来て背水の陣を敷いたときだから、だいたい十年前になる……。頻尿にみまわれ、夜中に尿を失禁するようになって、斎木の父親は六十七歳で第二の職場を辞めた。

——夜中におもらしをして、ほんとうに子供のようにしゃくり上げてるの。

と母親から電話があると、そのころアパートで一人暮らしをして養生しながら仕事をしていた斎木は、なるべく実家に顔を出すようにした。

斎木の目からも、父親は鬱に取り付かれているように見えた。自分の病気のことに加えて、末の息子の離婚という事態が起き、相変わらず会えずにいる娘のことも気ふさぎの原因だっただろう。

——せめて小学校の入学祝いだけでも渡そうと思って、訪ねて行ったんだけど……。

そう言って溜め息をつく両親に、

——姉貴は病気なんだから、仕方がないと思うしかないだろう。誰の責任でもないんだから。

と斎木は言葉をかけるしかなかった。

——そんな……。病気だからって、親が我が子にも孫にも会えないだなんて、そんなこと。

斎木の母親は、感情を激させて、涙ぐんだ。父親は、娘の病気の話になると、もう何も聞いていない、という顔になって押し黙った。

——姉貴も結婚して、旦那がいるんだから。夫婦のことは、親だって兄弟だって立ち入れないことがあると思う。

斎木は、半ば自分にも言い聞かせるように言った。それはまだ前妻と子供たちと暮らしていた頃、早朝に突然かかってきた電話で、

——あんたの高校時代の先生が、私の子供を誘拐しようとしているの。あんたもその計画を聞いているんでしょ。だめよ嘘をついても。あたしにはちゃんと組織から報告があったんだから。

という支離滅裂な姉の声を唖然《あぜん》と聞いたときから、自分の心に固く決めたことだった。

139

斎木の父親は、台所と風呂場・トイレの廊下を仕切る扉を閉めると、まず廊下にビニールシートを敷いた。

片寄せていた椅子をビニールシートの上に動かし、自己導尿するための一式を洗面所の下の棚から取り出すと、いきまない程度に尿器に自然排尿した。残尿を覚えるようになったばかりの頃、むきになっていきんで排尿して尿が腎臓に逆流してしまい、機能が低下して入院したことがあった。

尿は少ししか出なかった。

それから、両方の手指を石鹼とお湯を使って十分に洗った。椅子に腰掛けて、洋式トイレの要領で下着をおろすと、透明のプラスチックの尿器を前に置いた。アルコールを含んだ消毒剤で手指を摺り込み消毒すると、左手でペニスを斜め上向きにした。右手で清浄綿を取り、さらに尿道口を消毒する。

尿道に挿入するシリコン製の細い管のカテーテルを取り出し、その先端にすべりをよくするためのグリセリンをつけると、右手でカテーテルを持ち構えた。

斎木の父親は、少し息をついて唾を飲み込んだ。そして、立てたペニスの尿道の中に、思い切ってカテーテルを挿した。ゆっくり十五センチほど挿入すると、尿が溜まっているところまで達した。はじめの頃は、腹に力が入ってしまい、激痛が走ったが、今はスムーズに入るようになった。

ペニスをお腹側にゆっくりと倒し、カテーテルの端を先に自然排尿した尿につかないよう注意しながら尿器にたらし排尿した。出なくなってからも、下腹部を軽く押さえて残尿を出し切った。

完全に尿が出なくなったところで、カテーテルをゆっくり抜き出し終わると、異物感は残っていたが、ようやく息をつくことが出来た。

下着を戻した後、血尿や汚れがないことを確かめ、尿器の目盛りに目をやった。最初の自然排尿量と残尿を導尿した量の合計は二五〇ミリリットルだった。その数値を几帳面な手付きで、導尿記録表に記した。膀胱《ぼうこう》に四〇〇ミリリットル以上の尿をためていると膀胱の機能が落ちるので、尿の合計が四〇〇ミリリットル以上にならないように気を付けるように、と主治医には言われていた。

椅子を端に寄せてビニールシートに少したれた尿を雑巾で拭いてから折り畳み、カテーテルも洗って消毒した後、一式をふたたび棚の中にしまうと、石鹸で手を洗った。

扉を開けて台所へ戻ると、炊きあがった米のにおいがし、自分の妻と嫁が話を弾ませながら流しの前に立っていた。

140

玄関の三和土で、バケツに挿したうこぎの枝から、トゲに気を付けながら緑色の新芽を摘んで笊《ざる》に入れていた斎木は、残尿の処理を終えて茶の間に顔を出した父親に目を向けた。

斎木が睡眠薬を大量に服んで救急車で運ばれた病院で目を覚ましたときには、腕には点滴がつながれ、それに加えてペニスから下腹にかけて強い異物感があった。そばにずっと付き添っていたらしい奈穂に訊くと、点滴には利尿剤が入っており、腎臓からカテーテルで強制排尿させている、ということだった。最初に胃洗浄をしたが、薬が腸まで回っていたので、そうやって薬を外に出していた。

――そこにおしっこが溜まっていくの、早くはやくって思いながらずっと見てた。……

と床に置いてある尿器を目で示しながら、奈穂は少し恥じらうように言った。

「あれを毎日やるんじゃきついだろうな」

と斎木は父親を思い遣った。

「どうれ、おれも手伝うから」

斎木の父親は、そう言って息子と向かい合わせに坐った。親指と人差し指とで五枚の葉が開きかけた新芽を摘んで、ちょっと倒すようにすると、ぽきんぽきんと根元から採れる。その感触がたまらない。斎木の父親も、一年前にやった要領をすぐ思い出したようで、指が喜んでいた。

「そうだ、こんなにいっぱいあるんだから、また二、三本挿し木にしてみたら」

「この前のは、根付かなかったからな。やっぱり土地のものじゃないから無理なんじゃないか」

「いや、そんなことはないと思うよ。この街でも垣根にしている家があるから」

斎木は、以前馴染み客となっていた居酒屋の『一合庵』の、玄関とは別に横手に付けられた木戸の脇にうこぎの小さな垣根があったことを思い出していた。店には、俳句もたしなむ女将が詠んだ句が短冊に記されて貼ってあった。

「うこぎ摘み菜飯好みし姑に供う」

そして、上杉鷹山《ようざん》で知られる米沢藩では、トゲのあるうこぎは生垣として奨励されて植えられ、藩で編纂した『飯粮集』には、「若葉をゆでて食べる。また体力が衰え、顔が青白く、むくみがきたら、うこぎの根を煎じて飲む」と効用が記されてあるほどだと、女将から教えられたのだった。

「じゃあ、また三本ばかりやってみるか」

「ああ。この前は採ってから水に挿さないで持ってきたから、枯れかかっていたのかもしれないしな。今度は大丈夫だと思うよ」

と斎木は父親に薦めた。

141

奈穂は、うこぎの芽の付け根の固いサヤを一つひとつ丁寧に取り除いてから、熱湯をさっとかけるだけにして軽く茹で上げた。すぐに笊に取って水気を切り、塩を少し振って俎板でざくざくと刻み、炊きあがった塩ご飯に混ぜ合わせる。

白いご飯にうこぎの若葉色が鮮やかに映えた。なんてきれいな色合いだろう、と奈穂はうっとりと見入った。懐かしい香りがただよった。

それから、酒のつまみにと、うこぎのおひたしと味噌たたきも作った。隣では、斎木の母親が、タラの芽とうこぎの天ぷらを揚げていた。

食事の支度がととのって、銘々が茶の間の冬場には電気炬燵となるテーブルについた。斎木の母親が台所を背にし、その斜めの大黒柱を背にした場所に斎木の父親が坐った。その位置は斎木が小さい頃に掘り炬燵だったときから変わることはなかった。母親の向かい、玄関を背にして奈穂が坐っているところは、斎木とその兄が坐っていた場所だった。よく肘が当ると言っては、兄弟喧嘩をした。そして、一人で父親の向かいの一辺を占めている姉を羨ましげに見遣ったものだった。今そこには斎木が坐っていた。

さっそく斎木が父親に燗酒をつぎ、目を細めて受けた父親がすかさず返盃をした。アルコールが苦手な斎木の母親は、これにいただくから、と小さな盃に奈穂からビールをついでもらい、奈穂はコップに半分ほど、ビールを斎木の母親から受けた。

「ほんとうに、いい色と香りだねえ」

と斎木の母親が、なめしを口にして言った。斎木の父親も、味噌たたきを味わいながら、うまそうに酒を飲んだ。

「あれっ、タラの芽これしかなかったかな」

斎木がつぶやいた。

「ああ、一つはウルシみたいだったから除けといたよ。似てるから採るときには気を付けないと」

斎木の母親が有無を言わせぬ口調で答えた。

そんなことはないんだが、口答えしても仕方がないか、というように、斎木は奈穂の方を見て苦笑した。

「柱時計、新しくしたんだ」

話題を逸らすように、父親の後ろの柱に目を向けて、斎木が訊いた。

「だって、ゼンマイを巻く人がいないもの。お父さんじゃ足元が危なくって」

斎木の母親が言った。新しい柱時計は、前の時計のときと同じように柱に対して少し傾いていた。それは、斎木が東京に出た年に大地震があり、それ以来大黒柱が少し傾いてしまったせいだった。

142

食後、斎木は奈穂を二階へと招き呼んだ。台所の脇から、急な階段を足を踏み外さないように上る。

二階には、子供部屋が三つあった。斎木が高校生のときに姉が結婚して家を離れ、それからすぐに斎木も高校三年の途中で家を出た。斎木の兄は、一年浪人した後この街の国立大学の法学部に学んだので、一番最後までこの家に残っていた。

兄の部屋だけは、机が置かれ、本棚には大学時代の本が並んで部屋の主がいた頃の面影をとどめていたが、姉の部屋は贈答品や酒などを置いている物置と化し、斎木の部屋は母親が一時期腰を痛めたときに使っていたが今は不要となったベッドや、客用の布団などが置かれていた。

斎木のいた部屋には、少女趣味なレースのカーテンが仰々しく飾り付けられてあった。年寄りだけが住んでいる家ではなくて、二階の部屋にも人がいる、と外から思われるようにそうしているの。斎木の母親は、常々そう言っていた。

「あれっ、この本」

奈穂は、襖を開け放した斎木の兄の部屋に、斎木が持っているのと同じ種類の専門書を見つけた。「あ、この本も同じ」

「ああ、兄貴は現役のときは精神医学が志望だったからな」

と斎木は答えた。そして、兄貴も、多くの精神病の症例が記述されている本に、自分やこの家の家族の問題を見出そうとした時期があったのかもしれない、と改めて気付いた。

斎木の両親は、人並みに教育には熱心で、参考書や問題集の類は買い与えたが、文学書や心理学、ことのほか哲学書に熱中するなどもってのほかだった。近所の哲学科の学生が自殺したことがあり、哲学書なんかを読むと自殺する、と母親は固く信じていた。斎木が隠れて読んでいたそうした本が兄の部屋にあるのは、大学の勉強で使う本だと母親は思っていたからだろう。

一方、斎木の父親は、そんなに二階に本を置いたら床が抜ける、と真顔で心配していた。

斎木は、小学生のときから新聞配達を始めた。そうしてその給料で、本をせっせと買い込んだ。これなら親にも文句は言わせない、と息巻きながら。

家を出たのは十八の歳だが、その前に新聞配達をしに早朝の朝の路上に飛び出すたびに、おれは小さな家出を繰り返していたようなものだ、と斎木は振り返った。そして、この家から家出した自分は、ほんとうはまだ帰ってはいないような気がした。

143

二階の部屋は、以前はすべて畳敷きだったが、大地震で壁が剝落したのをきっかけに、姉の部屋だった一室だけが、五畳ほどの洋間に改築された。

斎木と奈穂は扉を開けてその部屋に入ってみた。

姉が高校時代の一時期、その部屋に小さな南京錠をかけて、誰も立ち入らせなかったことがあった。それでも物理や化学が得意だった姉とは話が合った斎木は、何度か中へ入れてもらった。お母さんには内緒、と言って籠に栗鼠を飼っているのを見たこともあった。

贈答品が積み上げられているのは、斎木が使っていた机だった。一枚板ではなく、ちょうど真ん中で二枚の板がつなぎ合わせられているので、ノートに文字を書くときには、下敷きが欠かせなかった。彫刻刀で、いたずらして彫った痕もあるはずだが、物を除けなければならないので、確かめはしなかった。

机の引き出しを開けた斎木は、あ、こんなところにあったのか、とつぶやいた。

「おれが小学生のときに、はじめて作ったゲルマニウムラジオだよ、見たことあったっけ」

「うぅん」

奈穂はかぶりを振った。

「ごく単純な仕組みのラジオだから、イヤホンでしか聴けないんだ」

「今でも聴けるの」

「ああ、電池もいらないからな、聴こえるはずだよ。よく布団の中で隠れて聴いた」

斎木は、煙草の大きさほどのラジオにつながれたクリスタルイヤホンを耳に挿してダイヤルをいじってみた。ああ、ちょっと電波が弱いかな、これでも駄目か、とラジオについているアンテナらしい電線を伸ばして方向を変えてみながらひとりごちていた斎木が、部屋の隅に目を留めて、ああそうだ、と近付いていった。アンテナの先には、コンセントに差すプラグの片方だけのような形をした金属片が付いていた。それを斎木はコンセントの片方に差し込んだ。

「大丈夫、感電しないの」

思わず奈穂は不安げに訊いた。

「大丈夫だよ。コンセントに来ている線の片方はアースだから電圧はかからないんだ。こうすれば、電柱に張り巡らされているアース側の電線がアンテナになるってわけだ」

ほら聴こえる、と斎木は少し得意げに説明した。

斎木にイヤホンを渡されて、奈穂は耳に挿してみた。

「あ、ほんとう」

奈穂はたちまち目を輝かせた。

144

机の中には、真空管や抵抗器、コンデンサ、バリコンなどラジオのパーツもあった。

「へえ、きれい」

奈穂は、真空管の透明なガラスごしに銀色に光るフィラメントを透かしてみるようにして言った。柔らかな曲線を持ったガラスの肌の感触も掌に伝わってきた。

「そうだろう。それが電気でオレンジ色に灯ると何ともいえないぬくみがあるんだ。まるで焚き火の火の色みたいで。だから、真空管に電源を入れることを火を入れるっていうぐらいだ」

と斎木は教えた。

そうしたジャンクパーツを集めるようになったのはいつからだっただろう……。その記憶を辿っていた斎木の脳裡に飛行船が浮かんだ。

ああ、そうだった。あれは確か小学校の中学年のことだった。あるメーカーからカラーテレビが大々的に発売され、その宣伝に飛行船が日本一周をした。ぽっかりと空に浮かんだオレンジ色の飛行船は、東北の斎木の街にもやってきた。斎木は友達と一緒に、日が暮れるまで、物珍しかった飛行船を自転車に乗ってずっと追い掛けて行った。

その頃から、東京オリンピックを機に開始されたものの高嶺の花だったカラー放送を見るカラーテレビが一般の家庭でも普及しだした。それまでの白黒テレビでは、VHFのチャンネルしかないので、実験放送が始まっているUHF放送を観るにはコンバータという装置を別に用意する必要があったのも、買い換えが進んだ理由だっただろう。そして、買い換えられた白黒テレビが、粗大ゴミとして道端に捨てられるようになった。

斎木は、その白黒テレビをせっせと拾ってきては、分解して、シャーシにぎっしりと組まれた色とりどりのパーツを手に入れたのだった。やがて、最初は眺めるだけで満足していたそれらのパーツを使って、真空管ラジオなどの組み立てを始めた。

これは……。自分が使っていた机の隣の、やはり贈答品を載せる台となっていた姉の机の引き出しを少し迷ってから引いてみた斎木は、空っぽと見えた中の奥から出てきたものにハッとした。それは、幼児の頃の斎木の姉が写っている白黒写真だった。二つ違いの従姉妹と一緒に、アーチを形作っている萩を背景に笑顔を向けている。細い鉄塔も見えた。斎木はその写真を奈穂に渡した。

「お姉さん、お父さんによく似てるのね。あっ、この場所は、もしかして」

「ああ、野草園だな」

斎木は頷き、「出来て間もない頃の野草園はこうだったのか」と写真をふたたび見つめた。

「いつまでも二階で何をしてるんだろう」

斎木の母親が、少し眉を顰《ひそ》めて天井を見上げた。

二階にいる二人が移動するたびに、ミシミシという音がうごいて聞こえてくる。大地震の後に改装して外観はかわったものの、この家が建って四十五年が経っていた。(いま二階にいる次男の斎木はまだ生まれていなかった)

斎木の両親は、結婚して家が建つまでの五年間、最初は夫の実家に、次にはいまでも近所にある漬物屋の一部屋にずっと間借りしていた。終《しま》い湯を貰い湯しての生活は、肩身が狭かった。いざ入ろうとすると、意地悪く湯を抜かれてしまっていることもあった。

だから、夫婦と長女、生まれたばかりの長男の一家四人が、安普請ながら我が家に住めるようになったときには、斎木の父親はゆっくりと湯につかることが出来る喜びを強く感じたものだった。

それから、八年間というものは、やがて続いて生まれた次男が小学校に上がるまで、二階の三部屋に五人の下宿人を置いて妻に賄《まかな》ってもらい、家計の足しにした。

相変わらず、天井から聞こえてくる音を、斎木の父親は懐かしいような思いで聞いた。この前聞いたのは、次男が離婚したばかりで、突然坊主頭であらわれたときだった。

次男のあの足音には、夜中にずいぶんと悩まされたものだった……。

斎木の父親は、記憶をさらにさかのぼらせた。

次男は、二階の屋根の上に昇るのが好きな子供だった。昼間、陽なたぼっこをしながらあたりを眺め回していたり、深夜に星空を仰いだりしていた。（いま見晴らしのよい「山」の上に住んでいるのもそのせいかもしれない）

小学校の高学年になってアマチュア無線の免許を取ってからは、屋根中が鉄パイプやビニールパイプ、竹竿などを組んで銅線を張り廻らせたアンテナに占拠された。次男の手作りによるそれらは、巨大な蜘蛛の巣のようで、近所の人にみっともない、と妻はよくこぼした。

自分は古い瓦を割ったりずらしたりしないかが心配だった。何度口で喧《やかま》しく叱ったかしれない。だが、次男は屋根の上に昇ることを止めなかった。中学生だった夏休みには、二階の部屋から足をひそめて屋根をつたって、家出したこともあった。

高校を退めたいと次男が切り出した夜、泣き取り乱して二階へ向かった妻のすすり泣きが天井から聞こえてきた。

この十年以上、斎木の父親は、二階に上ったことはなかった。

146

洗濯屋の箱崎さんは、連休中の一日だけは仕事に回ることにした。

共稼ぎの家庭で休日に配達した方が都合がよい場合や、新規に注文を取るにも休日でないと家にいない人もいるからだ。それに、ワイシャツ類ならドアノブに掛けておくことも出来るが（代金は基本的に前払いだから）、冬物の重いコートなどは、やはり手渡ししたい。シミや汚れがちゃんと取れているかどうかの確認や、仕上がり具合についても客の意見を聞きたかった。

ふつうの店では、冬物のクリーニングのバーゲンを三月から行うが、箱崎さんはそれに先駆けようと二月の末から、何でも三点で九八〇円の特別価格にしてロングコートや厚手のジャケットなどを集めて回った。それらをちょうど客に渡す時期にも当たっていた。洗濯屋は季節商売で、二月末から五月までが忙しい。

箱崎さんは午前中の最後の配達に「山」を訪れた。連休中なので家に戻って留守かと思ったが、黒松さんに前もって電話すると、明日の昼までは単身赴任中のマンションにいるということだった。

電話をかけるのも客によって気を遣った。家庭の主婦にわざわざ電話で在宅を確認するのも大げさだから、ふだんから、趣味の教室などがある曜日を何気なく聞いておいたりして、相手の生活リズムを把握するようにつとめていた。

また、夫婦でダンス教室を開いているような相手には、電話連絡して仕事場に届ける。家に寝たきりの奥さんがいる御主人の仕事先へ注文を取りに行ったり届けることもあった。

黒松さんの住むマンションの共同玄関脇に軽のワゴン車をとめると、インターフォンで部屋番号を押した。すぐに返事があって、オートロックのドアが開いた。

「いつもほんとうにお世話様です」

箱崎さんが、冬物のウールのコートとワイシャツ五枚を渡すと、黒松さんは口元をほころばせてお礼を言った。

「連休中もお仕事なんですか」

「いいえ、だいたいカレンダー通りには休めるんですが、明日ちょっとこちらで楽しみがあるものですから、それに参加してからと思いまして」

ジーンズにポロシャツ姿の黒松さんは、若返っていきいきとして見えた。いつもは、月曜日は二枚、木曜日は三枚のワイシャツがビニール袋に入ってドアノブにかかっており、それをクリーニング済みの物と交換するが、今週は休日が多かったので、引き取るワイシャツは一枚だけだった。

147

「なんか一枚だけで申し訳ないですね」

ワイシャツを渡した黒松さんが言った。

「いいえ、そんなことはないです」

箱崎さんはかぶりを振った。「私たちにとっては、ワイシャツは一日でも早く出してもらった方がいいんです。襟首の汗染みの黄ばみなんかは、日が経ってしまうと、落とすのにほんとうに苦労させられるもんですから」

「そうですか、そう言っていただけると少し気が楽になります」

「それからね、いつも月曜日に二枚、木曜日に三枚っていうローテーションでワイシャツを預かってるでしょう。すると、休日が挟まっているわけでもないのにその数が少ないときがあったりすると、どうしたんだろう、病気でもしたんじゃないだろうか、なんて心配になったりもするんです」

「へえ、そんなことも」

黒松さんは感心した。意外なところで、自分のことを気にかけている人がいると思い、何だかクリーニング屋さんとの距離が近くなった気がした。

「それじゃあ、お預かりしていきます」

箱崎さんも、やはり休日に出かけてきてよかった、と思った。それから一階に下り、いったん車に戻って新たに配達品を持つと、インターフォンで今度は一階の「111」の部屋番号を押した。駐車場に面した部屋の窓が開いていたので、在宅していると見当は付いていた。

奈穂が、玄関の扉を開けると、箱崎さんは、両手にたくさんの洋服を抱えていた。一度試しに斎木の革ジャンパーを出してみて、その丁寧な仕事ぶりが気に入った奈穂は、それまで溜め込んでいた冬物を一度にクリーニングに出したのだった。

「まだ車にデラックス仕上げの分が残ってますから、今すぐに取ってきます。済みませんがまた鍵開けてもらえますか」

と言って、箱崎さんはすぐにもう一抱え持ってきた。伝票と品物を一つひとつ奈穂の前でつきあわせながら、素材によってどういう洗い方をしたか、シミになっていたところはどうやって染み抜きをしたかを詳しく説明した。それは、染めた糸を編んで洋服を作っている奈穂にとっても知識として役立った。

「それじゃあ、来週からはふつうに、月、木と来ますから」

と箱崎さんは戻ろうとして、「あ、肝腎の預かり物を忘れるところだった」と叫んで引き返し、あたふたと車へ駆け戻って行った。

少しおっちょこちょいなところがある、憎めない人柄だよなあ、と奈穂はおかしがった。

148

箱崎さんは、この界隈を訪れたときの常で、売店に早目の昼食を摂りに立ち寄った。

「和風ラーメンに、半カレーお待たせしました」

おねえさんの声に、カウンターまで取りに行くと、中の壁に、部屋番号と名前を書いた紙切れが貼ってあるのを目に留めた。『四季亭』の上のマンションに住む人たちに出前をしたり、勘定を付けにするときのメモだろう、と箱崎さんは察した。

「ちょっと営業してこようと思うんだけど、工事の人たちが入っているのは、何号室か教えてもらえないかな」

「ええと。二階と三階の北側の方の部屋に入ってるんですけど、連休中でみんな帰ってしまってるかな……、あ、二一六号室の吉岡さんはいるみたい。昨日もお昼を買いに来たから」

「そう、ありがとう」

箱崎さんは、お盆を手にして席に戻ると、さっそく部屋番号を手帳に控えた。

箱崎さんは、中学を卒業してから、故郷の町でずっとペンキ屋の営業の仕事に就いていた。大製鉄所があることで知られるその町では、工場の増改築の度に、大量のペンキの需要があった。箱崎さんは酒も煙草もやらない真面目な人柄を製鉄所の資材部の責任者に可愛がられて、入札するまでには至らない金額なので担当者の裁量に任されることが多い、見積もり合わせで発注される仕事を任されるようになった。仕事は充実していた。

見積書などの書類を、漢字を覚え覚えしながら、丁寧な字で書くように心がけた。いまでも、チラシの最後に必ず書き添える自分の名前や伝票の文字数字を決して書き飛ばさずに、几帳面な字で記すのはその名残りだった。

だが、結婚して子供が産まれた頃から、箱崎さんは、入札などで顔を合わせる他社の営業マンと比べて、自分の待遇に不満を覚えるようになった。しょせん中卒だからか、と諦めては、気持ちをくすぶらせていた。

そんなときに、この街でクリーニング店を始めることになった姉夫婦に、営業を担当してくれないか、と誘われたのだった。

箱崎さんはひと月の間、悩みに悩んだ。生まれて初めて故郷を離れるのも、はじめての職種に就くのも不安だったが、何と言っても中卒の身から積算が出来るまでに一人前にしてくれたペンキ屋の主人に対する後ろめたさがあった。

父ちゃんやってみようよ、という妻の言葉に後押しされて、箱崎さんが妻子を残して単身この街に出てきたのは、三十三歳のときだった。

149

洗濯屋を始めたばかりの箱崎さんは、最初は客の家に入る通路を覚えるのに苦労した。大きな工場や会社を訪問するのとは違って、一般家庭だから同じような住宅街にある。道一本間違えると、配達順路を間違えてしまう。

住宅地にはこれといって目印もないので、電信柱を気を付けて見るようにした。路地に入って三本目の電信柱の所から右に折れた突き当たりの家、というように。その方法は、あるときタクシーの運転手から教わった。そして、同じ界隈に週二回はいくようにして道を覚えた。

それから商品名を覚えるのも大変だった。特に女性物に寝具類。それぞれに番号札もつけなければならないし、それからクリーニング代を計算しなければならない。しばしば、頭がごちゃごちゃになった。最初の三ヶ月は月給制で、翌月から歩合になった。そうなると、自分の車を持った方が有利なので、軽のワゴン車を中古で買った。

仕事に慣れると、箱崎さんは、洗濯屋の営業は案外自分に合っているように思えるようになった。夏物が出る九、十月と、それから冬物が出る三月が儲かる時季で、最盛期は月に百万ほどの収入になった。面白いようにたくさんの洗濯物が集まり、車いっぱいに、ゴミの山みたいに積んだ。

厳しくなったのは、消費税が五パーセントになった頃からだった。その頃には箱崎さんは、データで営業の分析をするようになった。集める時間帯は七〇パーセントが午前中で、残りは夕方。特に午後二時から四時はまったくだめで、その時間帯は、主婦がほっとくつろいでいるので、いても出てこないせいだとわかった。

二十三年間洗濯屋をやって来て、箱崎さんは、そんなデータとは別に、今日は注文が出ない、出そうだ、が不思議にわかるようになった。もちろん給料日が関係して、月末の二十五日から月初めの六日ぐらいまではよく出る、ということはある。それとはちがって、洗濯屋としての直感が働く日があるのだった。箱崎さんは秘かにそれを「クリーニング感覚」と呼んでいた。この下の団地に住んでいる磐田さんの家を開拓した日もそうだったし、今日もそうだった。

連休中とあって、野草園に来たらしい家族連れで混んできた売店を箱崎さんは後にして、『四季亭』のマンションの入り口へと向かった。カーテンがないので作業着が掛かっているのが見える二階の北側の窓を見て、あの部屋か、と箱崎さんは心の中でつぶやいた。インターフォンで、「216」と押すと、すぐに「はいよっ」という男性のドスの利いた大声がスピーカーに返ってきた。

150

「前に郵便受けにチラシを入れさせていただいた洗濯屋ですが、出来ましたら、中へ入れていただいて、ご説明に上がりたいのですが」

箱崎さんは、インターフォンに向けて言った。

「ええよ」

思いのほかあっさりと応じる声がして、オートロックの扉が開いた。

箱崎さんはエレベーターで二階に上がり、部屋番号の書かれたプレートを手がかりに二一六号室へと向かった。通路は鉤の手になっており、その両側にワンルームの部屋が並んでいる造りだった。

玄関の前でふたたびインターフォンで呼ぶと、どうぞ、と返事があった。内側から扉を開ける気配がないので、箱崎さんが少し躊躇いながらドアノブを回すと鍵はかかっておらず、扉は開いた。

「いま出してるさかい、ちょっと待っとってや」

ワンルームの部屋の陰から男が言った。

「はい、ありがとうございます」

と答えた箱崎さんは、玄関の三和土に男の子の靴があるのに目をとめた。連休で、父親のところに遊びに来たのだろう、父親の言葉からするとわざわざ関西の方からだろうか……。

「食べ物のシミなんかがそのままになっとるのもあるさかい、落ちるかどうかわからんけどな」

グレーのスウェットを着た男が、部屋から一抱えの洋服を持ってきて、言った。

「ちょっと拝見させてもらいます」

箱崎さんは、玄関口にしゃがんで洋服を点検した。「おや、いまどき珍しい麻のスーツですねえ。それからこのジャケットも洒落ている、これは豚革のピッグスウェードですよね。もったいない、すぐクリーニングした方がいい。特別洗いさせて、ちゃんと汚れを落とさせますから。それからボタンが取れかかっているところも付け直させます」

「そうかい。いや、前はこの街にも、身の回りの世話をしてくれる者がおったんやけど、いまちょっとまずいことになって、弱っとったんだ。そうだ毛布も頼むわ。あんたいいときに来たで」

箱崎さんは、やはりクリーニング感覚が当たった、と心の中でにんまりとした。経験上、三分以上いろいろと説明を求める人は、結局頼まないことが多かった。頼む人は、話などあまり聞かないで、この男のようにぱっと頼むものだった。

151

黒松さんは前夜からそわそわしていた。まるで遠足を前にした子供のようだった。

野草園での探鳥会が開かれる午前六時を待ちきれずに、少しあたりを散歩するつもりで、三十分前にマンションを出た。バスのロータリーに隣接している野草園の駐車場を、職員らしい初老の男性が、竹箒とちりとりを持って掃除していた。鶯の啼き声がきこえる、気持ちのよい朝だった。

車や自転車、徒歩で人々が集まり始めた。

さかんに啼く鶯に、

「ここはほんとうに鶯がよく啼くなあ」

「でもなかなか姿は見えないんだよねえ」

「あっちからはこっちが見えてるんだろうけれどねえ」

と知り合いらしい面々がはしゃいだように言い合った。

黒松さんは、そっとある人の姿を探した。それは、同じマンションに住む、鉄塔工事の説明会で目にかかった老婦人だった。身一つで、散歩がてら出かければいいです。いつもは早朝の野草園って入れませんでしょう。探鳥会のときだけは開けてもらえるので、せっかくの機会なんですもの。その言葉に、今日生まれてはじめての探鳥会に参加してみる気になったのだった。

は少し心配した。

彼女の姿は見つからず、リュウマチの具合が悪いと言っていたことを思い出して、黒松さん
定刻となると、総勢二十五人ほどが野草園の門の前に集まった。年輩のカップルや女性の二人づれ、自分のように一人で来ている男性もいる、と黒松さんは見回した。多くの人たちが双眼鏡を首からぶら下げている。三脚に単眼鏡を取り付けて担いでいる人はまだ若いけれどもベテランらしい。

まず、一人一冊ずつ鳥のガイドブックが配られた。山編と海編とに分かれているのを、黒松さんは山編の方を選んだ。

「えっ、これいただけるんですか」

もらうときに、黒松さんは驚いた声を発した。市販されている鳥類図鑑に比べれば、薄いけれど、細密な絵もついたものだった。

「ええ、どうぞ。薄っぺらですけど、持ち運ぶときには一番重宝するんですよ」

と配った中年の女性が微笑《ほほえ》みながら言った。それから鳥の名前の一覧が記されているプリントも渡した。

「今日リーダーをつとめさせていただきます」

と挨拶したのは、やはり三脚を担いでいた青年だった。「今日はこちらの野草園の園長さんのご厚意で、早朝の野草園を開放していただきました」

そう紹介されたのは、駐車場を掃除していた人だった。

152

「今日は夏鳥を中心に観察できると思います。僕はリーダーは不慣れですが、皆さんどうぞよろしくお願いします」

リーダーの声で、和やかに探鳥会が始まった。野草園の門を潜《くぐ》ったとたんに、近くで、「オーシツクツク」とツクツクボウシにしては金属的な啼き声が聞こえた。

「あれっ、さっそくキビタキの囀りかな」

先頭に立ったリーダーが、耳を澄ませながらあたりを見上げた。「ホイヒーロ」とまた聞こえた。

変だな、と訝しげな顔つきになったリーダーが、

「なあんだ、先生か。からかわないでくださいよ」

と、一番後ろにいて、ブルゾンのポケットに忍ばせていた小型のレコーダーから、キビタキの啼き声を流していた人に気付いて、笑いながら言った。

先生と呼ばれた、六十代後半と見えるオールバックの白髪の男性が、今度はキビタキがコジュケイのような囀りをする「チョットコイ」を調子に乗ったようにかけた。テープがいらない、最新型のＩＣレコーダーだった。子供が、手に入った玩具を得意がって見せびらかしているふ

うだった。

黒松さんは、先生のすぐ前を、皆に付き従うようにして遊歩道を歩いていた。その前を女性たちのグループが、

「ほら四十雀の雛の啼き声よ」

「親が巣を守るために警戒の声をあげている」

「シリッ、シリッと短い声は雀の雛ね」

と、耳を澄まし、視線をあちこちへと向けながらしゃべっていた。黒松さんにはよく聞き分けられなかった。

「失礼ですが」

しばらく並んで歩いていた同年代とおぼしい男性に、黒松さんは話しかけられた。「お一人でいらしたんですか。わたしは、バードウォッチングはまるで初心者ですので、よろしくおねがいします」

「いいえ、こちらこそ。僕も今日はじめて探鳥会に参加したんです」

「そうですか。実はわたしは、探鳥会はもとより野草園に来たのもはじめてなんです。ずっと長いこと、この路線のバスの運転手をしていましてね。お客さんたちからいいところだと聞いてはいたんですが、なかなか来る機会がありませんで。この春に定年になって、今日ようやく念願が叶ったという訳なんです」

男性はそれから、改まって、「伊東と申します」と名乗った。

「僕はバスはほとんど利用しないものだから」

黒松さんは言い、「単身赴任で、近所のマンションに住んでいる黒松です」と挨拶した。

153

萩のトンネルを潜って芝生広場に出たところで、「ほら見てください」とリーダーが指し示した空に皆が目を遣った。「キジバトのディスプレイフライトです。なわばり宣言するために、タカのように羽ばたかずに旋回して飛ぶんです」

「へえ、鳩もあんな恰好の良い飛び方をするのねえ」

感心する声があちこちから起こった。

黒松さんは、ときおりマンションの南西に接している竹林の方から聞こえてくるキジバトの「デデポッポー」という啼き声で目覚めることがある。マンションの三階のベランダから見下ろすと、崖との境に張られているフェンスの上に、番《つがい》でちょこんととまって海の方を見ていることもあった。あのキジバトかもしれない、と想った。

「この芝生のなだらかな起伏は、ルノワールの描く豊満な裸婦のようで、寝そべると実に気持ちが良さそうだなあ」

先生と呼ばれた男性が、誰にともなくつぶやいた。芝生にはカラスが群れていた。

「ふつうに見ることが出来るカラスは、ハシボソガラスとハシブトガラスに区別されます。くちばしが細く、身体がすらっとしている方がハシボソガラスで、くちばしが太く身体も大きく額が出っ張っているのがハシブトガラスです。性質もハシボソは繊細で、ハシブトの方が荒っぽいようです」

とリーダーが説明すると、ちょうどカラスの啼き声がした。

「さて、今のはどっちでしょうか？」

と皆に訊ねると、「カアカアカア」と、ハシブト、ハシボソ、双方の答えがあった。黒松さんと伊東さんも首を傾げた。

「ハシボソじゃないかなあ。ハシブトはもっとだみ声な気がする」

黒松さんの言葉に、ああそうですか、と伊東さんが頷いた。

「今のは、ハシブトガラスです」

リーダーの答えに、意外そうなざわめきが起こった。「一見姿からは逆に思えますが、ハシブトの方が澄んだ声です。ハシボソはガアガアと濁った声で啼きます。あっ、エナガですね」

リーダーはすかさず三脚を地面に立てて、単眼鏡を少し先の欅の木の方へと向けた。

「いま木の梢のてっぺんにとまっていますから見えますよ」

と促されて、黒松さんと伊東さんは、フィールドスコープを順番に覗いて見た。自然と笑みがこぼれた。エナガは、スズメより小さくて尾が長く、いくぶんぷっくらとした白い身体に、目がクリッとしている愛らしい小鳥だった。

154

「ビョロロン、チッチリリ、チッチリリ」

芝生から、ドングリ山と呼ばれる雑木林へと入ると、美しい声が響いた。

「ああ、これは間違いなく本物のキビタキです。よかった今日の目玉が聞こえました」

リーダーがほっとしたように言った。そして囀りが聞こえるほうにじっと目を凝らし続けた。

「キビタキは、葉の良く茂った広葉樹の、中ほどの枝に好んでとまるので、囀りは聞こえても姿を見つけるのが難しいんです。黒に黄色に白というとても目立つ色彩をしているんですが、林の中では木漏れ日にまぎれて保護色になってしまって。でも、警戒心は薄い鳥なので、いったん見つけさえすればゆっくり観察することができますょ」

また姿を見つけるチャンスがあるでしょう、と言ってリーダーはふたたび歩き出した。黒松さんは、目にすることが出来なくて少しがっかりした。

すぐにリーダーが、立ち止まり、耳を澄ませる仕草をした。

「ほら、センダイムシクイが啼いてます。『チョチョピー』と聞こえるでしょ」

あ、ほんとだ。ええ、聞こえます聞こえます。黒松さんと伊東さんは頷き合った。

「おれには『焼酎一杯グイー』っとしか聞こえんがなあ」

と後ろで先生がぼそっと言った。確かにそう言われてみると、そんなふうにも聞こえる、と黒松さんは興《きょう》がった。

「コサメビタキが見えます。ご覧になりたい方はどうぞ」

リーダーがフィールドスコープの照準をあわせてから、脇によけるようにして言った。

参加者の中で比較的若い三十代後半の女性がまず見て、

「へえ、目のまわりが白くて凜としている感じ」

と少し年上の亭主らしい男性に換わった。無精髭が伸びている男性は、見終えると、「どうぞ」と黒松さんに替わった。多くの参加者は双眼鏡やカメラを持っていたり、小さなリュックを背負っていたり、帽子をかぶっているが、その夫婦は散歩の途中にぶらりと立ち寄ったとでもいうような普段着だった。

坂を下りて低地に出たところで、ジーンズに黒いワークシャツの裾を出しているさっきの男性が、「あ、コゲラだ」とそばの木を指差した。

「どこどこ」奥さんが声を挙げたのに、「ほら、そこのコシアブラの木の真ん中あたり」と亭主が教えた方を黒松さんも見やると、キツツキらしい小さな鳥が、穴になった巣に入っていった。

155

「ああ、これがコシアブラですか」

伊東さんが言った。「僕の職場の友人に山菜採りが好きな男がいて、去年までは毎年この時季になるとコシアブラの芽をもらったもんです。天ぷらにするとおいしくて」

「ええ、タラの芽よりも癖がない感じで、美味《うま》いですよね。この街の人たちはあんまり食べないけれど。コシアブラは木が柔らかいからコゲラも穴をつつきやすかったんじゃないかな」

無精髭の男が言い、この近くの山でもコシアブラの芽は少しは採れるんですよ、と教えた。

「でも、この木は芽が出てないですよね」

黒松さんが不思議そうに言った。

「ああ、この木は枯れて中が洞《うろ》になってしまったらしくて、今年は芽吹かなかったんです」

近くを歩いていた野草園の園長が、三人のやりとりを聞きつけて、淋しそうに言った。

探鳥会は最後に、参加者全員でどんな鳥を見つけたかを報告する鳥合わせをする。スタートしてから早二時間も経っていることに、黒松さんも伊東さんも驚かされた。

園の中央にある四阿《あずまや》の木のベンチに皆は腰を降ろした。はじめに渡された鳥の名前の一覧が記されているプリントを広げて、銘々から名前が挙がった鳥の欄に丸く印を付けていく。何だか小学生になった気分だ、と黒松さんは感じた。

カルガモ、キジバト、コゲラ、ツバメ、ハクセキレイ、ヒヨドリ、アカハラ、ヤブサメ、ウグイス、メボソムシクイ、センダイムシクイ、キビタキ、コサメビタキ、エナガ、ヤマガラ、シジュウカラ、メジロ、カワラヒワ、スズメ、ハシボソガラス、ハシブトガラス。

スズメやカラスたちもちゃんと野鳥の種類として数えられていることに、黒松さんは感心した。

皆の報告が終わったときに、「シメとイカル」と先生が追加した。

「あ、いましたか。僕は気付かなかったなあ」

リーダーが悪びれず言い、「それでは今日は、二十三種類の野鳥が確認できたということで、まずまずの探鳥会になったと思います。では、ここでお開きにしましょう」と締めの挨拶をした。

「いやあ、聞く人が聞くと二十三種類ですか、そんなに野鳥の声が聞き分けられるんですねえ」

「ええ、でもエナガでしたか、見せてもらえてよかったなあ」

並んでそんな会話をしながら、四阿から出口へと戻り掛けた黒松さんと伊東さんに、五十代と見える女性が近付いてきて、

「もしかして、バスの運転手さんだった方じゃありませんか？」

と訊ねた。


「ええ、そうですが」

伊東さんは怪訝な顔つきになった。

「ああ、やっぱり。お会いできて嬉しいです。ええと確か……、伊東さんですよね」

女性が言った。「いつも穏やかな運転をなさる親切な運転手さんだと思って、知らず知らず

のうちに、ネームプレートの名前を覚えちゃったんです。乗り合わせて、今日は伊東さんの運転だと知ると、何だか得をしたような気分になって」

伊東さんは、少し照れ臭そうな顔つきになった。

「でも最近はお目にかかれないので、運転なさる路線が変わったのかと……」

「実はこの春に定年を迎えたんです」

「ああ、そうでしたか。それはそれは、長いことほんとうにご苦労さまでした」

女性は深々とお辞儀をした。

こんなふうに、惜しまれて定年を迎える人は幸せだな、と黒松さんはその様子を見ていた。

「あ、勝手にお名前をお呼びしておいて、わたしも名乗りませんとね。この野草園の隣に住んでいる西多賀と申します」

自己紹介した、全身黒ずくめの服装でおかっぱ頭の西多賀さんを見て、童女のような人だと想いながら、黒松さんも名乗った。

「そこのマンションにお住まいですか。以前はイチゴ園が広がっていた所なんですよ。見晴らしが好いでしょ」

「ええ、海まで見渡せます」

「それは羨ましい。僕の家は海の近くで、この山の鉄塔がよく見えるんです。子供が小さい頃は、お父さんはあそこでバスを走らせてるんだ、なんて教えたもんです」

と伊東さんが言った。

笑顔で頷いた西多賀さんが、

「そうだわ」

と思い付いたように言った。「今日の探鳥会には職場の同好の士と一緒に来たんです。それで、これからわたしの家で朝ご飯をと思っているんですけれど、もしまだのようでしたら、お二人もどうぞいらっしゃいませんか」

黒松さんと伊東さんは、突然の誘いに、どうしましょうか、と顔を見合わせた。

「なにも特別なものはなくて、おむすびだけなんですけど、たくさん作って用意してあるものですから。よろしかったら、ぜひ、どうぞ」

西多賀さんに強く勧められて、二人もその気になった。少し離れたところに控えていた同僚の女性を西多賀さんが招いた。

157

「では、またお会いしましょう」

「今度は水辺探鳥会で」

口々に言い合って、野草園の門からバス停へと向かう人、駐車場へと向かう人たちと分かれ、西多賀さんの案内で四人は一方通行の坂道を下った。

野草園のフェンスがそこだけ凹んだ一角に西多賀さんの住居はあった。野草園と続いている鬱蒼とした森に囲まれた平屋は隠れ家然としている。黒松さんは、ときどきタクシーでこの坂を上るが、こんな所に家があるとはまるで気付かないでいた。仙人のような暮らしだな、と黒松さんは想った。

林道の一部のような庭の中の通路を玄関へと向かうと、途中にヒメシャガが咲いていた。女房はこの花が好きだったな、と伊東さんは見入った。

「かっこうばな」

西多賀さんがつぶやいた。自分の知っている名前と違うのでキョトンとした顔つきになった伊東さんに気付いて、「この土地では、ヒメシャガのことをかっこうばなともいうんです。ちょうど郭公《かっこう》が啼く頃に咲くから」と教えた。

女房もその呼び名を知っていたのかなあ。伊東さんはふと思った。奥さんは八年前に子宮癌で亡くなっていた。

「さあ、どうぞどうぞ」

西多賀さんが鍵を開けて先に家に上がると、三人を手招いた。玄関脇には「にしたが」と刳り抜かれた手作りらしい陶板の表札が掛けてあった。

玄関を上がるとすぐ左手に居間と台所が一つになった十畳ほどの洋間があった。その奥の、ベッドのある寝室と、家具が何も置いていない六畳の和室が、敷居の戸をすべて開け放してあるのですぐに見渡せた。

同僚の女性は前にも来たことがあるらしく、西多賀さんは黒松さんと伊東さんに、ざっと家の中を案内した。躊躇う様子もなく寝室に向かって窓を開けると、「シシシシシ」と虫のような啼き声が聞こえた。

あ、と黒松さんは思った。このところマンションの隣の竹林から聞こえてくる音だ。少し迷ったが、二人も寝室へと足を踏み入れた。

「ヤブサメだわ。野草園でも聞こえていたけど、藪の中にいるから姿は見つからなかった」

「ああ、鳥だったんですか。僕はすっかり、なんかの虫の鳴き声だとばっかり思ってました」

「名前どおり、藪に小雨が降るような声でしょう」

ええ。ほんとうですねえ。黒松さんと伊東さんは頷き合って聴き入った。

158

「このすぐ外に、メイフラワーがあるんです。セイヨウサンザシとも言いますけれど、わたしはメイフラワー号でアメリカ大陸に上陸した最初の開拓者たちが、この花をメイフラワーと呼んだのが始まりだといわれている名前の方が好きです。もうじきベルの形をした淡いピンクの花をつけるんですけど、香りがとてもよくて、朝起きて窓を開けたときにその香りが入ってくるのがとても気持ちがいいの」

と西多賀さんは外の空気を吸い込んだ。「それから、左手に見える大きな木がハクウンボクです。白い花が白い雲のように見えるからでしょうね。そして、その向こうの大きな葉っぱがぶらさがっている木がポーポー」

「ポーポーって変わった名前ですね。はじめて聞きます」

伊東さんが言った。僕も、と黒松さんが頷いた。

「アメリカ原産の木で、わたしの父が戦前にアメリカへ行ってお土産にその種を持ち帰って庭の隅に埋めたのが、こんなに大きくなったんです」

少し喋りすぎたのを恥じらうように、さあ朝食にしましょう、と西多賀さんは促して居間へと戻った。同僚だという女性とで、大皿に盛られた俵型のおむすび、ヒジキの煮物、キュウリと大根と紫蘇《しそ》の実の浅漬けの入った小皿が、窓際に置かれた座卓に運ばれた。

おむすびは紫蘇若布ご飯を握ったものだった。

「磯の香りがしますねえ」

と伊東さんが美味しそうに食べた。

さあどんどん召し上がって、と勧められて、二人の男性は遠慮なく、とおむすびに手を伸ばした。

青葉の木陰から、ときおりヤブサメの啼き声が聞こえた。こんなに美味しいおむすびを味わうのははじめてだ、と黒松さんはしみじみと思った。

「あの方がお父様ですか」

つと目を上げて、小さなステレオとCDが並んでいる棚に立てかけられている写真立てに目を遣った黒松さんが訊いた。

「ええ。今年の六月で、ちょうど亡くなって二十年になります。父はずっと新聞記者をしていて主筆兼編集局長までつとめたんですけれど、終戦直前に終戦を促す社説を書いたために、軍部と対立して辞表を出したんです。すぐ終戦になって、慰留されたんですけど辞職して、それからこの土地で、自給自足の生活をはじめたんです」

「えっ、その方がそうなんですか」

黒松さんは驚いた声を発した。「軍部の検閲に屈しなかった新聞記者の話は、僕も聞いたことがあります。これでもマスコミの人間ですから」

159

「父のことを覚えていらっしゃる方に出会えて嬉しいわ」

西多賀さんは微笑みを浮かべた。「父はほとんど単身でこの地帯を開拓して農耕地にしたんです。それで野草園が出来るときに、無条件で耕作権を解消して、市の嘱託として農学校や少年院の生徒さんたちと一緒に造成を手伝ったんです。今の名誉園長の長嶺さんも、その頃は毎日のように、この家でお昼を召し上がっていたと聞いています」

そう言って西多賀さんは、食後の抹茶を立てる支度をした。ゆっくりと抹茶を一服すると、ふたたび口を開いた。

「わたしは、父の実の子供ではなく、養女として育ててもらったんです。父は、女性も何か専門を持ったほうがいいという考えでしたので、英語の教育だけはずっと受けさせてもらえて、今の仕事も医学関係の翻訳を彼女と一緒にしているんです」

隣の同僚の女性に男性の視線が移るのを見て、あ、紹介するのをすっかり忘れてしまっていたわ、と西多賀さんは慌てた口調で言い、「柏木さんです」と紹介した。柏木さんは、丸い体型の西多賀さんと対照的に、眼鏡をかけた華奢な身体付きの女性だった。歳もだいぶ年下で、三十を少し越えたぐらいに見えた。

「こう見えても、彼女は酒豪なの。わたしはワインをちょっと寝酒にたしなむ程度なんですけれど、日本酒が一番好きで、一升ぐらいはぺろり、よね」

「そんなには、飲みませんよお」

先輩に少し甘えるような口調で、柏木さんが反論した。それから、「伊東さんがお仕事をはじめられたときは、まだ市電が走ってましたよね」と話を向けた。

「もちろんです」

伊東さんの声が少し高くなった。「昭和三十年代は市電の最盛期でしたから。私も、子供の頃から電車の運転手に憧れて、この仕事に就いた口です。昭和三十六年に交通局に入って、最初は市電の車掌をしてから運転手になりました」

「わたしも高校時代は市電で通学しましたから、伊東さんには市電とバスと両方でお世話になったかもしれませんね。市電は経路によって赤電車と黒電車に分かれていて、あののんびりした速度で窓の外の景色を見るのが好きでした」

「そうですか」

伊東さんも、市電の運転席からの沿線の風景を蘇らせた。そして、初めて訪れた家なのに、懐かしく感じられるのはなぜだろう、と考えていた。

160

「僕は大学時代に、よく市電に乗って名画座に映画を観に行ったなあ」

黒松さんも話に乗った。

「皆さん、いいですよねえ。わたしも市電で通学したかったんです。でも小学校に上がったばかりの頃に、市電は廃止されてしまいましたから。それに、名画座もなくなってしまったし。何だかわたしたちの世代の前で、古き良きものはすべて終わってしまったみたい」

柏木さんが、心底から羨む口調になった。

「市電が廃止されたのは、昭和五十一年でした。それから、私はバスの運転手になったんですが、あの頃はスパイクタイヤの粉塵が問題になって」

「そうでした、そうでした。僕は、東京のテレビ局にいて、テレビのニュースで、我が青春の街が、まるで砂漠だなんていわれているのを撫然として観ていました」

黒松さんの言葉に相槌《あいづち》を打っていた場が、ふっと静まった。少し経って、我に返ったように、

「連休中なのに、急ぎの仕事が片付かなくて、今日もこれから仕事なんです」

と西多賀さんが言った。そうなんです、と柏木さんも苦笑して頷いた。

「職場へは、車でお出かけですか」

伊東さんが訊いた。

「いいえ、バスです。これから老後に備えて、免許は取ろうと思っているんですが」

「じゃあ、これからだと、今日は休日ですから、九時十五分のバスですね」

「そうです、そうです。さすが」

いえいえ、と頭に手をやってから、

「あの、よろしかったら、私が車でお送りします。野草園の駐車場にとめてありますので」

伊東さんが申し出た。「おむすびのお礼をせめてそれぐらいはさせてください」

「では、お言葉に甘えさせていただこうかしら。ちょっと待っていただけますか、すぐに支度をしますから」

二人の女性は、残ったおむすびをお弁当に包み始めた。

「じゃあ、私は、ここまで車をぐるっと回して来ます」

黒松さんと肩を並べての帰り際に、伊東さんは、もう一度、かっこうばなに目を向けた。病室に、頼まれて自宅の庭のヒメシャガを切り花にして持って行ったことがあった。あの年の夏は、異常気象で梅雨が明けず、八月になっても薄寒かった日に女房は逝った……。

161

いつもは高齢者の姿しか見かけない、「山」の南東の斜面に家々が建ち並んでいる団地にも、連休中とあって、帰省した子供や孫たち、それと一緒にはしゃぐ老人の声が聞こえていた。団地内の道路の家々の門口には、各地のナンバープレートを付けた車が横付けされていた。

その中にあって、一人住まいの家は、いっそう静かさを増しているようだった。鉄筋コンクリートの家に大学教授の未亡人だけが住んでいる家は、相変わらず庭に面した窓が開けられることはなく、二階はもちろん一階も、居住につかっている以外の部屋の雨戸をぴしりと閉ざしていた。

浅野さんの家には、連休の最後の日になって、東京に住む長男が慌ただしく車でやって来た。嫁や孫たちの姿はなかった。

連休前に、電話で、家の雨漏りがしているので、屋根に登って調べてみて欲しい、と頼んでいた。その用件だけを取り急ぎ済ませたら日帰りするから、と長男はせかせかした口調で言った。

「相変わらず片付かないよなあ。この前来たときよりもガラクタが増えているんじゃないのか」

来た早々、敷地内を見回して長男が言った。

でも、錆びてしまったブリキの缶は、腐葉土を入れて運ぶのにとって置いたものだし、取れてしまったスコップの柄は、修理をしてくれるおじいさんが来てくれるのを待っているんだもの。浅野さんは無言で、心の中で言い返した。

浅野さんの長男は、二階の和室に上った。父親の書斎だった部屋は、蔵書は古本屋へ引き取ってもらったが、その代わりに、母親の縫いかけや取っておいたものらしい端切れなどが入った段ボールが山積みとなっていた。その間を縫うようにして、窓辺へと近付くと、地袋の上の棚に足を載せて、そこから屋根へと出た。雨樋が、すぐ近くに植えてある木蓮と公孫樹の去年の落ち葉で、びっしりと詰まっていた。雨が降ると、そこから水があふれて屋根裏を伝い、一階の台所の天井から雨漏れしているのが一目で瞭《あきら》かだった。

長男は、いったん軍手と落ち葉を入れるビニール袋を取りに戻ってから、下でどんな具合かと仰ぎ見ている母親に状況を説明して、雨樋の落ち葉を取り除き始めた。濡れた感触が気味悪かった。

またたく間にビニール袋三つ分が貯まり、

「葉っぱはちゃんと袋に入れて、ゴミに出せるようにしておくから」

と長男が言うと、

「そんなもったいない。腐葉土にするんだから捨てちゃ駄目」

浅野さんは、甲高い声で叫んだ。

162

浅野さんの長男は、伸び放題になっている庭の梅と木蓮だけは剪定していくことにした。裏のアパートのベランダに葉を落とす、公孫樹も枝を払おうと思ったが、この木だけは火事除けなんだから伐らないで、と母親に懇願された。裏のアパートの住人への迷惑のことを言うと、「いいのよ、向こうでも銀杏《ぎんなん》を採っているんだから」と事も無げだった。

紫木蓮の花が、いくつも根元にボタッと落ちたままになっているのを見て、花の頃はいいが、そのままになっている落花は見苦しいものだ、と思いながら、拾い集めた。

父親が生きていた頃は、年に数回植木職人が手を入れていたが、よその家に来る職人に比べて、朝は遅いし仕事ものんびりしすぎている、と母親が注文をつけてからは、気分を害したらしく顔を出さなくなってしまった。

剪定といっても、素人がするのだから、どの枝を伸ばして、どの枝を切ればいいのかはわからない。ただ、徒《いたずら》に長くなっている枝や茶色に変色して枯れかかっているような枝を取り除き、何となく木の恰好が付く形にだけした。それでも、母親は脚立《きゃたつ》の下にいて、あれこれと指示をしたがった。

梅は、下手に切ると、今年は梅干しがつくれない、と母親は渋っていたが、今度はいつ来ることができるかわからないんだから、と長男が言うと押し黙った。

「まだ、梅干しはあるの」

「ああ、おれしか食べないからまだたくさん残っている」

長男はぶっきらぼうに答えた。母親がつくっては送ってくる梅干しは、しょっぱすぎるからと言って、妻も子供たちも口にしなかった。

「尚子さん、まだ怒ってるかねえ」

「ああ。それはそうだよ」

上京して息子の住むマンションに泊まったときに、浅野さんは思わず自分のところから送っている米の味に不満を言ってしまった。ご飯はちゃんと浸水してから炊かなくちゃ。そう言うと、嫁は、共稼ぎなんですから、そうそう全てをきちんきちんとはできません、と怒りを抑えた声で答えた。それ以来、嫁は長男の帰省にはついて来なくなった。

「今年伸びた緑色の枝は、そのまま手つかずで残して、枝の分岐から上五十センチ以内にある枝は、すべて切り落とすの。そして枝の先端は、必ず一本にして」

梅の木の剪定だけは、浅野さんは下から細かく注文をつけた。

163

「おふくろ、トイレのドア、どうしたんだよ」

途中でトイレに行って戻ってきた長男が訊いた。トイレの扉のドアノブが外されて、穴が空いたところに丸めた新聞紙がねじ込められてあった。

「ああ、あれ……」

浅野さんは気まずそうに口を噤《つぐ》んで下を向いた。「トイレのドアがばかになって開かなくなってしまったの。閉じ込められてしまったから、仕方なく、それで……」

「それで、ドアノブごと壊して出てきたっていうのか。無茶だよなあ」

長男は呆れたような声を発した。「しかし、よく外れたなあ」

「ドライバーが置いてあったでしょ、それでガンガン叩いたりこじ開けたりしてようやく」

長男は苦笑しながら頷いた。道理で、穴の周りに、ためらい傷のような引っ掻いた跡がたくさん付いていたわけだ。

トイレの中の、トイレットペーパーなどの予備を置いておく棚にいつも用意してあるその大きなマイナスドライバーは、彼が住んでいたときからあったものだった。

水洗トイレのタンクの中には、水が流された後に再び溜まるときに、一定の水位に達したところで自動に給水が止まるようにプラスチックの丸いボールタップが入って栓と連動している。その加減が悪くなって、水が出っぱなしになってしまい、タンクの上から溢れ出てきて大騒ぎになったことがあった。

そのときに修理に来た水道屋の人から、途中の配管に栓があって、それはマイナスドライバーで締めることができるので、これからは修理に来るまではそうしておくように、と教わった。

それ以来、トイレにドライバーを置いておくようになったのだった。

浅野さんの長男は、次第に、トイレに閉じ込められて慌てふためいたであろう母親の姿を思い遣った。一人暮らしの心細さを想像した。そういえば、トイレの電灯は、自分のマンションと比べてずいぶんワット数が低いらしく、薄暗く感じられた。もしかすると、暗さを暗さと感じられないほど、おふくろの目は糖尿病で悪くなっているのではないだろうか……。

「おふくろ、目の方は大丈夫か」

梅の剪定をしながら、脚立の上から長男はやさしく声をかけた。

「なによいきなり。大丈夫よ、ちゃんと針の穴だって通せるし」

浅野さんは、気丈に笑って見せた。

第四章

164

奈穂は、枕元まで響いてくる激しい震動と騒音で目が覚めた。

ダダダダッ、と岩やコンクリートを砕く音。カン、カン、カーン、と鉄を叩いているような音。オライ、オライ、オライ、はいストーップ。なにやってんだよう。大声で叫んでいる男の声もした。何事かと思ったが、頭がはっきりして来るにつれて、昨日で連休が終わり、再開された鉄塔工事が本格的に始まったようだ、と事情が呑み込めた。

奈穂は起き出して、風呂場の前の脱衣所で着替えをしながら、まず洗濯機のスイッチを入れた。それから、居間へ向かい襖を開けて隣の和室で仕事を始めていた斎木に顔を出した。

「おはよう」

「ああ、おはよう。また、今日からはじまったな」

「覚悟はしてたけど、これが毎日続くと思うと、結構しんどいかも」

「朝っぱらから運搬用のトラックが、随分出入りしていたみたいだったな。これから、クレーンや重機の唸る音も聞こえてくるぞ。でも、まあそのうち慣れるさ」

と斎木は言った。近くで大掛かりな工事が行われるのを楽しんでいるようでもあった。

「なにしろ、ここが鉄塔に一番近い部屋なんだものね」

奈穂が一つ溜息をついてから、ちょっと待ってて、すぐ支度するから、と台所へ向かった。朝食を済ませ、脱水が済んでいた洗濯物をベランダの物干しにかけてから、空を仰いでしばらく迷った顔付きでいた奈穂が、

「布団干そうかな、もう花粉も大丈夫よね。後で取り込んでもらえるかな」

と言って斎木のほうを振り返った。

「ああ、ひさしぶりに日向のにおいがする布団に寝たいもんな。今日は忘れないようにするよ」

斎木は笑って答えた。杉と檜の花粉のアレルギーがあるので、春先から布団を干すのをずっと控えていたのだった。ただし、斎木は仕事に熱中し出すと、何もかも頭から抜け出てしまうところがあるので、頼む方も気遣いが要った。

奈穂は、グループ展に出した作品の搬出に向かった。バス停まで行く途中に、左手の工事現場を見遣ると、連休前よりも作業員の姿が増えていた。本物の鉄塔に添って、白と赤に塗り分けられた細いタワーが、クレーンによって組み立てられていた。そして、鉄塔のこちら正面の外側には、レールに檻《おり》のような箱が据え付けられていた。見ているとそれは、作業員や資材が

鉄塔の上に運ばれていく工事用のエレベーターのようだった。

165

夕刻、奈穂は電車とバスを乗り継いで、グループ展の作品の搬出から帰ってきた。

すぐ前の工事現場に目を向けると、今日一日だけで、ぐんと鉄塔の高さが増した気がした。

バスの乗客たちに混じって、運転手も降りて、上を見上げた。まだ工事は終わっておらず、鉄塔の上で作業している人たちが小さく見えた。鉄がぶつかったり、擦れる音が聞こえた。

クレーンから下ろされたロープがバランスをとって重そうな鉄骨を吊り上げる。それがゆっくりと動いていった先に、待ち受ける職人たちの姿があった。安全ベルトをしているとはいえ、半ば宙に姿をさらした恰好で見事に受け止めると歓声が起こった。

「いやあ、見事なもんだな」

バスの運転手が誰にともなくつぶやいた。奈穂は感心する一方で、騒がしい工事の様子に怯《ひる》んで、青葉木菟は来ないでしまうのではないか、と心配になった。

売店のおねえさんも外に出て作業を見ていた。奈穂に気付くと、照れ臭そうな笑みを浮かべた。

「おかえりなさい。何だか、上を見上げちゃいますよねえ」

「ええほんと」

『四季亭』の前に、差しかかると、主人と女将さんも外に出て鉄塔の方を見上げていた。軽く会釈して擦れ違おうとした奈穂は、そうだった、と思い出した。

「あの、展示させていただいているタペストリーを初夏にふさわしい物と取り替えようと思いますが、これからお持ちしてよろしいでしょうか」

「ええ、どうぞ」

女将さんは愛想良く答えた。

鉄のトンネルを潜った奈穂は、マンションの西側に残っている雑木林の大きな桜の木の天辺近くに、目に覚えのある鳥の影を見つけて立ち止まった。夕暮れ時なので、色や姿ははっきりと確かめられないが、鴉にしては尻尾が短いように見える。そして、頭を少し傾け加減で、やや細長い身体をちょこんととまらせている。

「青葉木菟かも知れない」

と奈穂は、心を弾ませた。

一度だけ姿を見たことがあるのとそっくりと見えた鳥影が、「カア」と一啼きして飛び立った。止まっている角度で嘴《くちばし》も尾も短く見えたのだろう。夫も一緒だったら、おまえは鴉と青葉木菟の区別も付かないのか、とからかわれるところだった、と奈穂は首をすくめた。

166

「搬出一人で大丈夫だったか」

奈穂が家に戻ると、出迎えた斎木が言った。

「うん。売れ行き思ったよりもよかったから、荷物が結構軽くなってた」

不景気なせいで、売り上げはあまりよくなかった。その中で、奈穂の草木染のショールや須永さんの科布の帽子は、まあまあの売れ行きだった。女性は、自分がすぐ身につけられる物は、こんなときでもよく買うんだよなあ、とたまたま一緒になった久保さんが羨んだ。

「そうか、よかったな」

「でも、箕輪さんからは連絡もなかったって」

「そうか……。でも便りがないのは無事のしるしとも言えるからな」

「うん、そうだといいけど。あ、それから『四季亭』のタペストリー、これから取り替えようと思って」

気持ちを替えるように奈穂が言った。

「ああ、もう初夏だものなあ。じゃあ手伝いがてら、ひさしぶりに夕飯食いに行くか」

そう言って斎木は、横にある茶簞笥の扉に手を伸ばした。そして、中の茶筒から五百円玉と百円玉を取り出した。

その茶筒は、五年前までグループ展でも一緒だった木工職人の小原さんの作だった。斎木と奈穂が入籍だけを済ませたとき、小原さんは、表面を紅花で染めた薄い桜色の茶筒を贈ってくれた。それは、大小二つが入れ子になったものだった。表面の木地の美しさもさることながら、ふたの開け閉めのさいに、木肌が何ともいえず、やわらかく触れあう手応えが心地よかった。電機工場の旋盤で金属をさらったことがある斎木は、それを手にとって、微妙で絶妙なテーパー処理が施されていることに感心しながら、贈り物を喜んだ。

小原さんは、七十歳を越えてから、夫婦で車を駆って旅を続けるようになった。寝泊まりをするのは、主にコンビニエンスストアの駐車場だということだった。やっと最近になって、納得できる茶筒の形が出来るようになった、これからは飾り付けの勉強だ、と肺癌で亡くなる直前まで、全国の漆工芸や貝細工の研究に余念がなく、桐の茶筒づくりに執念をみせていたという。

自分たちも、行く先々で、自分はその土地の植物を使った草木染をして、斎木は興味のある寺社や歌枕の地を取材して回る、そんなふうな旅が出来るようになるといいね、と遠い夢のように奈穂は何度か斎木と語り合ったことがあった。そうだな、「お宅の庭木で草木染します」とでも幟を立てるか、と斎木も愉快げに応じたものだった。

167

ふた月に一度ほどの割で、斎木と奈穂は、『四季亭』に夕飯を摂りに行く。それはたいてい、奈穂の制作が忙しいところに、斎木の締め切りもかさなったようなときだった。

小原さんからいただいた茶筒は、二人だけの暮らしで来客もめったにないので、小さい方だけに煎茶を入れている。そして、大きい茶筒に小銭を貯めて、「四季亭資金」と名付けていた。『四季亭』の壁面に、今度飾ったものは、地に淡く染まった藍の古布をつかい、その上に直径二センチほどに丸く切り取った濃い藍色の模様が水玉が並んだようにはぎ合わされたものだった。その前には、壁に掛ける額絵として制作した作品の中で、三点で組みになっているものを、季節ごとに取り替えて展示していた。冬から春にかけては、桜や胡桃で染めた淡い紅がかった茶色の布をはぎ合わせたもの、秋から冬にかけては、待宵草や浜茄子で染めた紫色の色調のもの、初夏からは、蓬や背高泡立草《せいたかあわだちそう》、竜胆《りんどう》、藍で染めた淡いみどりの色調のものといった具合だった。

いつもは座敷に上がるが、今日は外した額絵を脇に立てかけられる隅の席に、斎木と奈穂は腰を下ろした。

「予想よりも儲けが出たようだから、今日はおごってもらおうかな」

「ええ、いいわよ。何でも好きな物をどうぞ」

品書きを持ってきた作務衣《さむえ》ふうの出で立ちをした女性に、季節によってメニューが変わる季節膳を二人前と、初鰹の刺身、ビール、それから地酒を二合ぬる燗で、と注文した。

店内は閑散としていた。彼等の他には、上のマンションに住む学生が、訪ねてきたらしい両親と食事している姿が見受けられるだけだった。

初鰹にありつけた、と機嫌が良さそうな斎木を見遣りながら、この額絵の布を接ぎ合わせたのは、彼が定期的に襲われる鬱病の治療で、半日かかる点滴を一週間通院して受け続けた病院の待合室でだった、と奈穂は思い返した。あの頃は、往復二時間以上もかかる通院の道のりを運転した……。

「ああ、ちょうど季節にあった色ですね」

酒の徳利を持って顔を出した女将が、タペストリーが掛かった壁に目を向けて声を挙げた。

「よかったです、気に入っていただけて」

「ときどき、どんな方が作っているのかって訊ねるお客さんもいらっしゃるんですよ。でも、なかなか売り上げには貢献できなくて」

「いいえ、狭い家にしまっておくよりも、こうして飾っていただけるだけでありがたいです」

と奈穂は礼を言った。

168

寝床で本を読んでいた斎木は、少し胸苦しさを覚えて、寝《やす》むことにした。隣で奈穂は、すでに寝息を立て始めていた。搬出で疲れたのだろう。

枕元のスタンドを消して、サッシ戸を細目に開けて外の空気を入れた。鉄塔が建ち上がり始めてから、微妙に風の音が変わった、と思いながら、口を半開きにして、大きく深呼吸を繰り返しているときだった。

心臓の鼓動のように、遠くからの声が聞こえているような気がした。

最初は、空耳かとも思った。そのまま、薄闇で目を瞑り、じっと耳を澄ませていた斎木は、やがて、ここのところずっと待ちわびていた啼き声かもしれないと思い始めた。

「……ホッ…………ホッ」

（たぶんそうかもしれない。鉄塔工事で心配していたが、今年も来たのかなあ）

半信半疑で、斎木はひとりごちた。

よほど隣の奈穂を起こそうかと思ったが、深い寝息を立てているのでやめにした。明日の朝は、なぜ起こしてくれなかったのか、と責められるかもしれないが……。

まだ青葉木菟だと確信の持てない啼き声がふいに途絶えると、野草園の人工池から跳び出て方々へ散らばったのだろう、ずいぶんまばらになった蛙の鳴き声が、かすかに浮かび上がって来た。

この数日、寝床で蛙の鳴き声に耳をそばだたせては、

――……もしかして、「ホッホ」って聞こえない？

――いいや。

――でも、庭にいた蛙は、あの中にまじって鳴いてるかもしれないね。

――ああ、それはあるかもしれないな。

そんな他愛もない会話を繰り返してきた。

斎木は、そっと窓を閉めた。

薄闇の中、気になって、息をひそめ、次の啼きはじめを待つ心地となった。

その心の姿勢は、気管への刺激に耐えかねて、咳を一つしてしまえば最後、身も世もあらず咳き込むことに繋がってしまう、そんな咳のはじまりをいまだに怖れてこらえているのにも似ていた。

実際、夜のはじまりから深夜まで、ほとんど途切れることなく、青葉木菟の啼き声が繰り返されるようになると、それは荒い息づかいのようにも、絶え間なく咳き込んでいるようにも感じられるものだった。

「…………ホッホ　ホッホ」

再び啼きはじめた声は、サッシ戸を閉めた部屋の中にも聞こえてきたが、すぐに止んでしまった。

169

翌日の朝、斎木が昨晩耳にした啼き声のことを告げると、案の定奈穂は、なぜ起こしてくれなかったの、と拗ねたように言った。

「だけど、はっきり青葉木菟だと確信できなかったし、すぐに啼きやんでしまったからさ。それにぐっすり眠っていたから、ちょっとやそっとでは起きそうもなかったもんなあ」

と斎木はからかうように答えた。

……三年前の夏の夜に、最初に、その啼き声に気付いたのは、奈穂の方だった。

夕食を終えて、斎木は居間を兼ねている仕事場の炬燵台で本を読み、夕食後からは一緒にそこにいることが多い奈穂は、斜向《はす》かいでフィンランド製の紙で出来た糸を編んでバッグを作っていた。

天井からは、階上に住む三歳になる双子の男の子たちが走り回っているらしい、ドタドタという足音が聞こえていた。

――あれっ？

つと目を窓の外のほうへと向けて、奈穂がつぶやいた。

――ねえ、ホッホーって聞こえない？

斎木も耳を澄ましてみたが、聞こえないなあ、と首を傾げるしかなかった。上の足音が相変わらず響き、窓を開け放している部屋で流れているテレビの音が聞こえていた。

――ほら、ほら、いま、また聞こえた。ホッホーって。もしかして、あれ、梟《ふくろう》の啼き声かしら。

そう言ってベランダに向かった奈穂の後に、斎木も附いて行った。

――あっちの方から聞こえてきたようだった。

奈穂は、茶室がある方の、左手遠くの杉や松の生い茂った黒々とした森を指差した。それで斎木も方向の見当を付けることができた。

外に出ると、テレビの音がひときわ高くなった。せっかく梟らしい声が聞こえているんだ、せめてもう少し、ボリュウムを絞ってくれないだろうか。斎木は声には出さず、うらめしく隣のベランダの方を窺った。

そのとき、

――ほら。

奈穂が促した。

すると、ずっと彼方から、立ちこめる靄の中からかすかに尺八か何かのおぼろげな笛の音が浮き上がるように、ボウ、ボウと聞き取れた。

――ほんとうだ。

と、斎木は二度三度と頷きながら奈穂の顔を見た。それまで、啼いていてもまるで気が付かないでいたのが、いっぺん気付くと、ずっと耳について離れない声だった。

170

斎木は、さっそく図鑑や事典で調べてみた。聞き慣れると、「ホッホホッホ　ホッホホッホ……」と二音ずつ区切るようにして、ひっきりなしに啼いているとわかったその声から、青葉木菟のようだ、と推察した。木の葉木菟は、声の仏法僧と呼ばれるだけに、「ぶっ、ぽう、そう」と啼くし、梟は「ゴロッコホッホ」または「ホ、ホ、ゴロッコホッホ」と啼くだけで、次に啼くまでしばらく時間があると知った。

ちょうど若葉が繁る頃に、南の国から日本の各地に渡って来るこのフクロウ科の鳥は、青葉の頃に現れるミミズクの仲間なので、青葉木菟といわれるようになったという。

——じゃあ、おれが小さい頃に聞いたことがあったのは、梟だったんだな。

と斎木は、改めて知ることになった。

——お祭りに行った神社があっただろう。夜に、あの近くを通ると、ときどきその声が聞こえて驚かされたもんだよ。あの頃は街灯もまばらだったし、車通りも少なかったからな。静まりかえっている夜に、家で聞こえたこともあったよ。ほらボヤボヤして寝ないでいると、鬼にさらわれてしまうよ、なんて母親におどされてな。

——へえ。わたしは聞いたことがなかった。

奈穂は答えながら、お祭りの日に拝殿の脇に欅の大木があったことを思い出した。

斎木と奈穂が、青葉木菟の姿を探しに、夕食後出かけたのは、それから数日後の満月の夜だった。声の方角から見当をつけていた、樹齢五百年と立て札に記してあり、周りにロープが巡らせてある中に、直径二メートルほどの大木となった姥杉《うばすぎ》の保存樹木のそばに潜んで、盛んにやってくる蚊を追い払いながら、その太い幹や奇妙な枝振りに、じっと目を注いだ。

所々に洞が幾つかあり、見るからに何かが潜んでいそうな気配が漂っていた。警戒しているのか啼き止んでいる中、さらに薄暗がりを仰ぎ見ていると、枝から突然羽音がし、影がうごいた。そして、また戻ってくると、例の啼き声を立て始めた。

——いた！

奈穂は心の中で叫んだ。斎木も喜色を浮かべて頷いた。

青葉木菟は、木の枝に、ちょこんと座るように止まっていた。薄暗く遠いので、金色の丸い大目玉までは確かめられなかったが、顔を少しだけ傾げたそのままの姿勢で、いつまでも辛抱強く彼らの方を見据えていた。

啼き声がする下を、犬を散歩させている人が、前だけを見て、足早に立ち去って行った。

……

171

夕刻になると、斎木と奈穂は、ずっと外に耳を澄ませ続けていた。今日の分の鉄塔工事は終わって、作業員たちもすでに引き揚げていた。

もちろん何もせずにというわけにはいかないから、せいぜい窓を開けたままにしておいて、テレビやステレオを点けずにいるほかは、晩酌をしてから夕飯を食べた後は、斎木は新聞や本を読んだり、奈穂は今度作る洋服のデザイン画を描いたりと、ふだんどおりの生活をしながら、聴覚だけを研ぎ澄ませている、といった方がふさわしいかも知れない。

下の団地の方から上ってくる犬の鳴き声が、それらしく聞こえてきたりするたびに、彼らははっとしたように顔を見合わせた。それから、鉄塔の一部に巻かれているシートが、かすかな風を受けて、ボウッと紛らわしい音を立てることもあった。

「もしかすると、昨日ちょっとだけ来たけれど、工事中だからうるさいと思って、どこかへ行ってしまったのかも知れない」

奈穂が心配げに言った。

「それはどうかなあ」

と斎木は答えた。

もしそうだとすると、昨晩奈穂を起こさなかったことが、後々までうらまれそうだった。ところでさ、と斎木は言った。

「この前新聞で読んだんだけど、鳥が渡るときには、太陽の偏光面や地磁気など、人間には感知できないものを感知してコンパスとするんだそうだ。また、そこまでの能力が備わっていない若鳥の場合でも、ある方角へ何時間飛び、次にどちらの方角へ何時間飛ぶ、という飛行機のパイロット顔負けのベクトル航法と呼ばれているプログラムが備わっているそうなんだ」

「へえ。でも、その若鳥たちは、何によって方角を知るんだろう。特に、太陽も出ていない、夜中に飛ぶときなんか」

「さあ……。でも、人間だって人それぞれに無意識の裡《うち》に方向感覚を持っていると思うよ。昔、おれが首都圏を電気工として駆け巡ってた頃に、初めて訪れた埼玉県の外れの土地で、事故の復旧作業が遅くまでかかったことがあってな、深夜に東京へ引き返してくることになったんだ。今のようにカーナビなんて便利なものはないからな、もちろん助手席でおれは、道路地図を広げて見ていたんだけど、何しろ周りは真っ暗だろう。ときどきどっちに向かっているのかわからなくなってしまうんだ。そんな慣れぬ夜道で、結局手がかりになったのはなんだったと思う」

斎木が意味深長な口調で訊ねた。

172

奈穂はしばらく考えていたが、あ、わかった、と声を発した。

「お月さんでしょ。前に、『月はどっちに出ている』っていう映画で、新米のタクシー運転手さんが、道に迷って方向がわからなくなって、会社に電話すると、『月はどっちに出てる?』って聞かれるシーンがあったもの」

「ああ、確かに、その手もあるな」

斎木もその映画は観ていたので、思い出して頷いた。「だが、月が出ていないときだってあるだろう。おれが言ってるのは、それでもわかる方法さ」

「……」

「それはね、家々の屋根の上に載っているテレビのアンテナなんだよ。それは、関東地方では殆どの場所で、東京タワーの方角を向いている。東京タワーから発する電波を受けてテレビを見ているからな。だからさ、それを辿っていけば、ぜったいに東京までの方向を間違えないってわけだ」

「あ、そうか、なるほど磁石の針みたいだね」

奈穂は合点がいった顔つきになった。「じゃあ、ここの鉄塔もこの街の目印になるのかなあ」

「それはどうかな、せいぜいこの県内ぐらいではそうかもしれないな。でも東京タワーは東京のほぼ中心だからいいけれども、ここは街からちょっとはずれているからな。目印にしてやってきて、こんな寂《さび》れたところに着いたらかわいそうだ」

斎木と奈穂はおかしがった。二人は、口を噤んで、思い思いの営みに戻った。弾んでいた話が途切れると、かえって静寂が濃くなった。

「あ」

小さく叫んで、奈穂が斎木の方を見た。斎木は頷いて、急いでベランダへと出た。二人で並んでじっと息をひそめて待っていると、例年のように耳覚えのある啼き音が聞こえてきた。

「やっぱり来たんだ」

「ああ」

聞こえ出した声は、「ホッホ　ホッホ」と確かに二音ずつ区切るように啼き続けている。まだ弱くしか響いてこないが、今年も渡って来た青葉木菟の啼き声に違いなかった。

三年前に初めて姿を見に出かけたときは、無我夢中だったが、その後で、あまり営巣中に観察しに近付くと、警戒して場所を移してしまうと聞いたので、今では姿を見るのは遠慮して、啼き声だけを楽しみにするようになった。

(青葉木菟も、今年もこの『山』の上のテレビ塔を見て、帰り心地を覚えたことだろうか。少

し様子が変わっていると思ったかも知れないけれど）
と斎木は想った。

173

五階に住む老婦人は、窓辺へ置いた籐椅子に座って青葉木菟の啼き声を聞いていた。今年は、野草園での探鳥会には出かけられなかったけれど、この声が聞けただけでもよかった。

「今はまだ、ほんの挨拶がわりに啼いているけれど、これからすぐに雌が卵を産んで繁殖がはじまると、雄がテリトリーを守るためと、雌に餌を獲ってきた合図のために、夜通し啼き続けるようになる」

と彼女は想った。

傍らの小さな丸テーブルに、いつも双眼鏡と共に置いている野鳥の図鑑には、青葉木菟は三個から五個の白色卵を産み、雌だけで抱卵すると書いてあった。

夫婦で懸命に子育てをしているのであろう青葉木菟に、老婦人は自分の来し方を重ね合わせることがあった。

鉄鋼会社に勤めていた主人と結婚して、女の子と男の子を儲け、はじめは東京の中野駅から歩いて十五分ほどのところにあった社宅に住んでいた。十年ほどして頭金が貯まり、東京西郊の小平市にマンションを買うことができて、引っ越した。主人はスポーツ観戦が好きで、特にラグビーは、正月明けの時季にはよく国立競技場まで仲間と観戦に出かけた。自分の方は、スポーツにはあまり興味がなく、信州の田舎で育ったせいか、自然が好きで、近くに野川が流れ武蔵野の雑木林の面影が残っている周りの環境が気に入っていた。

だが、子供も連れて一家で出かけた思い出は少なかった。自分も少しは、主人の趣味に付き合えばよかったかもしれない。そして、野草園で小さな子供連れの若い夫婦を見ていると、あんなふうに子供の手を引いて武蔵野を歩いておけばよかった、と少し後悔することもあった。でも子育てに追われているときは、それぞれ、夫は仕事に、自分はパートをしながら家庭を守ることで精一杯だった。そう、あの青葉木菟たちと同じ、と彼女は思い直した。

子育てが終わった青葉木菟はどうするんだろう。そのときには、生命の終わりが待っているのだろうか。青葉木菟には、人間のように老後はないんだろうな。そう考えて、彼女は、うふっと、溜息ともつかぬ弱い笑い声を洩らした。

174

老婦人は、夫の転勤でこの街にやってくるようになった。最初は子供の学校のこともあり、夫だけが会社からあてがわれたマンションに単身赴任した。週末は、たいがい夫が自宅に帰るようにしていたが、月に一度は、彼女がこの街を訪れて夫の部屋の掃除や洗濯をした。その合間に、野草園や川べりを歩いているうちに、色濃い自然が残っているこの街が好きになっていった。

その頃は、まだ景気が好調な頃で、夫の同僚の間でも、自宅以外に資産価値となるマンションを購入することが流行っていた。老後にはのんびりとこの街で過ごし、それまでは、賃貸にして、ローンの返却に当てればいい。ちょうど、野草園の近くに、マンションが建設され、その広告を見てモデルルームを訪れた彼女は、海まで見とおせるこの地がすっかり気に入ったのだった。

夫が亡くなってから、彼女は自宅を売却して、このマンションで一人暮らしをはじめた。

この街に住むようになって気が付いたことだが、地元の人たちは、場所を教えるときに「デパートの東側の入り口に三時ね」とか「〇〇通りから三本西に行った通り」というような言い方をする。

慣れない彼女は、そのたびに電話口で考えこんでしまうことになった。デパートの東側、と言われても、東側というのは駅からまっすぐの通りに面している方だったかしら、それとも……、と咄嗟には判断が付かない。

彼女は、東京に住んでいたので、駅の北口、南口という言い方には慣れていた。たとえば都心から西の郊外へと延びている沿線なら、進行方向に向かって右側が北口で、左側が南口となるような。けれども、ビルばかりが建ち並ぶ都会の街並みの中では、なかなか方角をつかみにくく東西南北をあまり意識することがなかった。地下鉄を降りて地上に出たときに、あれっ、こっちの方角でよかっただろうか、と目隠し鬼の鬼になってまわされてから歩き出した時のような、心もとない気持ちになった経験は、東京ではしょっちゅうあった。

この街に子供の頃からずっと住んでいる友人に言わせると、東北地方の太平洋側に位置するこの街では、小さい頃から、海がある方が東、山がある方が西、というふうに自然に感じて育ってきている。だから、誰もが、街中を歩いているときでも、知らず知らず体内にコンパスがあって方角を意識しているのかもしれない、ということだった。

自分が生まれ育った信州は周りが山に囲まれている土地だったから、そういう方向感覚が身に付かなかったのだろうか。だが今では、彼女もこの街で、自分のコンパスを持つようになっていた。

175

老婦人が、青葉木菟の啼き声の聞こえてくる北東の森の方へと耳を澄ませていると、隣の部屋から、子供が弾いているらしいヴァイオリンの音がいつものように聞こえてきた。

隣の三十代と見える夫婦には、小学校の高学年と幼稚園に通っている二人の男の子がいる。そのどちらが弾いているのかはわからない。

はじめのうち、老婦人には、その音が何だか見当がつかなかった。鼓笛隊で見る鍵盤のついたハーモニカのような楽器のような気もすれば、電子オルガンのような気もした。金属を引っ掻いたような音がすることもある。

何度も何度もつっかえつっかえしながら、同じフレーズだけを弾いているのも耳に障るが、一戸建てではなくマンション暮らしを選んだのだから、我慢しなくてはならないだろう。マンションは昔の長屋みたいなものだと、彼女は思う。

あるとき、そういえば何度も何度も繰り返すことで演奏を上達させるヴァイオリンの学習法があったことに思い当たった。これもよく言われる、お受験の準備だとでもいうのだろうか。

「何度いったらわかるの！」

また始まった。その金切り声を聞いた瞬間、老婦人は思った。その、楽器を弾いている子供を叱る母親のヒステリックな罵声《ばせい》だけは、身震いが起こるほど、とてもいたたまれぬ気持にさせられるのだった。それもこれから二時間も三時間も続くのだ。

眼鏡をかけた小柄で痩せたその母親は、通路や駐車場で会ったときには、柔和な笑顔で挨拶を交わす。だが、壁ごしにその怒声を聞いてからというもの、挨拶のときに彼女の目は決して笑っていないことに老婦人は気が付いてしまった。子供たちも、どこかびくびくしているように窺えた。

自分も、子育てで懸命になっているときは、周りからあんなふうに見えたのだろうか、と老婦人は振り返ってみることもあった。子供がどうしてもいうことを聞かないときには、頬を張ったこともある。けれど、隣の部屋から聞こえてくる、その容赦なく責め立てるような叱り声は、端で聞いているのもいたたまれないものだった。夫の声はほとんど聞こえてきたことがなかった。

音楽を身に付けるのなら、ほら今も聞こえている青葉木菟の啼き声に、母子一緒に耳を澄ませてみればいいのに。

そういえば、鉄塔建設の説明会で会った桐の木を伐らないで欲しいと言っていた男性にも、この啼き声が聞こえているだろうか、と老婦人は想った。

176

鉄塔が三十メートルも超すようになると、銀色というよりも周りの環境から浮き立たないようにと、あえてくすんだ灰色にした鉄柱が、組まれた姿を、覆いの外側へも完全に現し、それと共に、人々は上を見上げることが多くなった。

バス停でバスを待っている人たち、バスの運転手、近くの放送局からの連絡待ちで、バスのターミナルの近くに待機しているタクシー運転手、『四季亭』の主人や女将、板前、売店のおねえさん、郵便配達人や宅配便の運転手……。

鉄塔に添って建てられたタワー型のクレーンの天辺の肩に運転台が載って、オペレーターが操縦している。それは、「クライミングクレーン」と言い、その名のとおり、鉄塔とともにクレーン自身も伸びていくクレーンだった。

それと、地上から空高く、クレーンの語源である鶴の首を想わせる、青く細く長い腕《ジブ》を伸ばしたもう一機のクレーンとが、競い合うようにして、鉄柱の直径が上のほうが細く根元のほうは太くなっている資材をゆっくりと吊り上げて動いているのを、皆口を半開きにした顔で眺めている。

一度見上げると、一段取りがつくまで、ついつい粘って見てしまいたくなるようで、バスの運転手が、発車時間が来たのをいかにもうらめしそうに、バスへと戻ることもあった。

作業が盛んなときには、二機のクレーンの腕が交差したり、垂直に天を指すほどの角度まで振り上げられたりと振れうごく。また、小型のクレーンがブームとも呼ばれる腕を動かして参加することもある。

クレーンの動き自体には騒々しさはなく、むしろ無言の舞を舞っているようにも、また世間に対して景気の動向を探る釣り糸を垂らしているようにも見えないでもない。

建築現場は、瞬間瞬間に姿を変える、巨大な生き物のようにも見える。完成する前の、いま建設途上にあるこの姿は、もう二度と見ることの出来ない、はかないものなのだ。

「何だかついつい見上げてしまいますなあ」

「いやあ、これはほんとに大した工事だなあ」

「毎日見ていても飽きないですよ」

「実際にあの上にあがったら恐いだろうけれど、下から見上げることしかできない者としては、なんだか作業をしている人がうらやましくも思えるよなあ」

誰に言うともなく、言い訳めいたせりふが、人々の口に上った。

連休が過ぎてからは、まるで雨後の筍《たけのこ》のように、あちこちが伸びていく鉄塔を、一番近くで仰ぎ見ながら暮らしているのは、もちろん、斎木と奈穂だった。

朝飯前の一仕事を終わらせて、朝食時に読むのが習慣となっている新聞を取りに、玄関を出たついでに、斎木が何気なく鉄塔工事の現場に足を向けてみると、作業員たちが、ゆるゆると体操をしている姿が目に入ることがあった。

ああ、いまでもこうした大きな工事現場では、朝の体操や安全確認のための朝礼なども行われているのだな、とすでに停滞の兆しが見えていた頃に土建の末端の仕事に就いていた斎木は思った。

「指差し　声出し　安全確認ヨシ」

「するな　させるな　見のがすな　不安全行動」

そこでは、そんな標語を復唱させられ、今日一日の作業工程が確認されたものだった。

仏頂面でそれらをこなし、ヘルメットを被り直して、工事用のエレベーターに乗って屋上まで上がり、クレーンの操縦席に着くオペレーターの姿を思い浮かべると、

「それにしても、不景気だっていうのに、ずいぶんと煽《あお》ってくれるじゃねえか」

と毒づく彼の呟きが聞こえる気がした。

小型クレーンの腕はブームと呼ばれ、それはにわか景気を意味するブームと同じで、ブーム・アンド・バスト（boom and bust）は、不景気の前後に起こる一時的活況を意味する、などと語呂合わせをしながら、クレーンの微動が起こるまでをしばし見つめていることもあった。
一足早く仕事を終えて散歩に出かけるときには、やはり中卒と見える二人の少年の姿を探していた。鉄塔を組み立てる場合、一本一本の鉄柱や鉄骨を吊り上げて組み立てていくのではなく、クライミングクレーンの能力に応じて、ある程度地上で形づくってから本組みにうつる。たいてい二人は、その地上組みのことをいう「地組」を黙々とこなしていた。

地組された鉄塔の部分がクレーンで吊り上げられ、天辺で作業している鳶の職人たちによって、受け止められて、しっかりとボルト、ナット類で本組みされると、鉄塔に勇壮さが増す。そのとき、地上からずっと見上げている人々から思わず歓声が上がる。

そして、斎木が散歩から戻る頃、一日の作業の仕舞いには、二基の大きなクレーンともに、長い腕が、斜め上四十五度の角度で天を指呼する如く平行になった状態で据え置かれ、その先に巻き上げフックが垂直に下がる。

178

奈穂は、工事の騒音は、意外と思っていたほどではない、と感じていた。

工事現場に面した西側の部屋にいれば、しじゅう自家用発電機のディーゼル音や重機のたてる鈍い振動音、職人が鉄を叩く甲高い槌音といった様々な騒音に否が応でも曝《さら》されることとなったが、東側のリビングで仕事をしている限りは、例の「バカヤロウ」の叫び声がときおり、近頃ではとぼけた味わいも帯びて聞こえてくる他は、さして気に留めることはなかった。

工事の振動によるものか因果関係はまだはっきりしないが、外壁や浴室の壁にひびが入った、という苦情が出ている部屋もあるようだった。確かに、つい最近になって風呂場のタイルに薄く亀裂が入っているのを見付けたが、それを言い出せばきりがないので、あまりこだわらないようにしていた。それに、斎木が言うには、工事も昔に比べれば、ずいぶんと防音や遮音、防震処置が施されているということだった。

それでも、日中の工事中に、無意識の裡に身体が刺激を受け続けていることは、やはり否めないようだった。工事が終わったはずの夜になっても、音が耳について離れない感じもあれば、ちょっとした物音にも過敏となることもあった。昼間とは逆に、今度は立たない音に対して、耳が聞こうと躍起となっているかのようだった。

例えば、それまでふだん特に気に留めないでいた冷蔵庫のサーモスタットが働いたときのモーターの起動音や置き時計が秒針を刻む音。わずかな風を受けて、語尾を伸ばすような呻《うな》り声をかすかに上げる鉄塔やクレーン。どこかの部屋から聞こえる、何とはわからないが楽器をふざけたように鳴らしている音……。

そんな夜にあって、啼いている時間が日が経つにつれて確実に少しずつ長くなっていく青葉木菟の声に耳を預けられるときは、救いとなった。その音に耳を澄ませているうちに、耳を聾《ろう》せんばかりの音の余熱のようなものが籠もっていた身体も、自然と鎮まっていくように感じられた。

青葉木菟の雌が卵を産んで抱卵をはじめたのだろう、雄が餌を求めて、石段のある松林の方から、野草園の池の辺りの方から、けものみちの方から……、と様々な方向へと飛び回っては、縄張り宣言と、餌を獲ったことを雌に知らせるための啼き声を立て、雌も呼応した。

しかし、青葉木菟の方でも、奇っ怪な音を立てている、とおれたち人間の方を怪しんでいるかもしれないな、と斎木が寝床でボソッとつぶやいた。

179

「お、今日もはじまったよ」

開店前の店で、まず仕込みを終えてから、前日の客が読んだままにしておいた本や雑誌を元の位置に戻しながら窓の外の気配に何気なく目を遣っていた『衆』のマスターがつぶやいた。

「あ、昨日よりも五分近く早い」

と昼のランチサービスで出すきのこ汁を担当して作っている早絵さんがこたえた。

ちょうど窓際の席からは、「山」の上の一番手前のUHFのテレビ塔の向こうに、いま建設中の鉄塔工事のクレーンが建物の隙間からかろうじて見通せる。

昨日の仕事の終わりには、いつものように斜め上四十五度の角度で平行を保っていた二機のクレーンの腕が、わずかにだが間隔を狭め始めたのに『衆』のマスターは気付いたのだった。それは、注視していなければ判らないと思われるほど静かな起動だった。あたかも、静まり返った演奏会場で、指揮者の指揮棒が振り下ろされ、最弱音で弦が奏で始めるのを聴く、という趣もある、と『衆』のマスターには感じられた。

それとともに、クレーンの動きが、世間の動向、景気の動向を占っているような気もして、ここのところ毎日のように、その起動を待つ思いに駆られていたのだった。

一方早絵さんは、客を見送ったついでに外に出ては、クレーンが様々に折れ曲がった様に目を向けて、

「いまは、腕がすうっと伸びた『恐竜形クレーン』よ」

「さっき、一瞬だけど、ちょうどクレーンが手前の鉄塔を持ち上げているみたいに見えた」

「あ、今度は二つとも一緒にLを傾けたような形だから、『LOVE形クレーン』だ」

などと言って、マスターに教えた。

ときどきマスターも、カウンターから出てきて眺めては、

「おれにはクレーンが経済指標の折れ線グラフみたいに見えるがなあ」

と首を捻っては、「ほら、もっと先を持ち上げて。しっかり右肩を上げて」と声援を送る。

「ここからはこうやってのんびりと見学できるけれど、斎木さんのとこは隣だっていうから、

結構うるさいだろうなあ。仕事に差し障らないかしら」

「でも、現場仕事をしていた人だし、物書きにしては鷹揚なところがあるから、案外小説になるなんて、愉しんでるかもしれないよ」

「そうね。クレーンの形が、『ゲンコウ』なんて編集者の催促に見えてたりしてね」

180

一人でも気兼ねなくコーヒーを飲みながら読書ができるようにと、本棚の前に設えた座席を横並びにしたカウンター席で、最後まで粘って本を読んでいたあかりさんが、

「じゃあ、失礼します」

と立ち上がった。閉店時間の、午後七時少し前だった。

早絵さんは、あらかじめビニール袋に入れて用意しておいた、独活《うど》や、コゴミなどの山菜を、はい、お裾分け、と言って手渡した。

「山独活だから、ちょっとあくが強いから酢水にさらして、灰汁《あく》抜きをしっかりとした方がいいかも。鮭缶か、シーチキンでもいいかな、それと合わせて酢味噌和えにするとご飯が進むわよ」

「あ、おいしそう。やってみます。いつもどうもありがとうございます。助かります」

「歴史小説、順調に書き進んでる?」

「ええ、まあ……。新人賞の応募の時期までには何とか」

「書き終わったら、ぜひ読ませてくださいよ」

カウンターの中で仕舞い支度をはじめたマスターも声をかけた。

早絵さんは、あかりさんを見送りがてら、やはり外に出て「山」の方を仰ぎ見た。二機のクレーンはすでに、いつもの仕舞いの姿勢で停止している。手前のUHFの鉄塔が、白くライトアップされているのを見て、明日も晴れだわ、とマスターに告げようとすると、トイレにでも立ったらしく姿がなかった。

早絵さんはしばらく、そのまま一人で鉄塔の明かりを見続けた。

「あの頃は、あの明かりがいつも緑色だった……」

と早絵さんは思い返した。

……早絵さんは高校を卒業してから、初級の国家公務員試験に受かっていたので郵便局に勤務した。大学に進学する夢はあったが、地元の国立大学に現役で合格するというのが親からの条件だった。その頃学園紛争が盛んだった東京の私大を受けることなど、もってのほかだった。ちょうど三島由紀夫が自衛隊に乱入して自決するという事件があった年だった。

もちろん、この「街」でも、学園紛争の熱気はあふれていた。職場から近いので、帰りにコーヒーを飲みに寄るようになった『衆』でも、大学生たちが、盛んに煙草の煙を吐き出しながら一杯のコーヒーで粘っては議論する光景が繰り広げられていた。そうした彼らに、マスターは、自分は中学もろくに出ていないが、文学を読むことで世界を知り生きてきた、と自説を語ったものだった。

181

早絵さんはいつも席の片隅に座って静かに読書をするのが好きで、議論に参加することはなかった。

けれども、自説は頑として曲げずに、ときには声を高ぶらせて主張することもあって、一見恐いと見えたマスターが、しかし決して暴力を振るったりはせず、客に対して低姿勢な物腰を崩さない人柄であることを次第に知るようになって、親しみを覚えるようになっていった。

——僕はね、東京での新聞配達員やバーテン時代に、人にさんざん殴られてきたんです。でもね、僕には文学があったから、仕返しはせずに見返してやることができた。もちろん、僕は、小説を書いたりしているわけじゃない。だけど、毎月毎月出ている全ての文芸誌を本気で読むことで、僕は読者としての文学をやっていると信じているんです。

挨拶程度を交わすぐらいに見知った頃、店に他に誰もいないときに、少し照れたようにマスターは打ち明けるように話した。

それから三年ほど経つと、かつて声高に議論していた者たちも就職したらしく姿を見せなくなり、店から学生たちの姿は少なくなった。代わりに増えたのは営業マンだった。それでも、相変わらずマスターは、店内一杯に本を置き、全ての文芸誌のバックナンバーを揃え、静かに本を読んだり、ときには文学を語り合える喫茶店であり続けることに、力を尽くした。

その頃になると、ちょっと変わったマスターがやっている店だとか、たかが喫茶店のマスターふぜいが偉そうに気取りやがって、などという声も聞こえてくるようになった。

そして、何よりも大きな出来事は、店を開店した年に女の子が産まれて結婚した奥さんが、文学に熱中する余り、店の採算を度外視したやり方にはもうついていけないと、子供を置いたまま北海道の実家に帰ってしまったことだった。

マスターは、半年ほどは、孤軍奮闘で働いた。いつの間にか、見るに見かねて、簡単な手伝いを早絵さんもするようになっていた。

そんな春先の時期のことだった。無理とストレスがたたったのだろう、マスターは早朝、突然喘息の大発作を起こした。それでも、医者嫌いの彼は、肩で切れ切れに息をつきながら、店に出てきて朝の仕込みをしていた。出勤前のモーニングを食べようと店に入った早絵さんは、一目見て、マスターの重い病状を知った。

救急車を頼むのは絶対にいやだ、というので、早絵さんは、予め時間外診療所へ電話をかけてから、タクシーでマスターを連れて行った。

182

それからマスターは、緊急処置をするだけで治療は行わないという時間外診療所から案内された個人医院で、開店前に二時間ほど点滴をしてから店へ出る生活を一週間ほど続けた。店を閉めることはできず、娘の面倒も見なければならないので、強く勧められたが、入院することはどうしてもできなかった。

医院は、川の下流に架かっている二つ目の橋から南へ伸びている商店街の外れにあった。親の代から続いていることを窺わせる石塀で囲われた古いつくりの建物だった。

診察時間外にも拘わらず、点滴治療をすることを快く引き受けてくれた開業医は、四十歳を過ぎた年頃のラグビーでもしていたかと思わせるほど肩幅の広い、体格の好い人だった。大きな病院の内科副部長まで務めたが、理由があって辞職して、実家の小さな開業医を継いだということが、詳しい事情は語られなかったが、点滴をしながら少しずつ窺われた。会社に病気を内緒にしている、という背広姿の営業マンと一緒に枕をならべることもあった。

マスターが点滴を受けている間、早絵さんは、仕事が始まる前にパン屋から配達されるパンを受け取ってからの朝の仕込みと、夕方の店の手伝い、そして四歳になっていたマスターの娘の相手をすることを申し出た。郵便局ではアルバイトは禁止だから、もし知られてしまったときには、辞めることになっても構わないという覚悟だった。

一週間の連続点滴で症状はだいぶよくなったが、点滴剤の主成分であるステロイド剤の副作用で、マスターの顔は、いくぶん満月のような丸みを帯びて面がわりしていた。

それからも梅雨が終わる頃まで、間隔は疎《まば》らにはなったが、マスターはやはりときどき発作を起こしては、個人医院の世話になった。発作が起こりかけているときには、横になって寝ているよりも上体を起こしていた方がいいというので、毛布を店に用意しておいて、椅子の背にもたれ掛かるようにして、じっとこらえていることもあった。

そんな日は早絵さんもマスターの娘を店に連れてきて絵本を読んで寝かしつけたりしながら、自分も店に泊まった。「今日は、夜行列車ごっこだよ」と言うと、マスターの娘は面白がった。

強い低気圧が通過する夜に発作が起きることが多いことに、早絵さんは近くにいて気付くようになった。UHF放送の鉄塔が明日の天気を知らせるライトアップをするようになり、早絵さんが、店を閉めるときにそれを見るのが習慣になったのは、それ以来のことだった。……

183

「山」は、三つの町内会に分かれている。

一つは「山」の南東の斜面に造成された団地の住民たちによるものである。それから「山」の西斜面をくねくねと縫うようにバスが上って来る坂道の両側に住んでいる住民たちの町内会がある。そして、「山」の北斜面の一方通行の道にまばらに建っている西多賀さんをはじめとした家々や『四季亭』、それにマンションの住民たちを加えた町内会である。

マンションに住んでいる斎木たちが入っているのは、三つ目のそれである。

しかも、一年任期で持ち回りとなっているマンションの班長を今年の正月明けから受け持たされていた。賃貸で住んでいるので、自治会の集まりの案内などはないのに、前任者の一一〇号室の夫人が引き継ぎのときに、これぱかりは責任を負っていただかないと、と取り澄ました顔で言った。

班長の役目は、町内会費の徴収と赤十字募金の集金、各階ごとへの回覧板の配布、それから県や市、区から発行される広報誌の配布といったところだった。

――たぶん、マンションが建ったときに一〇一号室から順番で回ってきて、ちょうどうちに回ってくる時期なんだな。

話を聞いた斎木は、仕方がない、引き受けるしかないだろう、と言った。

――じゃあ、五階の人なんかはずっと回ってこないじゃない。

奈穂は、少しだけ憤懣をあらわにした。

梅雨時になってむさ苦しくなる前に、ということか、五月の最終日曜日の朝に、町内会で、草むしりと空き缶やゴミ拾いの一斉掃除が行われる。それにマンションの住民たちを代表して参加するのも班長の役目だった。

雨が降っていないのがせめてもの幸いだ、という曇天のその日、斎木は調子が悪く、奈穂が参加した。

バスの終点の一つ前のVHFの民放放送局の前からスタートして、バスのロータリーを経て寺の石段の上に至るというグループと、野草園の東側に当たる一方通行の道から、いまは寂れた藩主代々の墓の脇を通り、UHF放送のテレビ塔の下を経て寺の石段の上に至るという二手に分かれた。

「青葉木菟、今年も来ましたねえ。聞きました？」

道脇の草をむしりながら、一緒の組となった顔見知りの西多賀さんが、すぐに奈穂に話しかけた。

「ええ」

しゃがんだまま、顔を向けて、奈穂は笑顔で頷いた。

184

「確か、連休が明けて間もなくだったかしら、初めて青葉木菟の啼き声が聞こえたのは」

「ええ、わたしもそうでした。最近は、長い時間、ずいぶんほうぼうから聞こえるようになって」

「そうですね、夜中にうちの裏にも餌を獲りに来てるみたいですよ」

西多賀さんは、事も無げに言った。前にも、奈穂と斎木が何としても一度は見たいと思っているトラツグミが、自分の家の庭によく来ると言っては、二人を羨ましがらせたものだった。

……西多賀さんと初めて出会ったのは、この「山」に越してすぐ一年間の異国暮らしをして帰ってきて、本格的に住み始めたばかりの頃に、斎木がけものみちを散歩しているときのことだった。

いつも人気がない雑木林の中に、立ち竦んでいる黒ずくめの女性の姿を不意に見かけて、斎木は驚かされた。後になってみれば、向こうも、平日の昼間にこんな場所を歩いている中年の男を見て、はじめはさぞ怪しんだことだろう、と思わされた。

それでも山であった人たちのように、女性と斎木は軽く会釈を交わした。通り過ぎようとして、さっきからずっと立ちつくしている女性が目を向けている林の奥へと、斎木も気になって目をやると、

――三光鳥《さんこうちょう》が、啼きながらこっちの方に飛んできたんです。

と女性が口を開いた。

――三光鳥って、あの、「月、日、星、ホイホイホイ」って啼く鳥ですか?

斎木は少し興奮をあらわにして言った。それも、特徴のある啼き声をCD-ROMの百科事典で調べてパソコンで耳にしては、いつか生に聴いてみたいと思っていた鳥だった。しかし、生息数がごく少ないということで、半ば諦めていた。それがいま、すぐ身近にいるというのだ。

斎木も立ち止まって、しばらく林の奥へと耳を澄ませていた。

――……残念、姿をはっきり観察するのは今度にお預けみたい。

諦めたように女性が言って、斎木の方へ微笑みを向けた。

――へえ、三光鳥がいるんですねえ。おかげさまで散歩の愉しみが増えました。

と斎木は答えた。

——私の家は、この道に入る手前の野草園のすぐそばなんです。今日は仕事が休みで家にいたら、あの「月、日、星、ホイホイホイ」が聞こえて。慌てて外に出て追いかけたんです。

185

その家のことなら、斎木も小さい頃からよく知っていた。

この「山」に遊びに来るたびに、野草園の中に建っているようにも見える家が羨ましく、気にかかった。今は建て直されているが、その頃あった木造の家は、学校の校舎などのように白くペンキが塗られてあった。そして庭には、池があり、東屋《あずまや》もあった。

その脇の急坂となっている細道を、まだ舗装などされていない砂利道だったので、自転車のタイヤが弾むたびにサドルに腰掛けている尻が痛くなり、ブレーキをキーキー言わせながら、駆け下りたものだった。

町内会のこのマンションでの班長を引き受けさせられるとすぐに、『四季亭』で開かれた町内会の会合に、斎木と奈穂は出席した。

そのときに、斎木はひさしぶりに西多賀さんと再会し、奈穂は初対面の挨拶をした。だが、初対面といっても、実際は、よくバスで出会ってお互いに見知った顔だった。

——ときどきバスでお見かけしては、素敵な洋服を着てらっしゃるセンスのよい方だなあって、感心してたんです。

町内会の議案についての話し合いが終わって、雑談に変わったときに、奈穂は、その日は鮮やかな紫色のモヘアのセーターを着ていた西多賀さんに話しかけた。

——あら、それは光栄だわ。

西多賀さんは笑顔で答え、

——でも、お若いのに、この辺に住んでいて不便じゃないですか。

と訊ねた。

——実はわたしは、仕事で草木染をしているんです。それもあって、この辺の自然がとても気に入ってるんです。

奈穂が答えると、ああそうなの、と西多賀さんは得心がいった顔付きになった。

——草木染では、たとえばどんなものを作ってらっしゃるの。

——スカーフを染めたり、タペストリーを作ったり、それから、染めた糸を編んで、ストールやセーターなどの洋服も作っているんです。だから、他の人が着ている洋服の色もいつも気になって。

——へえ、一度見てみたいわ。

——今度の個展のときには、ご案内を差し上げます。

——ええ、ぜひ。

そして西多賀さんは、以前斎木とけものみちで出会ったことを思い出したらしく、でもご夫婦共に、植物や自然に興味がおありでいいですねえ、と二人を見た。

――わたしはもともとは東京の生まれなんですが、郊外のまだ武蔵野の面影を残したようなところで育ったので、雑木林が好きなんです。

と奈穂が言い、

186

――僕は、この街の生まれなんです。だから、この「山」で子供の頃はよく遊んだものです。高校を出てから、東京で十五年余り暮らしていた時期もあったんですが、事情があってこの街に戻ってくることになったときに、住むなら絶対にここにしようと決めて家を探したんです。実は、西多賀さんの家も昔の古い家のときから知っていて、子供の頃は、野草園の中に住んでいるなんて羨ましいなあ、って思ってました。そして、正直のところ、たぶん野草園の用務員さんが住んでいる家なんだろう、というふうにも思っていました。

斎木は笑いながら、悪びれずに白状した。

――もちろん、今は、野草園が出来るのに力を尽くしてくださった方だと存じ上げておりますが。

西多賀さんも、斎木の思い出話に大きな笑いを誘われた。

――そうね、野草園が出来たばかりの頃は、珍しい野草を盗んでいく人が絶えなかったようで、父はその見張りなんかもしていましたし、柵の修理なんかもずいぶんしたっていいますから、ほんと、野草園の警備員兼用務員さんみたいなものだったと思いますよ。

奈穂もそんなやりとりを興味深そうに聞いていた。

――そういえば、あの後、残念ながら三光鳥の声にもまだ出会っていないんです。この夏には、と思ってるんですが。

斎木が言うと、

――あたしも、あのとき一回きりだったかしら。よく聴くことができる年もあるんですけどね。姿は、ほんとうにしばらく見ていないわ。雄の尾はすごく長くて、目の周りはコバルトブルーで、何とも言えない不思議なものを見た気にさせられる鳥なの。三光鳥は、ベトナムだとか、あちらの方から渡ってくる夏鳥でしょ、だからベトナム戦争が起こっていた頃は、しばらく渡りが観測されない年が続いて心配させられたこともあったの。

西多賀さんは、少し顔を曇らせて、過去を振り返った。

男衆の中に、酒で顔が真っ赤になり、すっかり出来上がった者もいる中、町内会の会合はお開きとなった。

三々五々、『四季亭』を後にしながら、まだボーリング工事の段階の塀の内側を見やっては、ここにまたでっかい鉄塔が建つそうだねえ、危なくないのかねえ、と噂し合う声が起こった。

……

「そろそろ三光鳥も渡ってくる頃だから、啼き声が聞こえたら、すぐに電話で知らせます、とご主人にお伝えして」

スナック菓子の空き袋を炭鋏みでつまみあげながら、西多賀さんが言った。

「はい。ぜひ、お願いします。わたしも一度でいいから耳にしてみたいです」

手にしていたゴミを入れるビニール袋の口を広げて受け取りながら、奈穂は答えた。

「ところで、今の季節はどんな植物で染めているの」

「ちょっと前には梅や桜で染めましたし、ほんの春先には、ふきのとうやよもぎで。これからの時季ですと、胡桃などかしら」

「へえ、胡桃でねえ。どんな色が染まるんですか」

「だいたい赤茶色系の色合いに染まるんですが、季節や木の大きさなどによっても、微妙に色合いが異なるんです。もちろん媒染の仕方によってもずいぶん変わりますけど」

「ああ媒染でね、なるほど」

「実は、今探しているのが、小さな胡桃の木なんです。まだ生えてきたばかりのような。それだと、茶系でも、ピンクがかった茶色や、薄く紫がかった茶色が染まるので。胡桃はいつも川原のものを少し頂いてくるんですが、なかなか小さい胡桃の木には出会えなくて」

奈穂がそう言うと、西多賀さんは何か思い立った顔付きになって立ち上がり、じゃあ、いい人がここにいますよ、紹介してあげますから一緒にいらっしゃい、と少し先の方で作業していた同年代と見える女性の方へと歩いて向かった。

「野手口さん」

と西多賀さんは声をかけて、「こちら草木染をなさっている河原さん、そこのマンションにお住まいなの」と紹介した。

奈穂は挨拶をしながら、「野手口」という姓は、ときどき斎木の話に出てきたことを思い出した。

野草園の入口の斜め前、バスの降車場の左手に、今は閉めていて自動販売機が並んでいるだけだが、赤い屋根の売店ふうの建物と、その奥に大きなビニールハウスが、放ったままにされてある。ＮＨＫの細い鉄塔もその敷地内に建っていた。一方通行の道に面した方は竹藪になっていた。

――ここは「野手口苑」て言ってね、草木の栽培と販売をやっていたり、売店で食事も出していたんだ。ソフトクリームなんかも売っていて、小さい子供は野草園よりも、こっちの方に来たがったもんだよ。

と、以前斎木は教えた。

「それでね、こちらが胡桃の小さな木を、染めるのに探していらっしゃるんですって。野手口さんのところでしたら、胡桃の木がたくさんあるでしょう。生えたばかりのようなものでいいそうだから、少し分けていただけないかしら」

「出来ましたら、どうかお願いします」

西多賀さんと共に、奈穂も頼んだ。

「そうねえ。いま工事現場の小屋が建っているところに、胡桃は何本か生えてるから、その近くにたぶん小さな木もあると思うけどねえ。伐るのはかまわないと思うけど、あたしは嫁だからねえ、家のことは何でも一応はじいちゃんに訊いてみないといけないから。話はしてはおくから、後で、そうねえ、三時過ぎ頃に家に来てもらえるかな」

野手口さんは、日焼けして少し浅黒い顔を上げて答えた。

「ありがとうございます。では、後ほど伺わせていただきます」

と奈穂は頭を下げた。

「今の時期に掃除しておかないと、すぐ草ぼうぼうになって、ゴミやら空き缶やら見えなくなってしまうからねえ」

いかにも手慣れた様子で草刈り鎌を再びうごかしながら、野手口さんが言った。

西多賀さんと元の場所に戻って清掃を再び続けていると、

「あ」

西多賀さんはつぶやいて、耳を澄ませる仕草をした。また何かの鳥の啼き声がしたのだろうか、自分には何も聞こえなかったけれど、と思いながら奈穂も真似していると、

「あ、やっぱりまた聞こえた。今日も演習をやってるんだわ」

と西多賀さんが言った。

「演習ですか？」

何のことかわからず、奈穂が訊くと、

「そう、戦車の砲弾の音」

西多賀さんは答えて、この街から北西へ三十キロ近く行ったところにある自衛隊の演習場の名前を告げた。

「えっ、あんな遠くのがですか」

その演習場の名前は、米軍の実弾砲撃演習が行われるたびに新聞やテレビで報道されるので、奈穂も知っていた。

「そうなの。どんな加減で伝わってくるのかわからないけれど。あっ、ほらほら」

砲弾の音と聞いて少しイメージがつかめたせいか、今度は確かに、鈍い地響きのような音が奈穂にも聞き取れた。

一斉掃除の終わりに配られた缶入りのお茶を手に奈穂が集合住宅の家に戻ると、斎木は寝室の布団に、まだ横になって休んでいた。

「このぶんだと、今年は梅雨が長いかもしれないなあ」

戻って来て顔を見せた奈穂に外の天気を訊いて、斎木は溜め息をついた。

季節の変わり目や強い低気圧の通過のときも注意が要ったが、梅雨時が斎木の端息の症状が最もひどくなる時期だった。

三十歳を過ぎてから、初めて喘息の大発作を起こして入院したときに、どんなものに反応してアレルギー症状を起こすのかを調べる、様々な物質をツベルクリン注射のように背中にいくつも注射して、数日後に皮膚の反応を観察するパッチテストを行った。

すると、主治医が驚くほど、二十数種類のほとんどの物質に強いアレルギー反応が出た。その中でも特にひどいのが、絹とカモガヤだった。

――うちには喘息の家系なんかないのに。

見舞いに訪れた斎木の母親は、そういって悔しみ嘆いたが、そういえば、と斎木は思い当たる節があった。子供の頃、昆虫採集が好きで、蝶々を捕まえると、身体中にひどい発疹が出来ては、近所の医者に駆け込んで、茶色の液体を注射されたものだった。(注射器は太くて大きく、

針先も長かった。幼い斎木は、馬の注射、と呼んでいた）
——昆虫の羽根アレルギーとでもいうべきものですかね。
と、年を取った医者が苦笑を浮かべて父親に言うのを斎木は今でも記憶していた。夜になってから症状がひどくなったためだろうか、病院に連れて行ってくれるのは、父親のことが多かった。

奈穂と一緒に暮らすようになってからは、絹を扱うときだけは、斎木はそばに寄らず、すぐに掃除機をかけるなどして、気を付けてもらっていた。喘息の主治医は、
——ひどい人は、女性の絹の下着を見ただけで発作を起こす人がいるんですよ。
と冗談口に言ったものだった。

もちろん、いまでは多くの人が春先に悩まされている杉花粉にも、斎木はアレルギー症状を起こすが、それよりもこれからの時季に花粉を飛ばすイネ科の多年草のカモガヤに対する反応が激甚だった。事典で調べてみると、カモガヤは、広げた花序《かじょ》の枝先につく小さな穂が、四、五個の小花をまるで鳥の指のような形に開くので「cocksfoot」の英名があり、それがカモガヤの和名になっているということだった。

日本へは明治初年アメリカから牧草として導入されたというカモガヤは、いまでは、この街の川の土手の至るところに生えていた。

「もう、カモガヤの花粉が飛んでいるのかしら」

洋服を着替えながら、奈穂が言った。

「ああ、たぶんな。でも、カモガヤといい、杉といい、秋に悩まされるブタクサといい、別に植物の方に罪はないんだがな」

斎木は、我が身を恥じるように、苦笑した。

カモガヤは、また、日陰でも生育するので果樹園（orchard）の下草としても栽培され、オーチャード・グラスともいった。高校時代に、川原の土手に寝そべって「山学校」しては、いつも数羽の鳶が輪を描いて飛翔しているのを眺めているのが好きだったが、そのときにも、それらの花粉は飛んでいたはずだった。

「ちょっとくたびれたからわたしも休もう」

普段着の白いジーンズとTシャツ姿になった奈穂が、そう言って斎木の隣に横になった。

「代わりに行ってもらって助かったよ」

「わたし、出てよかった。西多賀さんが『野手口苑』のお嫁さんだという人を紹介してくれて、小さい胡桃を剪《き》らせてもらえそうなの」

「それはよかった」

と斎木は答え、「そういえば、前にも出たよなあ。町内の大掃除に」と思い出したように言った。

「ええ。あのときも引っ越した早々に、町内会の班長の順番が回ってきて。清掃が始まるギリギリまで寝ていたら、近所の人たちが呼びに来て」

「ああ、まだ開始の七時半の十五分前だってのんびりしてたら、急に玄関戸を叩かれて、パジャマ姿で出て行ったら、班長さんが早く来てくれないと困るって、急かされてな」

「そうだった、そうだった」

……それは、この街に越してくる前に四年ばかり住んでいた脊梁山脈の麓の小さな町でのことだった。まだ、淡雪が残っている早春、町内会での一斉掃除が行われた。都会と違って、田舎の町では、こうした地域行事には強制的に参加が義務付けられ、一斉掃除に欠席した家は、二千円徴収されることになっていた。

その頃は、どちらかというと夜更かしな生活だったので、斎木と奈穂は、眠い目をこすりながら草刈り鎌を片手に、桜の古木がある集合場所へと向かった。子供の頃のラジオ体操のときのような億劫な気持ちになっていた。

それでも、草刈り鎌をうごかしながら近所の人たちの話に加わっていると、色々と興味深い話が聞けた。この辺りに、夜に来てみるといい、幹の中ほどの洞にトラフズクが見えるから。それから、天辺近くには四十雀の巣もある、大きな青大将も住みついとる。

191

「『地蔵桜』は今年も咲いたかなあ」

斎木は懐かしむように言った。

返事はなく、見ると、奈穂は静かな寝息を立て始めていた。

斎木は、微笑を浮かべ、一人で回想を続けることにした。

地蔵桜は、あづま彼岸桜という枝垂れ桜の母種で、日本で一番長命な桜の品種だということだった。樹齢は推定三百五十年。幹まわりは四メートル弱、幹の高さは二十メートルを超す。木の根元には、石像が安置されているのでその名がついていた。

別名、「種まき桜」とも地元の人たちは呼んで、田圃仕事の目安としている。斎木と奈穂は、その開花を見て、藍の種を播くことにしていた。

斎木は、地蔵桜を見上げるたびに、古木というものは、長老に似た威厳を醸し出しているものだ、と感じ入ったものだった。そのときは、まだ健在だった九十六歳になる母方の祖母のことをよく思い出した。

幼稚園から小学生にかけての時期は、同じ県内の田舎の村に住む祖母の所へ遊びにいくのが、一番の愉しみだった。川泳ぎ、土器拾い、牛の乳搾り、竹スキー、かまくら……。得意げに蛇を摑んで振り回していると、

——馬鹿！　蝮《まむし》だ、手を離せ！
と一緒にいた従兄に怒鳴られたこともあった。洋服を泥だらけにして帰ると、よく川や田圃にはまる子だねえ、と言いながら祖母は洗濯してくれた。
樹木の繁茂の仕方には、人間の世の理想の姿がありはしないか、といまでも斎木はときどき考えさせられることがある。そのイメージは、斎木が愛読している、ルナールの『博物誌』の中の「樹々の一家」に克明に描かれていた。
〈太陽の烈しく照りつける野原を横切ってしまうと、初めて彼らに会うことができる。
彼らは道のほとりには住まわない。物音がうるさいからである。彼らは未墾の野の中に、小鳥だけが知っている泉の縁《へり》を住処としている〉
〈彼らは一家を成して生活している。一番年長のものを真ん中に、子供たち、やっと最初の葉が生えたばかりの子供たちは、ただなんとなくあたり一面に居並び、決して離れ合うことなく生活している〉（岸田国士訳）
そういえば、あの一斉掃除のとき、斎木が改めて見回してみると、地蔵桜の下に、老人の世代、その子供たちの世代（斎木たちがそれにあたる）、孫たちの世代の三代が集まっていた。まるで、ルナールの言葉の通りに。

192

「あっ、眠っちゃった。わたし、いま鼾《いびき》かいてなかった」

ふと目覚めて奈穂が訊いた。

「大丈夫、すやすや眠ってたよ」

と斎木は答えた。奈穂は寝付きがすこぶるよいが、疲れているときなど、高鼾をする癖がある。そういうとき、隣で気になって眠れないと、斎木は居間に寝床を移して避難する。それで、日頃から、奈穂は少し気にしていたのだった。

自分の鼾で目覚めたと思った、というふうだった奈穂が、

「あっ、やっぱり聞こえる。この音がそうだったのか」

とつぶやいた。

斎木が怪訝な面持ちでいると、

「いまも聞こえたんだけど、日曜日に遅くまで寝ているときに、ときどき、『ズドン』っていう音が聞こえることがあって、何だろうって思わされたことがあったでしょ。今日西多賀さんに、それが演習場の戦車の砲弾の音だと教えられたの」

奈穂が説明した。

「へえ、そうなのか」

斎木は答えて、自分も耳を澄ませてその音を待ち受ける姿勢となった。

「あ、ほらほら」

「ああ、ほんとだ。そういわれてみれば確かに」

斎木は寝たまま、うんうんと頷いた。

「あんなに遠くの音が響いてくるものなんだ」

「おれのおふくろの実家は、あの演習場の近くでね、子供の頃遊びに行くと、田んぼの向こうの表通りを自衛隊の戦車が地響きを轟かせながら走っている音でよく目が覚めたもんだよ。そういえば、砲弾の音も聞いたことがあったのかな、確かにあんな音だったような気もする」

斎木は思い出すように言った。「誰だ、最初に気付いたときに、どこかでお祭りやってる、ほら太鼓の音が聞こえる、なんていってたのは」

茶化されて、奈穂は少しきまりが悪そうな顔付きになった。

「……そうか、あの近くだったんだ」

と奈穂は言った。

斎木の祖母が冬に亡くなったときに、通夜には出たが、近くの寺でとりおこなわれた告別式のときには体調を崩してしまった斎木の代わりに、奈穂が出席したことがあった。その日は、よく晴れ上がって、田園地帯から少し上った丘にある寺から、七つのこんもりとした山々とその向こうに雪を冠した脊梁山脈が望めた。戦車の音など想像できない、のどかな田園風景だった。

193

翌朝、奈穂は、小さな胡桃を剪りに、野草園の駐車場の先にある鉄塔工事の工事現場事務所の方へと向かった。プレハブ造りの事務所では、寝泊まりしている人はいないらしく、夜中は明かりが消えていたが、早朝から仕事に出てきている関係者たちの車が、すでにたくさん止まっていた。

通りすぎながら、何気なく窺うと、中学を出たばかりと見える眼鏡をかけている少年が、言いつかったらしく口を尖らせるようにしながら外に設えられている簡易トイレの掃除をしていた。

「おはよう」

奈穂が挨拶をすると、

「おはよっす」

俯き加減で、いくぶんはにかむようにしながら、まだ慣れぬ口調で挨拶を返した。

胡桃の若い木は、前の日のうちに、あることをちゃんと確かめておいた。言われたように午後三時に、奈穂は、竹藪に囲まれて奥まったところにある野手口さんの家を訪ねた。大きな檜造りの家の玄関から声を入れると、しばらく経って当主らしい老人が顔を出した。坊主頭で体格がよい姿を一目見て、町内会の会合のときに、酒で顔を真っ赤にしていた人だと知れた。

すでに話は通っていたらしく、

「胡桃だな」

と老人が言い、はい、と奈穂が頷くと、どうれすぐ案内すっから、と長靴を履いた。

「なに、染め物に使うんだってか」

「ええ、草木染をしてるんです、わたし」

「ふーん。おらだって子供の頃は、草木染のセーター着てたし、草木染もやってたんだよ」

「へえ、ほんとですか」

奈穂は、思いがけない、という声を発した。

「ほんとうだとも。家で羊を飼っていてな、メリノーっていう種類の緬羊を。それで春先に、でっかい鋏で親父が毛を刈って、石鹸でよく洗ってから、これをばあちゃんやねえちゃんたちが夜なべに紡《つむ》いでよ、その自家製の毛糸を、やっぱり胡桃の木の皮なんかを削って大きな釜で煮出した中に浸けて染めて、それをおふくろが編んだんだ。もちろん草木染なんてしゃれた呼び名はなかったけどな。ほれ、そこだそこだ」

奈穂がすっかり感心して聞きながら歩いているうちに、胡桃の木まで辿り着いた。

「伐ってやるから、どれぐらい欲しいんだ」

「あの、出来れば採ってすぐに染めた方がいい色が出るので、明日の朝に自分で採りに来たいんですが」

と奈穂は頼んだ。

「少し、ください」

奈穂は、胡桃の木のところまで来ると、誰にともなくつぶやいた。

それは、師匠から教わった、人様の縄張りに入るときの挨拶であり、また自分を落ち着かせるための呪文でもあった。

染めくさを求めて、奈穂は、一人で森や野山へ藪を漕いで分け入ることもある。そんなとき、虫や鳥の声がしていても、どこかしんと静まり返っている気配を感じた。ひっそりとしているけれども、ここで暮らしている生きものたちが身を潜めている。木のてっぺんに素知らぬ顔で止まっているカラスに襲われはしないか、眠っている蛇を起こしてしまったりしないか、が心配になった。

だから､草むらに入るときや染めくさを採る前には、まず挨拶をすることにしているのだった。

奈穂は用意してきた鋏で、大きな胡桃の木の下に、実生で生えてきたらしい胡桃の若い木を剪り始めた。胡桃の葉は、まだ朝露で濡れていた。濃いみどりのにおいがした。枝が跳ね返った勢いで飛ぶ雫で、シャツが少し濡れた。

とても小さな蜘蛛の巣が、葉の表面にできているのに、奈穂は目をとめた。朝露に光った幾筋も伸びた糸は、精巧な編み物のように見えた。

葉がついたままの胡桃の枝を両手に抱えて戻る途中、

「奥さん、そんな葉っぱなにすんの」

現場事務所の前にたむろしていた地下足袋を履いている職人の一人から声がかかった。

「あの、この胡桃の葉っぱで染めるんです」

「へえ、そんなんで染まんの。何色に？」

「バカ、クルミはクルミ色に決まってんべ、ねっ奥さん」

奈穂が答える前に、別の一人が剽軽に言って、座に笑いが起こった。奈穂も笑いを誘われた。

「あの、鉄塔の上に登っていて、恐くないんですか」

奈穂は日頃思っていることを質問してみた。

「それは、下見たら竦むよ。だから、ぜったい下見ないようにしてんの」

「おれは、上に登って遠くを眺めるのが好きだなあ。ここの眺めは、絶景だもの。命綱してるから、恐くなんてないよ。ただ、ちょっと風が強いのが困んだよなあ」

そう言った男は、安全帯を伸び縮みさせて見せた。

命綱、というそのものを表す言葉に、奈穂はハッとさせられた。言葉では知っていても、こうやって意識して見るのは初めてだった。

奈穂は家に戻ると、さっそく胡桃の草木染を始めた。

染め場は、適当な空き家が見つかるまで、今のところは台所と風呂場で我慢している。まず、胡桃の葉と枝を、園芸用の鋏で細かくした。

奈穂は、染色用の鍋を三つ持っていた。ステンレス製のものが二つと、琺瑯《ほうろう》のものが一つで、どれも横幅よりも丈が長く、把手《とって》が両端に付いている。

染色には、ステンレスや琺瑯の容器が向いていた。ふつうに家庭で使う、鉄や銅、アルミのものだと、それ自体の成分が媒染剤となって、色に影響してしまうからだった。

一番長く使っているのは、ステンレス製のものの、一回り小さい鍋のほうだった。これは、まだ草木染の修業をしているときに、自分用にと買い求めた。

独立してから増えたもう一つの大きいほうは、染め物を教えに出かけるときに、小さいほうを入れて一緒に持っていくことが多い。

ステンレスの鍋は、買ったばかりの頃は銀色の表面に、くっきりと何でも映して光っていた。それが、使い込むにしたがって、所々曇るようになった。たくさんの引っ掻き傷もあった。そして、小さいほうの鍋の底には、窪みがあった。

その窪みが出来たときのことは、奈穂は今でも覚えていた。

……それは、初めて草木染の講習で人に教えたときのことだった。待宵草を染めたから、たぶん夏から秋にかけてのことだったろう。

根元から刈り取った待宵草を切り刻み、鍋で煮立てた。それから、把手を持ち上げ、隣のテーブルまで運ぼうとした。そのときだった。二、三歩も歩かないうちに足元が滑り、奈穂は、鍋を抱えたまま前のめりに倒れてしまった——。

——どーん、と物凄い音がした。

と、一階にいたスタッフが慌てて教室に飛び込んで来たほどだったが、幸いなことに、十五人の受講者の誰にも怪我はなく、奈穂も、鍋を押さえた両手に少し重い感触が残るぐらいだった。

そのとき住んでいた山麓の自宅へと戻り、流し場で講習で使った道具類を洗っていると、小さいほうの鍋の座り具合がおかしいことに気付いた。覗き込んでみると、底のほうが少しへこんで、まわりのものをゆがませて映している。

——びっくりしたよねえ。

と、奈穂はひしげた所を指で撫でた。……

196

奈穂は、今日はもう一つの琺瑯の鍋のほうで染めることにした。

その鍋にも、濃いいい思いがこもっていた。山麓の町に住んでいた頃、斎木が新聞の取材を受けた。「田舎暮らし」をテーマにした連載記事だった。最初、斎木は、自分はたまたま田舎に住むことになっただけで、田舎暮らしに強い思い入れはないものですから、と断った。

実際、それまで取材を受けた人々は、念願の田舎暮らしが叶って、ログハウスを建てたり、天体観測所を設置したり、陶芸を始めて美術館を建てたり、無農薬農法に取り組んだり……、といった具合だった。

自分たちは、この土地に骨を埋める気もなく、都市よりも家賃が安いからという理由でとりあえず田舎に住んでいるだけなんです、と斎木が言うと、相手は、中にはそういうケースがあってもいい、それをぜひ取材させて欲しい、と粘った。

それなら、ということで、取材を受けた斎木の回は、「賃貸型田舎暮らしの提案」というタイトルの、他とは一風変わった内容となった。そこでは、講習で教えるようにもなった奈穂の草木染も紹介された。

すると、新聞記事を読んだという埼玉県に住む七十五歳の婦人から、新聞社を通して奈穂へ、手紙が送られてきたのだった。手紙には、こう書いてあった。

〈若い頃に、趣味で染めものをしようと鍋を買いましたが、家のことが忙しくなりできませんでした。それでも、いつかは使えるだろうと捨てないで取っておいたのです。……でも、もうこれから自分で使うことはないように思います。捨てるのもためらわれます。そこへ染色をしているという人の記事を読み、この人なら代わりに使ってくれるかもしれない、と思ったのです〉

奈穂は、ありがたく使わせていただきます、と返事を書いた。

そして、送られてきた琺瑯の鍋の中には、いつか染めようと思って溜めていたらしい、畳まれた白い木綿の生地がぎっしりと詰められてあった。

奈穂は、胡桃と水の入った琺瑯の鍋を、よっこらしょ、と声を挙げて踏ん張り、台所のガスコンロの上に持ち上げて置いた。一度失敗して以来、足元がすべらないように用心するのを怠らなかった。会ったこともない元の鍋の持ち主に、手を貸してもらっているような気がした。

ガスコンロに火を点けて煮立たせはじめた鍋からは、もうじき湯気とともに、植物によってちがうにおいが、もわっと立ち上るはずだった。

197

柱時計が午後二時になるのを待ちかまえて、斎木の父親は散歩に出かける支度をはじめた。ジャンパーを羽織って帽子をかぶり、ウォーキングシューズを履く。妻は買い物に出かけて留守だった。

玄関から出てすぐ、彼はさりげなく確認するように、右手の方を仰ぎ見た。そのほんの一箇所からだけ、家々の合間を縫って「山」とその上に建っている鉄塔を望むことができたからだった。

ずっと走れば大きな橋を越えたところから広がっている田園地帯を抜けて海まで続くバス通りを三分ほど下り、歩行者用の信号のところから右折すると、小学校の校庭へ出る。そこは、彼の三人の子供たちが卒業した小学校だった。

校庭を抜けて土手を昇ると川のほとりに出る。

土手の上に立った斎木の父親は、川の上流の方へと目を向けた。そこからは「山」の全体が一望でき、三本の鉄塔が、ほとんど同じ間隔で並んでいるのが見えた。

ここから見える鉄塔の眺めが一番いい、と斎木の父親はひとりごちた。もしかすると彼は、自宅の神棚のだるまと同じように、鉄塔にも、なかなか揃って会うことが出来ない三人の子供たちを無意識の裡に重ね合わせているのかも知れなかった。

いつもは、そこから川べりの道を少しだけ下り、そこから長い橋を対岸へと渡り、今度は川の上流の方向へと足を進ませる。橋の袂から次の上流に架かっている橋までちょうど一キロあり、たいがいはその橋を渡って戻ってくるが（それだとおよそ八千歩になる）、体調のよいときはもう一つ先の橋まで行って渡って引き返してくることもあった。

心持ち右肩を下げ、復員後結核を病んだことがあるためか少し猫背の恰好で一心不乱に早足で歩く。雨の日も雪の日も欠かさず八千歩の散歩を続けている一人の孤独な老人めいた姿は、傍目からは、なにかムキになっているようにも見えないではない。

長い官吏生活で身に染み付いている几帳面さをもって、医師の言い付けを遵守しているとも言えるだろうが、それだけではない執念のようなものさえ感じさせる。

今日は、斎木の父親は、少しおぼつかない足取りで、丈高く生い茂った雑草地の斜面を下りはじめた。そうして彼は、一目散に川の流れのほとりへと歩いて向かった。

猫柳の木の脇で、斎木の父親は、両手を腰にあてがい、岸から身を乗り出して水面に目を注いだ。

198

「ああ、いたいた」

斎木の父親は小さく声に出して言った。彼は、まるで少年のように頬を紅潮させて、興奮をあらわにした。

「今年も来はじめたか」

それは丸太魚《マルタ》だった。マルタウグイとも呼ばれるそのウグイの種類の魚はふだんは海で暮らしているが、産卵期だけは鮭のように川に遡上し、浅瀬で卵を産む。

斎木の父親が生まれたのは、この川のもう少し下流地点で合流する本流を遡ったところで、子供の頃は、丸太魚はよく見かける魚だった。美味とは言えなかったが、戦後の食糧難の時代には、食卓にも上った。小骨が多く、骨が硬いので、すり身にして味噌汁に入れて食べることが多かった。

高度成長期になって川が汚れはじめると、その数は、急激に減った。だが、その頃は、仕事盛りで川をゆっくり歩く機会などなかったので、さして気にも留めないでいた。

斎木の父親が、隠居して川べりを散歩するようになり、末の息子がこの街に戻ってきたのと、まるで時を同じくするかのように、再び丸太魚がこの川に群れとなって遡上して産卵するようになったのだった。

あと数日もすれば丸太魚の大群は、川一面を黒い筋に染め、浅瀬の所々ではびっしり集まって小石に赤っぽい腹を打ち付けて産卵しあっている光景が広がるはずだった。

……——ああ、こいつはすごいや。

十年前に、父親に誘われて、一緒にその産卵の光景を見に来た末の息子は、橋の欄干から身を乗り出すようにして川面に目を注いで、思わずはしゃいだ声を発したものだった。

そのとき、末の息子は、いかにも鬱情に駆られて自分で無造作にバッサリとやったことが瞭かな虎刈りの坊主頭だった。父親は、息子に、自分の散歩用の帽子を貸して被らせた。……

(今では、あいつも再婚して立ち直っている)

と斎木の父親は思った。また、今年も丸太魚が来たと、電話でだけ知らせてやろう。

と、いきなり大きな放し飼いの犬に吼《ほ》え立てられた。斎木の父親は、咄嗟に恐怖を覚えて、駆けて逃げた。ときおり不整脈となる心臓の動悸がしばらく治まらず、彼の目に少し涙が滲んだ。

199

「——、おいで」

男が呼ぶ声がして、犬は飼い主の方へと走って行った。斎木の父親は、紺色のジャージを着た中年男を睨み付けた。

「こんなところで、そんな大きな犬を放し飼いにしてはいけないじゃないか。河川敷の公園では小さな子供だって遊んでいるんだ」

そう言ってやろうと思ったが、声にはならなかった。薄笑いを浮かべて、中年男は犬と一緒に去っていった。

斎木の父親は、気を取り直して、草むらの斜面につけられた坂道を登って土手の上へ出た。そして、いつもの散歩コースに戻ることにした。

大きな橋を渡っていると、横からの風に吹きつけられた。ダンプが擦れ違うたびに、風圧でよろけそうになり、力の入った股間に鈍い痛みが走った。橋も大きく揺れた。主要国道のバイパスなので、この街の中でも有数の交通量が多い路線だった。ときおり、橋の欄干につかまって、真下に見える川面に目を注いだ。まだ、上からでも見えるほどには、丸太魚の魚影は濃くなかった。水量が減って川の中州ができているのを見て、もうちょっと雨が降るといいんだがな、と彼はつぶやいた。鴨が漂い、海からやってくるカモメの姿もあった。

ようやく橋を渡り終わり、反対側の土手道に出ると、とたんに車の騒音から解放される。そこからは、「山」を正面に見据えながら歩くことになった。

さっきいた対岸に目を向けると、鯨を原料とした化学工場の煙突が見えた。その真下に当たる所にあった漬物屋に、家を建てる前に一家で間借りしていた時期があった。終い湯をもらい湯して風呂に入ったが、冬の時期に、風呂が空いたというので、まだ幼児だった長女と向かうと、風呂の湯がすっかり抜かれてしまっている、そんな嫌がらせを受けた思い出もあった。

――その時期に、姉貴は何かとても恐い目にあったらしいんだな。そのときに自分の親は何も助けてくれなかった、おふくろにもぎゅっと抱きしめてもらえなかった、そんな思いが病気と関係しているんだと思うよ。

と、長男は、もう十年以上も前に帰省したときに、言ったことがあった。

そのとき、自分たちが姉貴の様子を見てくる、と長男夫婦は長女の家へ行ったが、帰ってきた嫁の顔は、すっかり青ざめていた。それ以来、嫁と長男の一人娘は、長男の帰省についてこなくなってしまったのだった。

200

(だが)

と斎木の父親は、歩きながら考える。あの時期は、生活していくだけで大変な時期だった。確かに妻は、子供に愛情をあからさまに注ぐタイプではないが、長女のことを邪険にしていたわけではないだろう……。

長女が結婚してから、なかなか子供に恵まれずに、何度か入院しながらの長期にわたる不妊治療を受けていた時期、見舞いに行った妻が、帰って来るなり、こらえきれないといった様子で泣きはじめたことがあった。あのとき、ピアノを習わせてもらえなかったのをいまでも恨んでいる。自分がこうなったのはお母さんのせいよ、と言われたと悔し泣きをしていた。

そんなことが、いまでも長女の一家と会えないでいる理由だとは、斎木の父親にはどうしても思えなかった。長男が言ったように、末の息子もまた、長女のことは精神の病気で、母親を否認するそういう症例は他にもあるのだという。そして、少なくともおれだって、病気のときには、女房以外、たとえ親でも兄弟でも顔を合わせたいとは思わないもの。その期間が延びてるって考えるのがいいんじゃないかなあ、それにちゃんとした医者の旦那がついているんだから、というのだった。

（しかし、精神の病気だなど……）

斎木の父親は、どうしてもそれを認めたくはなかったし、考えることさえ厭だった。少し家の格が違うところへ嫁いでいってしまったのが原因なのだ、と彼は自分に言い聞かせた。結婚させたばかりのときに親戚を集めての新年会の宴席で、演歌や民謡が唄われる中で、長女の婿が外国語の歌を朗々と歌って、座を白けさせたことを思い出す。

やはり、長女たちは、夫婦であのときのことをいまだに恨んでいるのだろうか。斎木の父親は、いまでも痛恨のきわみだと後悔している出来事に思いを向かわせた。妻の嫂《あによめ》が、胃癌と診断を受けて手術することになったときに、身内に医者がいることの安心感からか、つい長女を通して婿に相談してしまい、手術にも立ち会ってもらった。そのときの手術の方法をめぐって、主治医と婿は激しく対立し、激昂した婿は目上の相手に暴力をふるってしまった。その一件で、順調に市内の大病院の内科医としての道を歩んでいた婿は、車で通勤するのに二時間もかかる郡部の病院へと転勤を余儀なくされたのだった。

それ以降、長女たちは自分たちを避けるようになり、婿の両親とも疎遠になってしまった。子供たちの迷惑にならないように、じっと暮らしているのがいい、と斎木の父親は思っていた。

201

大山は、妻と一緒に、堤防へと散歩に向かった。

東北の北の町で売れ残っていたマンションを販売する責任者となって、丸二年間で、九割方販売するところまで漕ぎ着けた。これ以上は現地で大山が構えていても、容易には完売することは難しいように思われた。それであとの販売は、現地の支店に任せることにして、大山は予定よりも一年早く、この街の本社へ戻ってきたのであった。

実績を上げて、意気揚々と本社へ戻ってきたと思ったのも束の間、今度は東北の南の海辺の町で、やはり同じように売れ残っていたマンションの販売の責任者を命じられた。

その辞令には、さすがに大山も、おいそれと従う気にはなれなかった。人をなんだと思っていやがる、と心の中で強い反撥がうごいた。だがその職場で辞令に従わないということは、会社を辞めるということに等しかった。

一日考えさせてもらうことにして、大山は、妻に相談した。

――辞めればいいじゃない。独立するのにちょうど良い機会だと思うわ。

妻は平然と言った。

――子供もいないんだから、私も働けば、二人だけなら何とか暮らしていけるでしょう。

大山は、同じ不動産業界の他社にいた彼女と、仕事を通じて知り合ったのだった。彼女自身も、宅建の免許を持ち、仕事はよく出来た。結婚して、会社を辞めてからも、ときおり頼まれては、よその不動産会社の手伝いをしていた。

大山は少々複雑な育ち方をしていた。生まれたのは、戦前は、地主をしていた大きな家だった。子供心に、お前には許嫁《いいなずけ》がいるんだと、教えられたこともあった。父親は、彼が幼児の頃に、精神病を患って長く入院し、母親はそれがたまらず、実家へ戻った。そして大山は、祖父母の養子として、育てられたのだった。祖母は金にはうるさく、どんな物を買うときも、領収書をもらってくるように、とそんなふうに小さい頃から言い聞かされた。

「ここで七五三のお祝いをした次の日に、おふくろは出て行ってしまったんだ」

稲荷神社の境内に来て、大山は妻に教えた。彼は、羽織袴を着せられて千歳飴を持ち、母親と写っているそのときの色褪せた写真を、大切にしまっていた。

神社の境内には入らずに、その手前から堤防へと上った老人の姿を見て、大山はどこかで見知った顔だと気が付いた。そして、すぐに、そうだ、斎木の親父さんだ、と思い出した。

202

大山は、営業をしている者の習いで、知っている人を見かけると、必ず挨拶をする。このときも、すかさず神社の石段を駆け上がって、

「ご無沙汰してます。斎木君の友人の大山です」

二十数年ぶりとあって、さすがに老け込んではいたが、見忘れはしない姿に、声をかけた。

相手は、一瞬戸惑ったような表情を見せたが、

「ああ、大山君か」

と表情を和らげて思い出してくれた。「元気にしてたの」

「ええ、おかげさまで」

大山は答え、後から石段を上ってきた妻を「家内です」と紹介した。

「はじめまして。今は、実家に戻ってるの」

斎木の父親に訊かれて、

「いや、ひさしぶりに風を入れに来たんです。もったいないんですが、誰も住んでいないんです」

と大山は答えた。

古い木造の旧家の跡に建てられたその大きな家の屋根瓦は、この堤防の上からも見えた。

大山は東京で大学生活を送ってから、この街の地元最大手の不動産会社に就職した。そして、しばらくは実家に戻っていたが、結婚してからは、妻の希望もあって、他のところにふた間のアパートを借りて住んでいた。

実家の周りには、家で所有しているアパートやコーポが建ち並び、少し離れた地所にもいくつか持っているアパートを加えると、所有している部屋数は百戸を超える。それらの管理は、実家の隣のコーポに管理人として住んでいる、五十過ぎの独身の叔母さんが行っていた。彼女は、やはり大山の父親と同じ、痼疾《こしつ》を持っていた。

大山は、気さくな性格が好かれて、結婚する前にも三度ほど結婚の直前まで付き合った女性がいた。だが、大山の家のことを知るようになると決まって、結婚してやっていける自信がない、と弱音を吐いて離れていった。

その点、妻は、日本海に面した北前船で栄えた街の富豪の娘で、むしろ大山家よりも大きな家柄だった。親に結婚の申し込みに行ったときに、父親に気に入られて、酒を注がれるだけ飲んでいると、記憶を失ってしまった。そして、翌朝気が付くと、三十畳はある大広間に一人寝かされていた。自分の家のことを知っても、どうりで彼女は、まるで物怖《お》じしないわけだ、と大山は納得した。

家にとらわれるのは嫌だと、妻は一戸建ても望まず、アパートで構わない、という考えだった。彼女と出会えて、おれは家のしがらみから自由になった、と大山はよく思うことがあった。

「そうだ、川に丸太魚が上がってきてるよ」

斎木の父親が、いくぶん弾んだ口調で大山に教えた。

「丸太魚って、あの、海にいる魚ですよね」

大山は訝しげに言った。

海釣りをするので、丸太魚は知っている。鱸《すずき》の外道としてたまに釣れるが、食べられないので、舌打ちとともにすぐにリリースする魚だ。

「ああ、この時季に産卵するときにだけ川に上ってきて、ちょうどこのあたりで産卵するんだよ。ちょうど鮭みたいに」

「へえ」

大山の妻も興味深そうな顔をした。彼女の実家のある地方では、鮭漁が盛んだった。

「まだ、上がりはじめたばかりだから、産卵はしていないかもしれないが、あと三日もすれば、川一面が丸太魚の大群で黒くなって、浅瀬の所では石にメスが赤っぽいお腹を打ち付けて産卵しあっているのが見えるはずだよ」

斎木の父親は、興奮を隠せない口調で言った。

「そうですか。じゃあ、ちょっと見てくるか」

大山は妻に言い、「いいこと教えてもらってありがとうございました。どうぞお身体に気を付けて」と斎木の父親に言った。

「ああ、ありがとう。倅《せがれ》とはたまにやってるの」

斎木の父親は盃を口に運ぶ真似をした。

「いや、それがなかなか、お互いに忙しくて。何せ働き盛りですから。実は、この二年ばかり、ちょっと地方に飛ばされていて、やっと戻って来ることができたんです。近いうちに誘うつもりですけど」

大山は笑って答えた。

急ぎ足で、草むらの斜面を下りだした二人に、

「この橋から向こうの橋の間だよ」

斎木の父親は大声を出して教え、わかったというように、大山は手を上げて答えた。

(子供の頃に、あんなに大変な思いをして、ぐれても当たり前のところを立派に成長したものだな。いい奥さんをもらったようでよかった)

斎木の父親は、遠ざかっていく大山の背を見ながら思った。そういえば、と彼は遠い記憶を引き出した。末の息子が中学生のときに家出をして警察に補導され、自分がもらい下げに行ったときには、確か彼も息子と一緒にいた……。

控えめに、自転車の呼び鈴を鳴らす音に、斎木の父親は、振り向いた。田圃の中に建ってい

る高校から、堤防の道を自転車で帰る女子生徒たちだった。ずっと会っていない末の息子のところの孫むすめも、その中にいるかもしれなかった。

〈下巻につづく〉

〔2004(平成16)年6月『鉄塔家族』(上)初刊〕

P+D BOOKS ラインアップ

微笑	近藤啓太郎	●病魔と闘う妻と献身的に尽くす夫の闘病記
草を褥に　小説 牧野富太郎	大原富枝	●植物学者牧野富太郎と妻寿衛子の足跡を描く
激流（上下巻）	高見 順	●時代の激流にあえて身を投じた兄弟を描く
夢のつづき	神吉拓郎	●都会の一隅のささやかな人間模様を描く
鉄塔家族（上）	佐伯一麦	●それぞれの家族が抱える喜びと哀しみの物語
早春	庄野潤三	●静かな筆致で描かれる筆者の「神戸物語」

P+D BOOKS ラインアップ

魔法のランプ
澁澤龍彥
● 澁澤龍彥が晩年に綴ったエッセイ29編を収録

虚構のクレーン
井上光晴
● 戦時下の〝特異〟な青春を描いた意欲作

マカオ幻想
新田次郎
● 抒情性あふれる表題作を含む遺作短編集

浮草
川崎長太郎
● 私小説作家自身の若き日の愛憎劇を描く

街は気まぐれヘソまがり
色川武大
● 色川武大の極めつけ凄観エッセイ集

こういう女・施療室にて
平林たい子
● 平林たい子の代表作二編を収録した作品集

（お断り）

本書は２００７年に朝日新聞社より発刊された文庫を底本としております。あきらかに間違いと思われるものについては訂正いたしましたが、基本的には底本にしたがっております。また、一部の固有名詞や難読漢字には編集部で振り仮名を振っています。

本文中には老婆、坊主頭、片足、樵、未亡人、百姓、吃り、精神病などの言葉や人種・身分・職業・身体等に関する表現で、現在からみれば、不当、不適切と思われる箇所がありますが、著者に差別的意図のないこと、時代背景と作品価値とを鑑み、原文のままにしております。

差別や侮蔑の助長、温存を意図するものでないことをご理解ください。

佐伯 一麦（さえき かずみ）
1959(昭和34)年7月21日生まれ。宮城県出身。1990年『ショート・サーキット』で第12回野間文芸新人賞受賞。1991年『ア・ルース・ボーイ』で第4回三島由紀夫賞受賞。代表作に『還れぬ家』『渡良瀬』など。

P+D BOOKS とは

P+D BOOKS（ピー プラス ディー ブックス）とは
P+Dとはペーパーバックとデジタルの略称です。
後世に受け継がれるべき名作でありながら、現在入手困難となっている作品を、
B6判ペーパーバック書籍と電子書籍を、同時かつ同価格で発売・発信する、
小学館のまったく新しいスタイルのブックレーベルです。

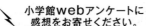

鉄塔家族（上）

2024年4月16日　　初版第1刷発行

著者　佐伯一麦
発行人　五十嵐佳世
発行所　株式会社　小学館
〒101-8001
東京都千代田区一ツ橋2-3-1
電話　編集　03-3230-9355
販売　03-5281-3555
印刷所　大日本印刷株式会社
製本所　大日本印刷株式会社
装丁　おおうちおさむ　山田彩純
（ナノナノグラフィックス）

ISBN978-4-09-352486-5
JASRAC 出 2401774-401

P+D BOOKS